死者の声なき声 上

フォルカー・クッチャー

映画が喋りはじめた1930年のベルリンで，将来を嘱望されていた女優が撮影中に痛ましい死を遂げた。事故で片付けようとする上司に反発し，ベルリン警視庁殺人課のはみ出し者ラート警部は，またもや独自に動きだす。ひとりの刑事としての矜持ゆえ，さらには自らの栄達のため。繁栄をきわめる映画界の闇に切り込んでいくラート。ほかにもいくつも厄介な依頼が持ち込まれ，光と影が交錯する巨大都市を東奔西走することに……。ベルリン・ミステリ賞受賞の傑作警察小説。

登場人物

ゲレオン・ラート……………………………ベルリン警視庁殺人課警部

エルンスト・ゲナート（仏陀《ブッダ》）……………殺人課課長、警視

ヴィルヘルム・ベーム……………………殺人課上級警部

フランク・ブレナー…………………………殺人課警部

ラインホルト・グレーフ…………………┐
パウル・チェルヴィンスキー……………┘殺人課刑事秘書官

アルフォンス・ヘニング…………………┐
アンドレアス・ランゲ……………………┘殺人課刑事助手

エーリカ・フォス……………………………ゲレオンの秘書

シャルロッテ・リッター（チャーリー）……殺人課の速記タイピスト、休職中

カール・ツェルギーベル
（ひからびたタマネギ《デルツヴィーベル》）……………ベルリン警視庁警視総監

ドクトル・ベルンハルト・ヴァイス………副警視総監

マグヌス・シュヴァルツ…………………法医学者

エンゲルベルト・ラート……ゲレオンの父
カティ・プロイスナー……ゲレオンの恋人
ベルトルト・ヴァイネルト……新聞記者
ヴィヴィアン・フランク……┐
ベティ・ヴィンター……┘女優
ヴィクトル・マイスナー……男優、ベティの夫
ヨーゼフ（ヨー）・ドレスラー……映画監督
ハインリヒ・ベルマン……ラ・ベル映画のプロデューサー
マンフレート・オッペンベルク……モンタナ映画の社長
フェーリクス・クレンピン……モンタナ映画の元製作主任
ヴォルフガング・マルクヴァート……映画配給会社リヒトブルクの経営者
コンラート・アデナウアー……ケルン市長
フリートヘルム・ツィールケ……タクシー運転手

死者の声なき声 上

フォルカー・クッチャー
酒　寄　進　一　訳

創元推理文庫

DER STUMME TOD

by

Volker Kutscher

This book is published in Japan
by TOKYO SOGENSHA Co., Ltd.
Japanese edition published by arrangement
through The Sakai Agency

死者の声なき声　上

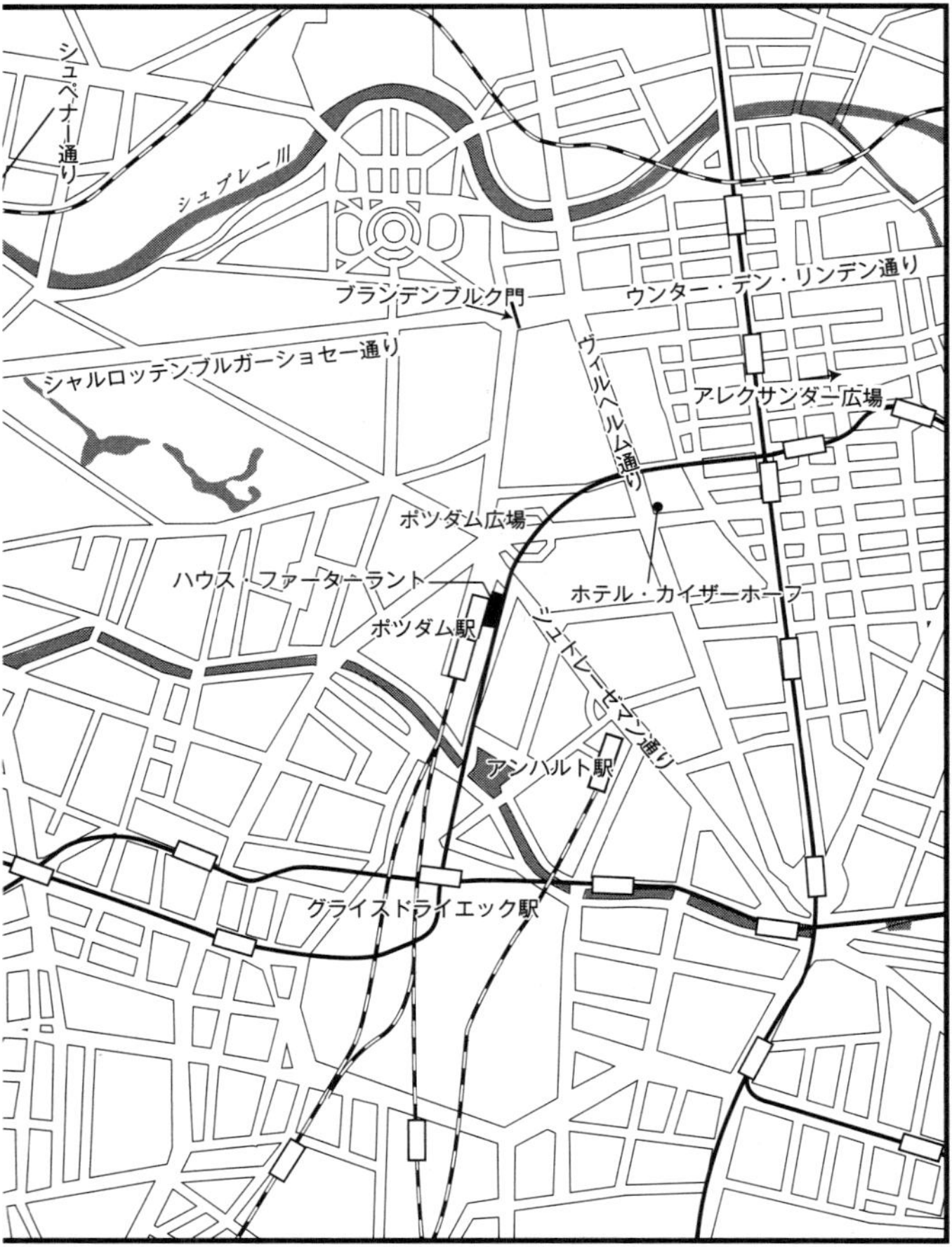

シュペナー通り
シュプレー川
ブランデンブルク門
ウンター・デン・リンデン通り
シャルロッテンブルガーショセー通り
ヴィルヘルム通り
アレクサンダー広場
ポツダム広場
ハウス・ファーターラント
ホテル・カイザーホーフ
ポツダム駅
シュトレーゼマン通り
アンハルト駅
グライスドライエック駅

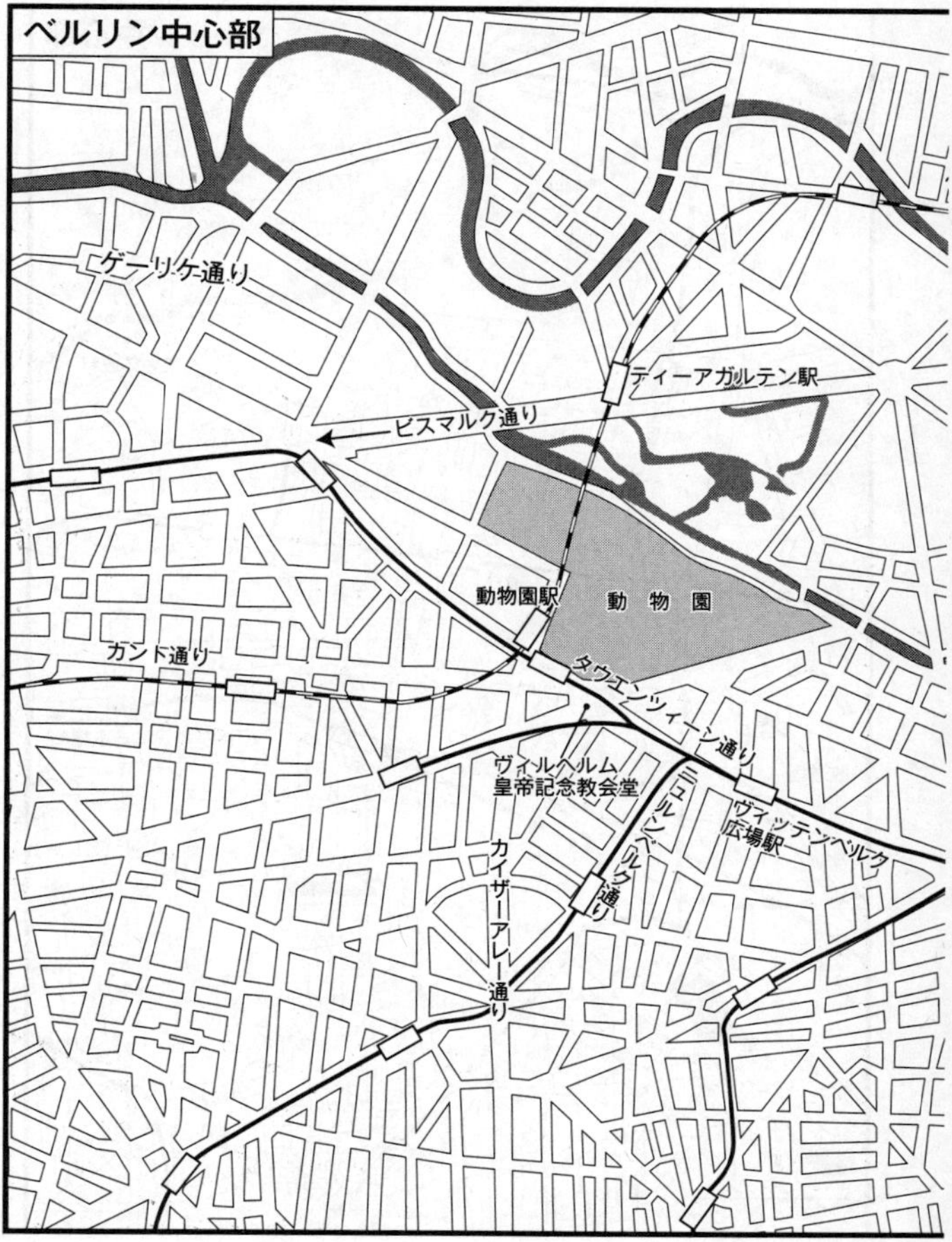
ベルリン中心部
ゲーリケ通り
ティーアガルテン駅
ビスマルク通り
動物園駅
動 物 園
カント通り
タウエンツィーエン通り
ヴィルヘルム
皇帝記念教会堂
ニュルンベルク通り
ヴィッテンベルク
広場駅
カイザーアレー通り

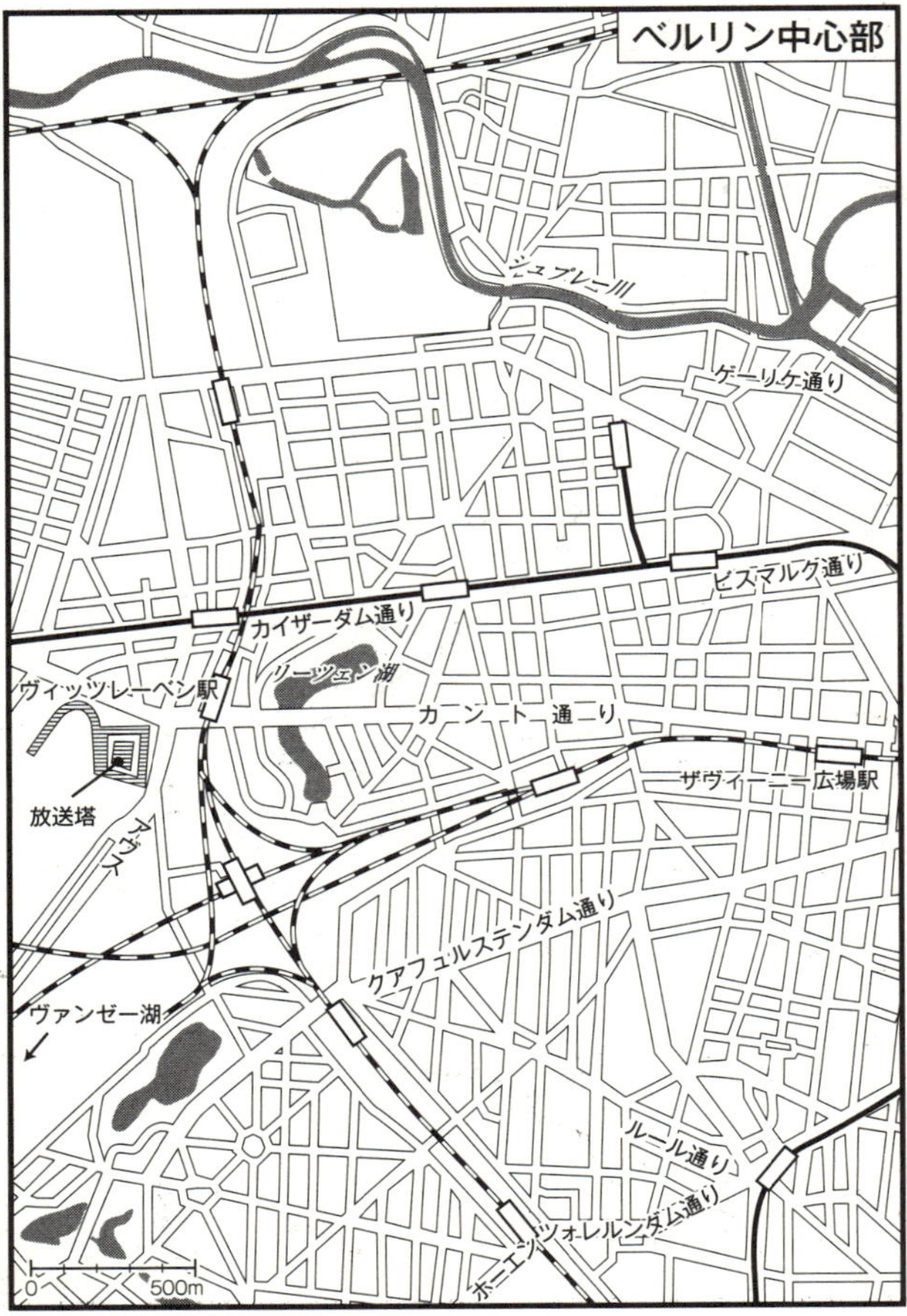
ベルリン中心部
シュプレー川
ゲーリケ通り
ビスマルク通り
カイザーダム通り
リーツェン湖
ヴィッツレーベン駅
カーント通り
ザヴィーニー広場駅
放送塔
アヴス
クアフュルステンダム通り
ヴァンゼー湖
ルール通り
ホーエンツォレルンダム通り
0
500m

スピーカーから聞こえる女優の声もなかなかいいものだ。耳障りなところは一切ない。発声がトーキー向きでない女優もわずかにいるが、彼女たちは除外してもいいだろう。

――〈フィルム・クリーア誌〉（一九二九年）

つまりトーキーは魂なき人に仕えるのか？わが敬愛する映画を見聞きする方々よ。トーキーがだれに仕えるかは、偏《ひとえ》にわれわれにかかっているのだ。

――フリッツ・フォン・ウンルー（一九二九年）

俺はなにになれたんだ？
俺の最高の友も
わかっているさ、みんな
最後には、俺から去っていく
おまえたちはなにもかも知っていた
俺の汚い部分を
俺はおまえたちを失望させ
俺はおまえたちを傷つける

――ナイン・インチ・ネイルズ（一九九四年）

一九三〇年二月二十八日　金曜日

1

光線が闇に踊る。いつもと違って不安定だ。落ち着きがなく、粗く感じられる。やがてちらつきが収束し、形が定まる。

銀幕に映しだされる、たおやかな顔の輪郭。

女の顔。

女は目を開ける。

そして男を見つめる。

永遠に刻み込まれた光景。移ろいやすいときの流れから永久に救いだされた姿。いつでも、何度でも彼女を映し直すことができる。この暗室の中で、この暗澹《あんたん》とした人生の中で。

彼の人生。その人生を包む絶望の闇に差し込む一筋の光明。それは映写機から放たれ、銀幕に映じる光線だ。

女の目が大きく見開かれた。男はそのわけを知っている。女がなにを感じているかはっきりわかっている。女にははじめてのことだが、彼には馴染みのものだ。女を身近に感じた。セルロイドに永遠に閉じ込められたあの瞬間とほとんど変わらぬ感覚。

女は男を見つめ、理解する。理解したと思い込む。

女の両手が自分の首をつかむ。息が詰まるとでもいうように。

女はたいして苦痛を感じない。なにかがいつもと違うことに気づくだけだ。

なにかが欠けていることに。

欠けているのは声だ。

なにかいおうとするのだが、それが声にならない。

あってはならないあの声は消えた。女のものであってはならない、あの耐えがたい声。女をその声から解放したのは彼だ。未知の悪しき輩《やから》のように唐突に女を支配した声から解き放ったのだ。女の目に宿るのは、恐怖よりも驚愕。女にはわからないのだ。

彼が女をこよなく愛し、その愛ゆえに天使のごとき真の存在として扱ったということが。

だが理解してもらうには及ばない。

女が口を開いた。まるで昔のように。彼女の声が聞こえる。ようやく彼女の声が戻ってきた！　永久に変わらぬ、何人《なんびと》も奪うことのできない彼女の偽りなき声。ときを超え、現世のしがらみから解放された汚れなき声。

はじめて耳にしたとき魅了されたあの声。そばに大勢の人がいたが、彼女は彼に、彼だけに語りかけてきた。

男は女のまなざしにやっとの思いで耐えた。女はちらっと横目で見ただけで、すべてを悟った。もうすぐバランスを失うだろう。

女が床に沈む瞬間。

急に女の目の色が変わった。

その目に浮かぶ死の予感。

死ぬのだという自覚。

今、死ぬのだ。

後戻りはできない。

死。

それこそ女の中に宿るもの。

そのときが来た。

2

黒いタキシードの男は緑色の絹に身を包んだ女を微笑みながら悠然と出迎えた。片手をポケットに入れ、もう片方の手でコニャックグラスを持ち、一歩下がる。イヴニングドレスの女が目の前、数センチのところまで迫ってきても、男の目に戸惑いの色はない。

緑の絹が激しい息づかいに揺れた。

「今の、聞き違いかしら?」女が迫る。

男はコニャックを一口飲む。「きみのその魅力的な耳にかぎって、聞き間違いはないだろう」男の笑みが、やがてにやついた笑顔になる。

「では本当に、そんなひどいことをしようというのね⁉」

彼女が怒りを爆発させるのが、男にはうれしいようだ。女が怒れば怒るほど、男はますます不敵な笑みを浮かべて彼女を見つめる。返事を思案するかのように、男は間を置く。「そういうことになる」男は頷く。「勘違いでなければ、フォン・ケスラー卿がきみのお相手をするはずだが?」

「あなたには関係ないでしょう、トアヴァルト伯爵!」

女が腰に手をやるのを見て、男は相好を崩す。窓の外で稲妻が走る。

「答えになっていないな」伯爵はコニャックグラスを覗き込む。

「答えにならないかしら?」

そういいながら、女は手を上げる。伯爵は痛烈な平手打ちを覚悟して目を閉じる。だが叩かれはしなかった。別世界から来たような大声によって、すべての動きが一瞬にして凍りついた。

「カット!」

ほんの一瞬、ふたりは写真のように固まった。それから彼女が手を下げ、男が目を開けた。ふたりは闇の奥、寄せ木張りの床が薄汚れたコンクリートの床に変わるあたりへ顔を向けた。

彼女は自分に向けられたスポットライトに目をしばたたいた。折りたたみ椅子がぼんやり見える。すべてを台無しにした今の一言を発した男が、そこにすわっていた。男は立ち上がると、ヘッドホンを椅子にかけて光の中に出てきた。ネクタイをだらしなく結び、シャツの袖を腕まくりした痩せぎすの男。今し方はみんながふるえあがるような大声を発したが、今度は相手を真綿でくるむような柔らかい声でいった。

「最後の言葉をいう方向が、ちょっとよくなかったんだよ、ベティ。マイクが声を拾えなかった」

「マイク、マイクってもううんざりだわ、ヨーゼフ！　映画と関係ないことじゃない！」音響技師は一にらみされて、顔を真っ赤にした。「映画はね、光と影の芸術よ。偉大なヨーゼフ・ドレスラーに説明するまでもないでしょ！——大事なのはセルロイドに写ったあたしの顔よ、ヨーゼフ！　あたしが本領を発揮するのは……マイクではないわ！」

ベティは最後の言葉を強調した。新種のけがらわしい虫の名だとでもいわんばかりに。

ドレスラーは深呼吸してからいった。「きみに声など必要ないことはわかっているさ、ベティ。だがそれは過去のことなんだ。この映画できみの未来がはじまる！　未来は喋るんだ！」

「くだらない！　そんなもの見向きもしないで、ちゃんとした映画を作っている人がいるじゃない。マイクなしでね。偉大なチャップリンが間違いを犯しているとでもいうの？　トーキーなんてただの流行《はや》り物で終わるかもしれないでしょう。みんな、飛びつくけど、すぐに忘れてしまうかも」

ドレスラーは驚いてベティを見た。彼女の言葉とは思えなかったのだ。「俺にはわかっている。ここにいるみんながわかっているはずだ。きみだってそうだろう。トーキーはきみのために作られたようなものなんだ。きみはトーキー向きだ。トーキーできみは偉大な女優になれるだろう。ただひとつ、マイクに向かってセリフをいうのを忘れないでくれ」

「忘れるなといわれても！　あたしは役になりきらなくちゃいけないのよ！」

「むろんそうだとも。なりきってくれ。だがヴィクトルに向かって喋ってほしい。そしてセリフをいい終わってから手を上げるんだ」

ベティは頷いた。

「それからリハーサルのときのように強く叩かなくていい。軽く触れれば充分だ。平手打ちの音は聞こえなくていいからね。雷鳴が大事なんだ」

みんなが笑い、つられてベティも顔を綻《ほころ》ばせた。険悪なムードは解消し、その場がふたたび和《なご》やかになった。ヨー・ドレスラーにしかできない芸当だ。ベティが彼を愛してやまない理由はそこにある。

「ようし、はじめからやり直しだ！」

監督は席に戻り、ヘッドホンをつけた。ベティはドアのそばで位置につき、ヴィクトルも暖炉のそばに立って表情を作る。裏方が忙しく立ち働くあいだに、ベティは気持ちを集中させて役になりきった。上司のために億万長者の娘に化け、ひどい目に遭うホテル従業員。ペテン師にさんざん貶《けな》されて、腹を立てるが、シーンの最後でキスをされる。だが本当の彼はペテン師ではなく、ただのろくでなしだ。

録音装置と撮影機が動いた。スタジオはミサで祝福の言葉が唱えられる前の教会の中のように静まりかえった。

カチンコがぱちんと鳴った。

「《愛の嵐》シーン五十三、テイク・ツー！」

「はじめ」ベティはドレスラー監督がいうのを聞いた。

ヴィクトルがふてぶてしい表情をする。ベティの心の中に怒りが沸き上がる。作り物の怒りだ。撮影機の位置はよくわかっている。撮影機には慣れていた。彼女の一挙一動を記録するガラスの目だ。

ベティは暖炉のそばへ行き、ヴィクトルをじろっとにらんだ。大きなマイクが彼の頭上にぶら下がっている。彼女は無視しようと努めた。撮影機なら平気で無視できる。ヴィクトルにただ話しかければいい。そうすれば、マイクが声を拾ってくれる。簡単なことだ。ドレスラーのいうとおりだ。うまくいっている。ヴィクトルがドジを踏まなければ、このシーンは終わる。だが彼は肝心なところでよくドジを踏む。ベティは稲光を意識した。正確なタイミングだ。あとは自分のリズムで演じればいい。このシーンの最後の言葉を口にしながら、カウントダウンした。

「答えにならないかしら？」

今だ。

ここで平手打ち。

ヴィクトルの頰を張る。ちょっと強すぎた！　だけど、ヴィクトルなら死にはしない。ふたりの喧嘩がよりリアルに見えるだろう。

そのとき、なにかが違うことに気づいた。

雷鳴が鳴らなかった。

代わりに金属のこすれるような音が聞こえ、カチャンと音がして、彼女の背後の床になにか小さな金具が落ちた。

ベティは目を閉じた。いや！　お願い、やめて！

なにかつまらない技術的なミスが起きたのだ。やっとうまくできたのに！

なんてこと。

「くそっ」ベティは、ドレスラーが罵《ののし》るのを聞いた。「カット！」

目を閉じていても、スタジオの照明に変化が生じたことはわかった。まぶたを開けようとしたが、それよりも前になにかがぶつかった。巨大なハンマーで打ち据えられるような打撃。肩と腕とうなじに、一度に衝撃が走る。目を開けると、地面に投げだされていた。なにがあったの？　ぼきっという音が聞こえた。自分が発した音だ。彼女の中でなにかが砕けたらしい。筆舌に尽くしがたい苦痛を感じて、一瞬目の前が真っ暗になった。スタジオの天井を覆う布と鋼鉄の骨組みが見える。そして愕然としているヴィクトルの顔。その顔がすぐに視界から消えた。ベティは立ち上がろうとしたが、できなかった。逃げださなくては。顔が焼けるように熱い。

髪の毛が燃えている。左半身に耐えがたい痛みを感じる。ところが首を曲げることもできない。なにかが彼女の体を地面に押さえ込み、焼き尽くそうとしている。この苦痛から逃れようと全身の力を振り絞ったが、なぜか足がいうことを聞かない。いや、足どころか、体がまったく動かない。まるで指揮官がどんなに声を嗄らして命令しても従おうとしない、暴徒と化した軍隊のように。髪が焦げ、皮膚が焼けるにおいがした。だれかが悲鳴を上げた。おかしなことに自分の声だった。それでも自分以外のだれかが叫んでいるとしか思えなかった。苦しくて身動きが取れない。ただただ悲鳴を上げるほかなかった。

ヴィクトルの顔が視界に入った。いや、それは顔とはいえなかった。ものすごい形相だった。目をむいて彼女を見つめ、口をゆがませている。映画スターとは思えない顔だが、意を決した表情。宙に浮いたクラゲのように水が飛んできた。その水を浴びた瞬間、彼女はヴィクトルがなにをしたか気づいた。

そしてこれが人生の見納めだと観念した。

次に見たのは光だ。まばゆい光が彼女を包んだ。いや、体を包んだだけではない。ベティ自身が光となった。一瞬、それまで経験したこともないような閃光の一部と化した。そしてその閃光が彼女を永遠の闇に突き落とすのだ。もはや後戻りはできない。

3

　Ｓｃｈは激しく抵抗した。しかしバウムガルトは彼女をあおむけにして、下着を脱がした。放さないと悲鳴を上げると彼女は脅したが、バウムガルトはあざ笑い、好きなだけ叫ぶがいい、どうせだれにも聞こえないといった。Ｓｃｈはさらに抗《あらが》い、こんな目に遭うなら、死んだ方がましだといった。するとバウムガルトはいった。「死ぬがいい……」

「なにかお望みはありますか？」

「死ぬがいい」ラートはつぶやいた。

「はあ？」

　ラートは『刑事月報』から顔を上げた。給仕人が汚れた食器を盆にのせてそばに立っていた。

「あ、いや、いい。なんでもない」

「なにかお持ちしましょうか？」

「今は結構。ありがとう。人と待ち合わせているんだ」

「かしこまりました」

　給仕人は飲み終わったコーヒーカップを片付けて立ち去った。まるでへそを曲げたペンギンだ。ラートは盆を持って席のあいだを歩く給仕人を見てそう思った。カフェはだいぶ席が埋まってきた。もうすこししたら、空いている席を確保しつづけるのは難しくなりそうだ。

彼女は遅刻していた。いつもは遅刻などしないのに。彼女はこれからなにを切りだされるか知らなかった。いや、知っているから、来ないのかもしれない。

仕事場に電話をかけるなといってあるのに、それが彼女には理解できない。ラートが喜ぶと思っているのだ。頼んでもいないのに、まったくおせっかいな奴だ。今回も、〈レジ〉（戦前にアレクサンダー広場近くにあったダンスホール〈レジデンツ＝カジノ〉の愛称）に行きたいといったのは彼女の方だ。あなたはラインラントの人なんだから、気に入るはずよ、といって、仮装舞踏会のチケットをだした。

謝肉祭《ファッシング》！

この名前だけで、もういただけない！

こっちではカーニバルをそう呼ぶ。謝肉祭《ファッシング》。ラートは行く前から興ざめだった。仮装が必須、ワインが必須、陽気であることが必須。永遠の伴侶という気分が必須。

電話をかけたがつながらず、ラートはカティとのなれそめを思い起こした。大晦日に出会って、そのまま新年まで付き合った。いっしょに新年の乾杯をし、なんとなく仲良くなってキスをした。いっしょにポンチを取りにいくと、どこぞの小賢《こざか》しい奴がものわかりの悪い奴を相手に、新しい十年を祝うのははじめから間違っていると講釈をたれていた。新しい十年は一九三一年からであって、数学的にいうと、一九三〇年は二〇年代最後の年だというのだ。

ラートはかぶりを振ってポンチを二杯グラスに注いだ。カティはというと、使命感に燃える数学者の高説にうっとり耳を傾けていたので、むりやり引っ張っていかなければならなかった。

屋上庭園に戻ると、人々がシャルロッテンブルクの夜空を飾る花火に見惚れていた。笑いさざめく声、ロケット花火が音を立てて上昇し、パンと破裂するのを聞きながら、ラートは隅の暗がりでまた彼女にキスをした。熱烈なキスに、彼女が短く鋭い悲鳴を上げた。痛さに耐えかねての悲鳴だった。唇から血が出ていた。そして一瞬目を丸くして彼を見つめた。ラートがごめんというと、彼女は笑い、彼を強く引き寄せた。

カティは情熱のせいだと思った。しかし本当は血が上っていただけだった。気持ちが抑えられなくなり、罪のない女にぶつけただけだった。彼女の小さな屋根裏部屋であたかも百年は女と寝ていなかったかのように、思いの丈を発散したときも同じだった。

カティはそれを愛情と呼んだ。

ラートがいきり立つのを情熱と呼んだ。

すべてが誤解の産物だ。その後のふたりの付き合いを、カティは恋愛と呼ぶが、ラートにとっては名付けようのないものだった。花火と未来を祝う言葉ではじまったものの、未来などなかった。はじめからなかったのだ。酒と生理作用で思考停止したままキスをしたときから、ラートにはそういう予感があった。そして新年の朝、彼女がいれたてのコーヒーをベッドに運んできたとき、その予感は、確信に変わっていた。

コーヒーの香りはうれしかったが、カティのうっとりした目付きには閉口した。

ラートはコーヒーを飲んで、しぶしぶ微笑みかけた。

それが最初の嘘だった。それからずっと嘘をつき通しだ。そうする気はなかったし、ときには自分でも嘘だと気づかないこともあった。しかし彼の嘘は日増しに大きくなり、耐えがたいものになっていった。もう白状する潮時だ。

受話器から響いてくる彼女の声、ことさら楽しそうに謝肉祭《ファッシング》舞踏会のことを話す声。待ち合わせ、催し物、仮装など、どうでもいいような話を聞かされるうちに目が覚めた。本当に終わらすときだ。

だが電話ではまずい。職場の電話では尚更悪い。ラートは、調書を読みふけっているラインホルト・グレーフ刑事秘書官をちらっとうかがって、カティを〈ウーラントエック〉に呼んだ。話をつけるために。

「クアフュルステンダム通り？　あれえ、行くのはシェーネベルク地区でしょう」グレーフは調書から顔を上げずにたずねた。

「シェーネベルク地区へはおまえが行けばいい」

ラートはグレーフに車の鍵を渡し、〈ウーラントエック〉で降ろしてもらった。カティはそのすぐ近くで働いている。

それなのになかなか顔をださない。

ラートはさっき読んでいた『刑事月報』をもう一度開いた。殺人課課長ゲナート警視がデュッセルドルフの猟奇的な未解決連続殺人（一九二九年から一九三〇年に実際に起きたペーター・キュルテン事件）について寄稿していた。ゲナートはベルリンの敏腕刑事を数人つれて、地元の刑事警察に助っ人に入っていた。ラートも声をかけられたが断った。ゲナートはがっかりしていた。これで出世が遅れるだろう。

ゲナートに選ばれるというのは勲章のようなものだ。そう簡単に断るべきものではない。しかしラートの父も、ラインラント地方に出張《でば》ることをすすめなかった。ケルンではなく、それがデュッセルドルフでもだ。危険すぎる、といった。ゲレオン・ラートがまだ警官だということがルクレルクの新聞に気づかれたら、一年前に苦心して異動させたことがすべて水の泡になるというのだ。

まったく頭にくる！　デュッセルドルフの連続殺人はここ数年でもっとも謎の多い事件だというのに。殺人が九件、そのうえ、たてつづけに殺人未遂事件が起こっている。デュッセルドルフ警察はすべて同一人物の犯行と断定し、街は蜂の巣をひっくり返したような騒ぎになった。ゲナートは結論を急がず、デュッセルドルフの殺人事件を一件ずつ個別に検討した。『刑事月報』には恰好の題材だ。ゲナートは毎号で捜査の進捗状況を報告した。ベルリンで名を馳せた捜査官ゲナートをしても、事件は暗中模索の状態だった。めざましい成果が上がらなかったため、最近は犠牲者の詳細な情報をのせている。死者が九人、重傷者が四人、軽傷者が五人。すべてこの数ヶ月のうちにデュッセルドルフで事件に巻き込まれている。ゲナートは、二十六歳の小間使いＳｃｈの運命をとくに念入りに書いている。Ｓｃｈは邪魔が入ったおかげで、一命を取り留めたのだ。

ラートはアレックス（ベルリン警視庁はアレクサンダー広場に置かれたことから、この通称で呼ばれた）で待機しているときや、細々《こまごま》した用事をいいつかったときに、この連載を読むようにしている。細々した用事というのは、たいていベーム上級警部から押しつけられたものだ。ゲナート不在のあいだ、よりによってブルドッグのベームが殺人課の指揮を執ることになった。ラートにとってそれは、つまらない使い走りや、だれも手をだしたがらない事件を意味する。二日前にシェーネベルク地区で故意に火をつけずにレンジのガスをだしっぱなしにしたイゾルデ・ヘーアの件もそうだ。案件は自殺。片付けなければならない雑用ばかり多く、名を上げるチャンスはまずないといっていい。こういう事件はいやというほどある。この冬は自殺が流行《はや》っているからだ。たいていは所轄分署が処理するのだが、ときどきアレックスにまでお鉢が回ってくる。そしてそういうときは決まってゲレオン・ラートの出番になる。

いいかげんうんざりだ。

『刑事月報』をめくり、給仕人に声をかけられて中断した箇所を探した。

その直後、Ｓｃｈは突然ナイフで刺されたことに気づいた。首に刺し傷。大声で助けを呼んだ。悲鳴に応える声が聞こえたような気がした。バウムガルトはＳｃｈをめった刺しにし、最後に背中に強烈な一刺しを見舞った。すでに幾度も言及しているように、このときナイフの先端が折れ、背中に刺さったまま抜けなくなった……

「ラート警部にお電話です！」ボーイが「遠距離通話」と大文字で書かれたボール紙を掲げながら席のあいだを歩いてきた。「ラート警部、電話ボックスへおいでください！」

ラートは自分だとすぐに気づいて、学校の生徒のように手を挙げた。ボーイが彼の席へ行くのを見て、数人の客が振り返った。

「こちらへどうぞ……」

ラートは『刑事月報』をテーブルのフックにかけた。カティが、来られないと電話でいってきたのだろうかと訝《いぶか》しみながら、ボール紙のあとについて電話ボックスへ向かった。それならそれでいい！　電話で決着をつけるまでだ！

「二番のキャビンです」ボーイはいった。

このカフェには遠距離通話用の電話器が二台、褐色の木枠にガラスをはめ込んだ扉の奥に設置されていた。右側の扉の上のランプがともっている。ボーイはランプの横で真鍮《しんちゅう》の輝きを放つ二番のプレートを指した。

「そのまま受話器をお取りください。すでにつながっています」

ラートは中に入ってドアを閉めた。カフェの喧噪がほとんど聞こえなくなった。受話器を手に取ると、深呼吸した。

「ラート、きみか？　まったく待たせるな！」

「上級警部殿？」ラートはいわずもがなのことを訊いた。電話口でこんなにがなりたてる奴は他にいない。

ヴィルヘルム・ベーム上級警部。

ブルドッグはどうして絶好のタイミングでいやがらせをしてくるんだろう。「きみはなにをしてるんだ？　部下の指揮をちゃんと執ってくれんといかんな！　フォスは、きみがベルリンの西でなにをしているか知らないといっていたぞ！」

「イゾルデ・ヘーアの件です。自殺に間違いありません。報告書はもうすぐできあがるところです。明日、提出します」

「作家にでもなったつもりか？　なんで報告書をカフェで書いている？」

「第一発見者がこの近くで働いていまして、ここで会う約束を……」

「そんなどうでもいい事件は放っておけ。きみのところの刑事を連れて……」

「……刑事秘書官ですが……」

「……そいつを連れてマリーエンフェルデへ行け。テラ・スタジオで死亡事故があった。たった今通報が入ったところだ。二〇二分署から応援要請が来た。込み入った事情があるらしい」

連中、定刻に仕事を切り上げたいだけじゃないのか、とラートは思った。

「事故ですか」ラートはいった。「それは大変ですね。なんのスタジオとおっしゃいました？」

「テラだ。映画会社だよ。なにかが落下したらしい。車をそっちへ向かわせた。道は部下が知っている」

「それはいろいろとかたじけないです」

ベームはラートの皮肉に気づかないふりをした。

「そうだ、警部。もうひとつあった」

くそっ！　やっぱり上司を怒らすべきじゃない！

「はい？」

「例のヴェッセルが明日午後五時に埋葬される。様子を見てきてくれ。もちろん密かにだ」

はい、はい！　これで週末は丸つぶれだ！　じつにうまい組み合わせだ。非番の土曜日の午後に割の合わない仕事。しかも継続捜査はまず不要な類のものときた！

「なにを見たらよろしいのでしょうか、上級警部殿？」ラートはたずねた。明日、墓地をぶらぶらして、得るものがあるとはとても思えない。政治的にはともかく、事件そのものはすでに解明されている。1A課（プロイセン政治警察は一九二五年から1A課と名称を変え、ベルリン警視庁の一組織となる。ナチ体制下のゲシュタポの前身）なら興味を持つだろうが、A課（殺人課のこと）の仕事ではない。

「仕事の仕方をきみに説明するまでもなかろう」ベームががなった。「ルーティンワークだ！とにかく見張れ！」

「かしこまりました、上級警部殿」

丁寧に挨拶するまでもなかった。ブルドッグはすでに受話器を置いていた。

殺人の被害者の葬儀に出席するというのは、たしかにA課のルーティンワークだ。明日の葬儀が政治的デモンストレーションになるのは火を見るよりも明らかで、なにひとつ新しい情報が出てこないことも保証付きだ。そもそも事件は解決したも同然だった。この一月、ひとりの若い突撃隊中隊指導者《シュトウルムハウプトフューラー》が娼婦を巡ってヒモと争いになり、銃弾を口に撃ち込まれたのだ。容疑者はすでに六週間前から勾留され、正当防衛だったと主張している。だが容疑者は数人の共産党員と娼婦の家に乱入していた。この日曜日、被害者が死に、ゲッベルスのデア・アングリフ紙（一九二七年にヨーゼフ・ゲッベルスが創刊した党広報紙、「攻撃」の意）は、娼婦を愛人にし、そのために命を落としただけの男を聖人に祭り上げ、民族至上主義者《フェルキッシュ》は彼を「運動の殉教者」と呼んだ。そういう事情があったので、警察はナチ党と共産党のあいだで乱闘が起こると見て、百人隊を数隊動員していた。そんなとんでもないところへ、ベーム上級警部は彼を派遣しようというのだ。ナチ党員か共産党員が間違えて彼をぶちのめすことを期待しているのだろう。

ラートはそのままシェーネベルク地区に電話をかけた。ヘーアの家にいるグレーフを捕まえることができた。五分後、〈ウーラントエック〉の歩道に立った。カティは相変わらず姿を見せない。もう別れ話をする時間はない。

ベームは殺人捜査専用車をまわしてくれなかった。車両課のパトカーが二車線からなるクアフュルステンダム通りの歩道脇に止まった。肥満体のパウル・チェルヴィンスキー刑事秘書官がラートを見て助手席から降り、後部座席のドアを開けた。運転席にはアルフォンス・ヘニング刑事助手がすわっていた。ラートはため息をついた。プリッシュとプルム（十九世紀のドイツの風刺画家ヴィルヘルム・ブッシュが作りだしたキャラクターで、しつけのなっていない二匹の犬の名）、〈お城〉（ベルリン警視庁庁舎は赤レンガ造りで〈赤い城〉と呼ばれていた）の仲良し二人組だ。どちらもおよそ克己心というものがない。おそらくそれだから、ベームはこのふたりをことあるごとにラートに押しつけるのだろう。ラートが後部座席に乗り込むと、ヘニングは軽く帽子に手をかけた。長くて硬い棒と異様な形の箱が席を占拠していて、ラートはまともにすわることもできなかった。

ラートは罵った。「これはなんだ？」

「写真機です」ヘニングはいった。「このくそったれオペルのトランクルームには入らないもので！」

「殺人捜査専用車なら入っただろう！」

ヘニングは肩をすくめた。「そっちはブルドッグのベームが使うんですよ」

「あれに乗って〈アシンガー〉にでも行く気か？」

上司のラートがジョークを飛ばしたので、ヘニングはあいそ笑いをした。チェルヴィンスキーがまた助手席にすわると、ヘニングはアクセルを踏んだ。タイヤをきしませながら、オペルは向きを変え、反対車線にのった。ラートはカーテン用のヒンジに頭をぶつけて、悪態をついた。車がヨアヒムスタール通りに曲がったとき、バックミラーにカティの赤いコートが映った。

4

撮影スタジオは競馬場の近くにあった。ヘニング刑事助手はすでに駐車してあったベージュのビュイックにオペルを横付けした。グレーフ刑事秘書官は大急ぎでやってきたらしい。ラートはつまらない自殺から解放されるなら、ただの事故でも歓迎だった。しかも撮影スタジオでの事故だ。ヘニー・ポルテン（無声映画草創期のドイツの女優。一八九〇―一九六〇年）とすれ違えるかもしれない。

長くつづくレンガ塀が敷地を囲んでいた。スタジオは道路からすこし離れたところに建っていて、一見したところ巨大な温室のようだ。周辺を味もそっけもないプロイセン的な工場施設に囲まれたガラスの山といったところだ。入口に二〇二分署の巡査が見張りについていた。通りから青い制服が見えないように人目を避けている。

「あちらです」ラートが警察章をだすと、巡査は大きな鋼鉄扉を指した。「他の捜査官はすでに中に入っています」

「なにがあったんだ?」ラートはたずねた。「事故としか聞いていないが」

「女優が死にました。撮影中でした。それ以上はわたしも知りません」

ラートの背後で荒い息づかいが聞こえた。ヘニングがカメラをオペルからだして担いでいた。巡査が鋼鉄扉を開けると、邪魔な三脚をつけたカメラを運び込んだ。ラートとチェルヴィンスキーはヘニングのあとに従った。

外観はガラス張りで、温室のようだったが、巨大な窓は内側からまったく見ることができなかった。ずっしりした暗幕が天井から垂れ下がり、壁面を完全に覆っていた。床のいたるところにケーブルがはい、上から垂れ下がっているものもあったので、重いカメラを担いだヘニングは躓《つまず》かないようにするだけでも一苦労だった。ラートは気をつけながらケーブルのジャングルをかき分けてあたりを見回した。いたるところに機械類が詰め込まれている。三脚にのった投光器に、味気ない告解室を連想させるガラスケース。分厚く、磨き上げられたガラスに撮影機のシルエットが映っていた。二台目の撮影機は三脚といっしょに台車にのっている。全体が重そうな金属の箱に収まっていて、レンズだけがそこから突きでていた。その横には無数のレバー、真空管、点滅するランプを配した音響調整卓があり、その上にヘッドホンがのっていた。太いケーブルが一本、その音響調整卓の背後から延びていて、それが細い数本のケーブルに枝分かれして、絞首台を連想させるような装置につながっていた。そこから二本、マイクがぶら下がっている。マイクはあたかもサロンの天井から糸を垂らして降りてきた大きな蜘蛛のようだ。床は高級な寄せ木張りで、ブラックチェリー材の家具、さらには暖炉まである。場違いなところに高級ホテルの一室があるという風情だ。そこに、灰色や白の薄汚れた作業着を身につけ腕まくりしているという、上品さとは縁遠い一団が集まっていた。部屋の調度品に合いそうなタキシード姿の男もひとりいて、投光器用三脚やケーブルといっしょに寄せ木張りの床の周囲に置かれた折りたたみ椅子のひとつにすわっていた。金髪で、顔を腕で覆っている。鼠色の衣装を着た若い女が男をしきりに慰めていた。女は身をかがめ、男の頭を抱いていた。男はときおり声をだしてすすり泣いた。その場で聞こえたのはその泣き声だけだった。寄せ木張りの床に立っている者たちはみんな、まだ撮影中ででもあるかのようにひそひそと言葉を交わしていた。入口のドアにはたしか「静粛」というピカピカの警告板がかけてあったはずなのに。

ラートはヘニングにつづいて邪魔な投光器用三脚を避けて、舞台に立った。ラートが頷くと、ヘニングは重たい三脚をどんと大きな音を立てて床に置いた。みんなが振り向き、固まっていた人々がすこし散った。ラートはふたりの巡査と並んでいるグレーフを見つけた。だれも声を上げず、ささやいている理由がわかった。グレーフの足下に、上品なプリーツの入った深緑色の絹地がきらめいている。絹地は不自然に体を曲げた女の体を包んでいた。顔は判然としない。顔の半分は皮膚が焼け焦げ、赤むけて、火ぶくれができていた。残りの半分は隠れてほとんど見えず、かつての美しい面影を想像するのがやっとだった。ラートは思わずふたつの顔を持つヤーヌス神や、ジキル博士とハイド氏を脳裏に浮かべた。女の金髪は、右側は完璧な髪型をしていたが、左側はほとんど焼け落ちている。頭と上半身はびしょ濡れで、絹地のドレスは濡れて黒ずみ、胸や腹部に張りついていた。左の上腕は重い投光器に押しつぶされている。

グレーフは巡査たちのそばを離れ、屍体を遠回りしてラートのところへやってきた。

「どうも、警部」グレーフは咳払いした。「ひどいですね。あれはヴィンターですよ」

「だれだって？」

グレーフは呆れた顔をした。「ベティ・ヴィンター。知らないんですか？」

ラートは肩をすくめた。「顔を見ないとわからないな」

「やめた方がいいです。見られたもんじゃありません。撮影中だったそうです。投光器に直撃されました。あそこから落ちてきたんですよ」グレーフは上を指差した。「高さは十メートルありますね。重量がありました。しかも使用中で、高熱を発していました」

ラートは見上げた。網の目のようなグレーチングを張り巡らした鋼鉄製の足場が天井から下がり、さまざまな形の大きな投光器がずらっと取りつけられ、そのあいだに暗幕が単調なつまらない旗飾りのようにぶら下がっている。大きなどっしりした暗幕がところどころ照明ブリッジの下までおろしてあり、照明ブリッジが見えなくなっている。屍体の真上にぽっかり空間があいていた。黒いケーブルがだらりとぶら下がっていて、ついさっきまでそこになにか取りつけてあったとわかる。

「どうしてこんなにたくさんの投光器が必要なんだ？」ラートはたずねた。「どうして外光を採り込まない？　そのためにガラス張りなんだろう？」

「トーキーだからです」それですべてわかるはずだというように、グレーフがいった。「ガラスは音響的によくないんです。それであんなにいっぱい暗幕を垂らしているんですよ。無声映画スタジオを手っ取り早くトーキー専用スタジオにするときによくやる手です」

「よく知っているな！」

「カメラマンと話しましたので」

女優にぶつかった投光器は、刑事警察が夜中の事件現場で使うものよりはるかに大きかった。鋼鉄製の遮光板は大太鼓並みの大きさがある。電源ケーブルは落下を止めることも、落下速度にブレーキをかけることもできなかったようだ。絶縁部がちぎれ、白く光る電線が覗いていた。

「そこのかわいそうな婦人は、この怪物にやられたのか？」ラートはたずねた。

グレーフはかぶりを振った。「そうといいますか、違うといいますか」

「どういうことだ？」

「即死ではなかったのです。被害者はものすごい悲鳴を上げたはずです。投光器でグリルされたわけですから。ケーブルが切れても、まだ高熱を発していました。そして共演者がすぐそばに立っていて……」

「あのタキシード姿の、しおれた奴か？」

「はい。ヴィクトル・マイスナーです」

「顔は知っているな」

グレーフは眉を吊り上げた。「映画館に入ることがあるんですか？」

「このあいだ犯罪映画を観た。拳銃を振り回して、女を助けてた」

「今回も助けようとしたんです。ただ拳銃の代わりにバケツに入った水を使ったんですが。防火用バケツです。ご覧のように、あちこちに置いてあります。その水を浴びて、ヴィンターは感電したというわけです。とにかく、すぐに悲鳴は消え、ブレーカーが落ちたそうです」

「事故のあとも息があった可能性は？」

グレーフは肩をすくめた。「ドクトルの所見を聞かないと。どちらにしても女優としての生命は、投光器に当たった時点で絶たれましたね。生きていたとしても、恋愛映画に出演するのは無理だったでしょう」

「あいつ、自分がなにをしでかしたかわかっているようだな」ラートは、すすり泣いているマイスナーを指した。

「そのようです」

「事情聴取はしたか？」

「巡査が試みましたが、だめでした……」

「話せる状態じゃないということか」

「まともに話ができなかったそうです……」

ドスンと大きな音がして、グレーフは言葉を切り、三脚を乱暴に開こうとしているチェルヴィンスキーとヘニングをちらっと見た。「撮影にかかった方がよさそうですね。このままじゃ現場が荒されそうです」

ラートは頷いた。「そうしてくれ。あのふたりには、ここにいるスタッフに事情聴取するようにいってほしい。みんな、事件を目撃していただろうからな」

グレーフは肩をすくめた。「カメラマンはすべてを目撃したはずです。映画監督も。見るのが仕事ですから」グレーフは、頭が半分はげた五十代半ばの男と小声で話し込んでいる痩せた男を指差した。

ラートは頷いた。「俺が話を聞くことにする。それより投光器の責任者はどこだ？」

「さあ。そこまでは手が回りませんでした」

「ヘニングにいって、責任者を見つけて、俺のところへ連れてこさせろ」

グレーフはきびすを返した。ラートはむせび泣くマイスナーの方を向いた。この男優がスターとはとうてい思えない。ラートが前に立つと、泣くのをやめて、泣きはらした目を上げた。灰色鼠がマイスナーを落ち着かせようと、肩をさすった。ラートは警察章を呈示した。マイスナーは顔を泣き濡らしたままラートを仰ぎ見て、突然、絶望の声を上げた。

「わたしがベティを殺した。わたしが殺した！　なんてことをしてしまったんだ」

マイスナーは両手でラートのズボンをつかんだ。この男に事情聴取をしようとしたのはいい考えではなかったようだ。

「あんたはだれも殺していない。事故だったんだから」ラートは男の手をどけようとしたが、うまくいかなかった。灰色鼠が静かに声をかけた。

「ねえ、警部さんの言葉が聞こえたでしょう」

灰色鼠の女は男優の華奢《きやしや》な手を握った。ズボンから手が離れた。灰色鼠が男をディレクターズチェアに戻すと、男は灰色鼠のスカートに顔を伏せた。

「話すのはまだ無理なようです」灰色鼠がいった。「ショックを受けているんです！　早くお医者様が来てくれるといいんですけど」

ラートはドクトル・シュヴァルツがこっちへ向かっていると聞いていた。だがマイスナーのような繊細な男を慰めるのに、ドクトルが適任とはとても思えなかった。ラートは女に名刺を渡した。

「マイスナーさんは今、証言をしなくていいでしょう。落ち着いたら、警視庁へ来てもらうということで。ただ月曜日には来てください」

女に見つめられ、ラートは心の内を見透かされたような気がした。名刺に日付と時間を書いた。十一時。それ以上はどうあっても待てない。

「面倒を見てやってください」ラートは女にいった。「病院へ連れていった方がいいでしょう」

女はためらいがちに頷いた。そこまで責任は持てないという気持ちがありありと見て取れた。

「刑事さんのいうとおりにしてくれ、コーラ」ラートの背後で低い声がした。「マイスナーはこれ以上ここにいない方がいいだろう」

振り返ると、さっき映画監督と話していた頭が半分禿《は》げた男がいた。コーラと呼ばれた女はマイスナーを出口へ連れていった。マイスナーは糸のたるんだマリオネットのようにとぼとぼと女のあとから歩いていった。

「ベルマンです」頭が半分禿げた男がラートに手を差しだした。「ラ・ベル映画製作会社の者で、《愛の嵐》のプロデューサーです」

「ラ・ベル?」ラートは握手しながらたずねた。「ここはテラ映画だとばかり思っていたが」

「スタジオはそうですが、製作は違います。自前のスタジオを構えている映画会社はごくわずかなんですよ。われわれはウーファー（第二次世界大戦前のドイツを代表する大手映画製作会社。一九一七年設立）ではないんで」ベルマンは自嘲気味にいった。

ベルマンはちょうどやってきた映画監督を指した。「ヨー・ドレスラー、うちの映画監督です」

「ヨー?」

「ヨーゼフじゃ、古くさく聞こえるからね」そういって、ドレスラー監督も手を差しだした。

「こんにちは、警部」

「しかし目もあてられませんよ。撮影中だというのに!」ベルマンは本当に途方に暮れているようだった。「あと二週間で《愛の嵐》は封切りなんです」

「そんなすぐに?」ラートは驚いた。

「時は金なりですからな」ベルマンはいった。

「撮影はあと二日の予定だった」ドレスラーがいった。「今日と明日」

「ほとんどできあがっていたということか?」

ドレスラーは頷いた。

「悲劇だ」ベルマンはそういってから、神経質そうに笑っていい直した。「事故のことです。今回の事故は悲劇だといいたいのです。映画はコメディなのですが。神々のロマンチックコメディ、まったく新しいジャンルです。文字どおり神々の話でして」

ラートはわけがわからなかったが頷いた。

「事故は目撃したのかね?」

「いいえ」ベルマンはかぶりを振った。「わたしが駆けつけたときにはもう、彼女は横たわって、身じろぎひとつしませんでした。ヨー、きみなら状況の説明ができるだろう」

映画監督は咳払いした。「他の刑事さんにすでに話したけど……撮影を終える直前だった。ちょうどシーンの撮り直しをしていたんだ。うまくいっていた。あとは彼女が平手打ちをして、雷鳴が轟《とどろ》けば一丁上がりだったんだけどね」

「雷鳴?」

「《愛の嵐》は、北欧神話の雷神トールがベルリンの娘に恋をし、トアヴァルト伯爵に化けて言い寄るという物語なんだよ。ふたりが近づくと雷鳴が鳴るという設定でね」

ラートは頷きながら考えた。じつにいかれた話だ。これでベティ・ヴィンターが喝采を浴びるはずだったというのか?

「まあ、そのとき」ドレスラーはつづけた。「いきなり投光器が落ちてきて」

「なにが?」

「ベティを直撃した投光器だよ。彼女、落ちてきた投光器に押しつぶされたんだ。すごい悲鳴だった。だれも助けられなかった。まったくひどいもんだった……」

「どうしてだれも助けようとしなかったんだ？」

「いうのはたやすいことさ！　投光器がどんなに熱いか知ってるかい？　素手でつかんで引っ張るなんてできることじゃない！」

「だがひとりだけ助けようとした……」

「ヴィクトルのことかい？」ドレスラーは肩をすくめた。「なんであんなことをしたのかねえ！　いっしょにシーンの撮影をしていた。彼女のすぐそばにいたんだ。あいつがなにを思ったかなんて、わかるもんじゃない。そばにいて、悲鳴を聞いて、皮膚の焼けるにおいを嗅いだら、助けたくもなるさ！　本当に身の毛のよだつ悲鳴だった！」ドレスラーはさっきの事故を忘れて、なかったことにしたいとでもいうようにかぶりを振った。「俺たちはみんな、凍りついた。あっと思ったときには、あいつ、防火用バケツの水をベティにぶちまけていた」

ドレスラーは咳払いしてからいった。「すぐに悲鳴が途絶えた。びくって、体を痙攣《けいれん》させたっけ……その……のけぞるようにして。それから、バチンて音がして、ブレーカーが全部落ちて照明が消えたんだ」

「それで？」

「ものが見えるようになるまで数秒かかった。ヴィクトルの次に、俺がベティのところに駆けよった。すでに死んでいたよ」

「どうやって死亡を確認したんだね？」

「俺は……彼女の頸動脈に触った。脈はなかった。完全に息絶えていたんだ」

「信じられませんよ」ベルマンが口をはさんだ。「ドイツ映画にとって大変な痛手です」

ラートはベルマンを見つめた。「よくあることなのか？」

「なにがです？」

「だから、投光器が落ちることだ？　見るからに危なっかしい構造だが」

ラートはデリケートな部分をついた。ベルマンが血相を変えた。「いいですか、警部さん、一見仮設のように見えるでしょうが、すべて点検され、許可が下りているのです。建築警察に確かめてください！」ベルマンはむきになり、一言いうごとに声が大きくなった。「ここはガラス張りです。撮影には理想的ですが、録音には不向きなので、改築しているところなんです。防音、わかりますね。トーキーの場合、自然光よりもそっちの方が重要なのですよ。自然光はあきらめざるをえない。ですから、照明機器を導入したのです。うちの投光器は最高の装備で、業界最新でしてね。ニトラフォトランプだって……」

ベルマンは自分の発言が場違いであることに気づいたらしく、途中で口をつぐんだ。

ラートは気まずい沈黙をほったらかしにした。そうした方が、うっかり口をすべらせることが多い。しかしベルマンはすでに気を取り直していた。仕事柄、大事な能力だ。映画監督の方はそわそわしている。用を足したいのか、しきりに足を踏み換えていた。映画監督が不用意なことをいう前に、ヘニングが邪魔に入った。貧相な男を引っ張ってきて、「ハンス・リューデンバッハです」といった。

ラートは安くこきつかわれている管理人という風情《ふぜい》の、灰色の作業着を着たその小男をしげしげと見た。

「照明係かね?」

「主任照明係です」

「勝手に落ちた投光器の責任者はあんたか?」

小男が口を開けると、すかさずベルマンが口をはさんだ。

「警部さん! すべての責任は当然このわたしが引き受けます!」野党勢力から退陣要求を突きつけられた、海千山千《うみせんやません》の大臣ででもあるかのようだ。

「実務面での責任者ということだ」ラートはいった。「だれかがミスをしたはずだ。メーカーでなければ、あんたんとこのだれかってことになるよな、主任照明係」

「ありえません」主任はいった。

「すべてちゃんと取りつけてあるか、定期的に検査しているかね?」

「もちろんです! 照明に問題があるうちは、撮影に入れないことになっています!」

「それで、照明に問題はなかったのかね?」

「非の打ちどころがありませんでしたよ。光は文句ない状態でした。どうしてはずれたのかわかりません。上がって見てみないことには」

「まだ点検していないのか?」

主任はかぶりを振った。「どうやればいいんです? おたくの連中にだめだっていわれたんですから。なにも触るなっていわれましたからね」

「それでいい」ラートは頷いた。「では投光器を取りつけていたところを見せてもらおう」

主任は垂直に伸びる細い梯子の方へ歩いていった。あいつのように痩せていないと足場はもたないんじゃないかとラートは心配になった。グラグラ揺れる足場は十メートル近い高さがあるのに命綱もない。額に冷や汗を浮かべるのに充分な状況だ。下を見ないようにしながら、灰色の作業着を着た主任につづいて階段を一歩一歩上った。足場に渡したグレーチングもグラグラしていて、足を一歩前にだすたびにぎしぎし鳴った。ラートは手すりをがっしりつかんでそろそろと前に進んだ。だが本能的に、前にだした足先を見つめてしまう。グレーチングの隙間から見えるスタジオの床は奈落の底のようだ。上から見ると、屍体が横たわる暖炉の間の横にホテルのフロントと従業員の控え室があり、そのさらに横に街頭カフェがあった。暖炉の間のドアは警察署のオフィスと留置場に通じている。どうやらすべて《愛の嵐》で使うセットらしい。下でぴかっとまばゆい光が発せられた。グレーフが記録写真を撮りはじめたのだ。ラートは前を見た。主任照明係は姿を消していた。

「おい！」ラートが叫んだ。「どこにいる？」

足場は迷路そのもので、思った以上に見渡しがきかない。天井の隙間という隙間に垂らした布が視界を遮っているせいだ。

「ここです」主任の声がくぐもって聞こえた。それでもすぐ近くのようだ。「どこにいるんですか？」

数歩進むと、主任が見えた。三メートルほど先のグレーチングの上でしゃがんでいた。「すぐに行く」ラートはいった。「なにも触るんじゃないぞ！」

両手がこわばって痛い。額が汗ばんだ。しかしラートは恐がっているそぶりを見せずに歩を進めた。主任は取りつけ金具を指差した。

「ここです」

ラートは隣にしゃがみ込んだ。

「ここを見てください。ありえないことだ！」

「どういうことだ？」

「ここにネジ付きボルトがないといけないのに、はずれているんです。ありえないことです。すべてボルト締めしないといけないのに」

ラートは取りつけ金具に顔を近づけた。

「ボルトが折れたんじゃないのか？」

主任は肩をすくめた。「それなら割ピンが残っているはずです。ほら、ここに」

しかし取りつけ金具の裏側に割ピンは残っていなかった。

主任はかぶりを振ってつぶやいた。「ありえない。絶対にありえない！」

ふたりは立ち上がった。ラートは揺れる足場の手すりをつかんだ。両手がまたこわばった。胃がひっくり返りそうだ。しかし主任は、時化《しけ》の最中に船を操る操舵手のようにしっかり立っていた。

「本当にありえないことなんです」彼はかぶりを振った。「投光器は表と裏からふたつのボルトで二重に固定することになっています」

「だれかが投光器の位置を変えて、ボルトを締め直すのを忘れたんじゃないか?」

「撮影中にそんなことをするはずがないでしょう!」

「しかし投光器は取りつけ金具からはずれたんだ。ボルトがふたつ同時に壊れるというのは変だ。だれかがうっかりミスをしたと考える方が自然だろう」

主任は顔を紅潮させた。「うちの助手にかぎって、そんなミスはしません。グラーザーにかぎって!」

「だれだって?」

「ペーター・グラーザーです。俺の助手です。この照明の担当でして」

主任ののんびりした口調に、ラートはだんだんいらついてきた。

「変だな」と冷ややかにいった。「どうしてそいつと顔を合わせていないんだ?」

「俺をお呼びになったからですよ! あいつがどこにいるかわかっていれば、俺も話を聞きたいところです」

「なんだって?」

「今朝、照明のセッティングをしたのはあいつなんです」

「それで今は?」

主任は肩をすくめた。「姿が見えないんです」

「いつからだ?」

「さあ。しばらく前から顔を見ていません」主任は肩をすくめた。「今日の十時頃からでしょうかね。具合が悪くなったのかもしれません」

「早退すると断ったのか?」

「さあ」

ラートは堪忍袋の緒が切れた。「おい、あんた。すぐにここから降りる。案内しろ!」

いくら捜してもグラーザーは見つからなかった。スタジオにいないことがはっきりした時点で、頼りになるスタッフなんですが、とぶつぶついうベルマンからグラーザーの住所を聞きだし、ヘニングとチェルヴィンスキーをそこへ差し向けた。法医学者とともに到着した鑑識班がネジ付きボルトがふたつ床に落ちていないか虱潰《しらみつぶ》しに捜した。ドクトル・シュヴァルツは屍体のそばにしゃがんで、頭と肩の火傷を調べた。鑑識課課長のクローンベルクの部下たちは徹底していたが、結局、ネジ付きボルトの一本を見つけたのはグレーフだった。グリースのついた黒い小さなボルトは投光器用三脚の下に転がっていた。

リューデンバッハ主任照明係は、そのボルトが投光器の取りつけ金具に使うものであることを認めた。ボルトに欠けたところはなく、無傷で、検査するためにそのまま鑑識課のブリキケースに放り込まれた。しかし二本目のボルトも、留め金も見つからなかった。

「なんだよ、ただで床掃除したようなもんじゃないか」鑑識官のひとりがぼやいた。

「すくなくともボルトが一本見つかったんだからいいだろう」グレーフがいうと、ラートも頷いた。

「もうひとつの方は、グラーザーが持っているかもしれない」ラートはいった。「本当は二本とも持ち去るつもりが、二本目を見つけられず、とんずらしたんだろう」

「本当にそいつがわざと投光器を落としたと考えているんですか?」グレーフはたずねた。

「責任の重さを痛感して、臆病風に吹かれたのかも。事故のあと逃げたんじゃないですかね」

ラートは肩をすくめた。「いくら想像を膨らませても仕方がない。とにかく、だれかに責任がある。それだけはたしかだ……」

「警部?」

ラートが振り返った。若い男がフィルムケースを振りながら近づいてきた。

「カメラマンです」グレーフが耳打ちした。「ハラルド・ヴィンクラー」

「警部」若いのに毛髪が薄いヴィンクラーがフィルムケースを指した。「警部が興味を持つんじゃないかと思いまして」

「なんだ?」

「事故の映像ですよ。なにがあったか一部始終見ることができます」カメラマンはフィルムケースを持ち上げた。「ここに写っています」

「事故を撮影したのか?」

「撮影機が回りっぱなしだったんです。……本能的に回しつづけたんですよ。照明が落ちるまで。役に立つんじゃないでしょうか。これ以上の目撃者はないです。絶対に買収されません」

ラートは頷いた。「いつ見られる？」

「月曜日まで無理です。まず現像所にださないと。なんなら試写室を押さえておきますが」ヴィンクラーはラートに名刺を渡した。「電話をください……」

そのときカメラマンがラートの肩越しに背後を見た。グレーフも横を見た。振り返ったラートの目に、ずらっと並ぶ五、六本のカメラレンズが飛び込んできた。

新聞記者の一団が保安警察の警備をすり抜けて入り込んできたのだ。巡査が制止するよりも早く、一斉にストロボが焚かれた。屍体に覆いがかけてあって助かった。

「奴らを入れたのは、どこのどいつだ？」ラートがグレーフにいった。

グレーフはすぐ行動に移った。「ここは事故現場だ。プレスクラブじゃない」巡査に顎をしゃくって合図した。だがその必要はなかった。巡査たちは記者を外に追いだしにかかっていた。すぐに記者から抗議の声が上がった。

「待て！　それはないだろう！」

ラートが足を前に一歩踏みだした。「ここからお引き取り願う。捜査の邪魔になるのでね」

「写真だけでも撮らせてくれ！」

ラートは、巡査たちに押されて後ろに下がっていく記者連中を見ながらにやついた。追いだされながら、記者の数人がしつこく質問をした。

「事故ですか？　それとも殺人ですか？」

「ベティ・ヴィンターを亡き者にしようとしたのは、どこのどいつですか？」

口々に怒鳴りながら、記者たちは出口に姿を消した。巡査たちは手際がよかった。

「諸君」ラートはいった。「ご理解痛み入る。捜査の進捗状況については適宜、情報公開する」

「記者会見がすぐにあるってことですか？」外に押しだされた記者のひとりがたずねた。

最後のストロボが焚かれた。ラートはまともに見てしまって、しばらく目がちかちかした。

鋼鉄扉が閉まって、騒ぎは収まった。

「どうやって入ってきたんだ？」ラートはたずねた。「入口には見張りをつけてあるはずだぞ！」

「つけてあります」グレーフはいった。「裏口から入ってきたに違いありません」

「なんで見張りをつけなかった？」

ベルマンがやってきて、口をはさんだ。「あいすみません、警部さん、部下の方々は知らなかったのです。わたしが言い忘れたものですから」

「ブン屋はどうして裏口がわかったんだ？　そこが開いているって、どうして知ったんだ？」

ベルマンは肩をすくめた。「ベルリンのブン屋さんは生き馬の目を抜きますからなあ。こういう事故を隠し通すことは無理でしょう。ですから、記者会見をアナウンスしたのです。僭越《せんえつ》ではありますが。警部さん方も出席してくださるとありがたいです……」

「なにをアナウンスしただと？」ラートは信じられなかった。「ここで人がひとり死んだんだぞ。それを新聞に宣伝しようというのか？」

ベルマンはむっとした。「お言葉ですが、警部さん！　ここでなにが起こったかおわかりですか？　偉大なベティ・ヴィンターが死んだんですぞ！　人々には知る権利があります」

ラートはじっとベルマンの目を見据えた。「今度、勝手な真似をしたら、ただじゃすまないからな！」

「当方の施設を使ってなにをしようが、こちらの勝手でしょう」

「もちろんだとも」ラートはベルマンに笑いながらいった。「だがこっちにも考えがある！」

5

男は給仕人を呼んで、もう一杯アイスワインを注文した。そろそろ食事をはじめなくては。体が糖分を求めて悲鳴を上げている。

「メニューをお持ちいたしましょうか？」

「いや、もうすこし待とう」男はかぶりを振った。だが、すっぽかされたという予感がした。約束の時間をもう一時間も過ぎている。

なぜすっぽかされたのかわからないが、急用ができたのだろう。なにもなくてすっぽかすはずがない。彼女はその気になっていた。明日の撮影計画を変える理由はない。

給仕人はどこへ行った？　もっとワインを飲まねば！

糖分に命を救われることに、いつか慣れることができるだろうか？

ちゃんと慣れるわよ。

母の笑み。

慣れなくちゃね。

彼は信じられないという目付きでワインのグラスを見つめた。

いいの？

飲むのよ。

ぼくは飲まなくちゃいけない。

彼はそっと口に含んだ。喉を流れ落ちる甘い液体。

アイスワイン。甘いアイスワイン。

長年思い描いた夢が現実のものになった。

ふたりはレストランにいた。彼と母。お祝いをすることになっていた。はじめての注射。長年自由を奪われてきた彼がはじめて注射を受けた。インスリン治療を試みるのだ。

ふたたび生きる。長年、死を待ちわびていたのに。

彼は生まれ変わる。

給仕人たちが前菜を運んできた。白いテーブルクロスにクリスタルグラスの皿をふたつ同時に置いた。

母の笑み。

お食べ、坊や。

彼は食べることができない。涙が流れる。まわりの目も気にせず、すすり泣く。母の驚いた顔が涙にかすんで見えた。

母が彼の手をさすった。彼は手を引く。触られたくなかった。母の愛情が信じられない。母の愛情が理解できない。愛情など信じていなかった。

もういいのよ。わたしが幸せにしてあげる。おまえはわたしの大事な子なんだから。

彼は涙を拭き、フォークを取って、おそるおそる味見する。舌先で新鮮な海老を味わう。ディルの香り、トマトの甘み。その甘みに圧倒された。甘いという感覚が体中に広がった。

母は微笑んだ。自分の皿をフォークでつつくだけで、食べはしない。微笑みながら、皿をつつき、彼が二度、三度とフォークを口に運ぶのをちらちら見ていた。見るんじゃない。歳の市の出し物じゃないんだ。エレファントマンじゃない。怪物でも、世界の神秘でもないんだから。

おまえは他の人と同じように人生を謳歌できるのよ。他の人といっしょに生きていけるの。

ようやく母も前菜を口にした。

ふたりは黙々と食べ、給仕人がワインを注いだ。母はナプキンで口を拭き、グラスを持った。

人生に乾杯！

人生に乾杯か。

ふたりはアイスワインを、甘いアイスワインを飲む。

これからどうする？

大学に行く。

いいわね。

医学を学ぶ。

母はまた彼の手を握ろうとして、途中で引っ込めた。母のまなざしに悲しみの色が浮かんでいる。

わたしの子、わたしの大事な子！

給仕人たちが次の料理を運んできた。皿にのっている銀の蓋を同時に持ち上げる。

信じられない。はじめてまともな食事ができるのだ。長年飢えに苦しんできた果ての正餐。

これであの責め苦は終わる。すべてよくなるんだ。

彼は本気でそう信じた。

あのときは。

だが勘違いだった。徹頭徹尾、勘違いだった。


男は時計を見た。彼女はもう来ないだろう。彼女を悪く思ってはいけない。悪く思うことはできない。密会にはこういうリスクがつきものだ。急用ができても、断りの連絡を入れることができない。まあ、いいってことだ。

大事なのは、計画を他人に知られないこと。

肝心なのは、彼女が明日、撮影にあらわれること。

重要なのは、彼女の使命が成就すること。

ようやく給仕人がワインを持ってきた。

6

この時間、ベルリンの路上を走る車の数は少ない。ラートはビュイックのアクセルを踏み、雨に濡れたアスファルトを疾走した。テンペルホーフ地区をひたすら北へ向かう。グレーフ刑事秘書官は助手席にすわり、こっそりドアノブをつかんでいた。プリッシュとプルムの車に乗らなかったことを後悔しているようだ。

普段のラートなら、どんなことがあってもこんな無茶はしない。だが今は違う。スピードが気持ちを静めてくれる。そのためのスポーツカーだ。

「警部、俺は急いでいないんですけど」グレーフがおそるおそるいった。

「ときどきエンジンを吹かす必要があるんだ」

「あのくそ野郎には、俺だって腹が立ちますけど、アクセルに当たらなくてもいいじゃないですか。街灯に衝突しますよ！」

ラートが急ブレーキを踏んだ。空港通りの信号が赤だったのだ。

「主演女優を失って、すぐそれを商売に結びつけやがった。そしてあの見せかけの嘆き節！　どうせならあのベルマンに車をぶつけてやりたいよ！」

ラートが怒るのも無理はない。ベルマンは記者会見をアレンジしたのだ。噂を一人歩きさせないために、ラートたちはそこに顔をだし、女優の死を巡ってできるだけ曖昧な回答をした。新聞記者たちは、さっきスタジオから追いだされたことを根に持っていた。だから余計に、コーヒーとクッキーという餌までまいたベルマンの言葉に熱心に耳を傾けた。ベルマンは大女優ベティ・ヴィンターのまたとない演技力を耐えがたいほど歯の浮いた言葉で賞賛し、あまりに早い死でドイツの映画芸術は将来をもっとも属目《しょくもく》されていた才能を失ったと騒ぎたてた。

「わたくしどもとしましては、《愛の嵐》の劇場封切りをめざして最善の努力を惜しまないつもりです」ベルマンは目をうるませながらそうしめくくった。「それは大女優ベティ・ヴィンターのためです。みなさん、ぜひとも記事にこう書いてください！　この映画は彼女の遺産である！　このようなことにならなければ、この映画はドイツ・トーキー映画の未来を指し示すものと……」

ベルマンは途中で口をつぐみ、記者たちから顔をそむけ、ハンカチで顔を隠した。ラートはくそったれと叫びたかった。なんという茶番だ！　演壇に上がらされたラートとグレーフは、まるで一ファンかコメンテーターのような扱いを受けた。いつかこいつをぎゃふんといわせてやる、とラートは固く心に誓った。

信号が青に変わると、ラートはアクセルを踏んだ。ビュイックのタイヤが空回りし、急発進した。

「くそ野郎」ラートは罵声を吐いた。

「ベルマンはくそ野郎です。それは間違いないです」グレーフは慌ててつかむものを探した。

「しかし犯罪とはいえません。立派なことでもないですけどね。とにかく人の死で金儲けをしようとしたからって牢屋にぶち込むことはできないですよ」

「殺人を幇助したとしたら話は別だ」

「意識して幇助したとなればたしかにそうですけど、あやしいのはグラーザーとマイスナーでしょう。不運の悲しい連鎖。ひとりは虚脱状態に陥り、もうひとりは姿をくらましてしまいました。直接の死因は感電だとしても、本来責任を問われるのは照明係です。もしかしたらこうなると予想していたのかもしれません。人に危害を加えることになると」

「逃げたんだから、疑って当然だ」

「人を死なせてしまったという事実が重くのしかかったんじゃないですかね。そういう重荷を抱えて生きていくのは並大抵のことじゃないです。警部にはできますか？」

ラートは黙って道路を見つめた。前を走っていたタクシーが車線を変えた。ラートはアクセルを踏んだ。北上するにつれ、交通が激しくなり、猛スピードでは走れなくなった。

「〈びしょ濡れの三角〉で一杯引っかけませんか？」グレーフがこわごわたずねた。ハレ門を抜けて、スカリッツ通りに曲がったところだ。

ラートはかぶりを振った。「今日はやめておく。だがショルシュのところで降ろしてもいいぞ」

「ひとりで飲む気はしないです。自宅で降ろしてください」

グレーフはシレジア門近くの家具付きアパートに住んでいた。ラートにとってそれほど遠回りではない。帽子のつばに軽く手をやってグレーフと別れると、ルイーゼ河岸《かし》通りに帰った。裏手の中庭を横切ろうとしたとき、二階に明かりがともっていることに気づいた。

すっかりカティのことを忘れていた。バックミラーに映った赤いコートが脳裏に蘇り、カフェで待ちぼうけしたことを思いだした。住まいのドアを開ける前に足を止め、これから潜水でもするように大きく息を吸った。

玄関にはカティの赤いコートともう一着、褐色のコートがかかっていた。ドアの閉まった居間から音楽がかすかに聞こえる。カティが持ち込んだぞっとする流行歌のレコードだ。自分がいればかけさせはしないのだが、彼女ひとりだと、まったく遠慮がない。

だが今回はひとりではない。

大きな笑い声が居間から響いた。カティのばか笑いと太くて低い笑い声。

人の住まいにいったいだれを引っ張り込んだんだ。

ラートは帽子とコートを身につけたまま、拳を振り上げたくなるのを抑えてドアを開けた。ふたりを放りだす気満々だった。そういう成り行きになるはずだった。

だが客を一目見るなり、怒りの矛先《ほこさき》が変わった。

カティは背を向けて、なにがおかしいのか、げらげら笑っている。彼女の正面で、手入れの行きとどいた白い髭をたくわえた初老の男がコニャックグラスを傾けていた。ほぼ一年ぶりに見る顔だ。その男がうれしそうに顔を輝かせた。

「ゲレオン、お帰り！」

ラートはそれに応じず、レコードプレイヤーのところへ行って、やかましい音楽を止めた。

「ゲレオン」カティもいった。だがそれ以上なにもいわなかった。レコードプレイヤーを勝手に使ったのはまずかったと思ったようだ。普段は絶対に触らせてもらえなかったからだ。

ラートはまだ無言を押し通している。まず別のレコードをかける。ビックス・バイダーベックのレコード《ビッグ・ボーイ》。兄ゼヴェリンからのプレゼントだ。すぐにけたたましい音が鳴り響いた。

カティは嵐の前触れを感じて、そそくさと立ち上がった。

「ちょっと片付けをするわね」といって、台所に姿を消した。よくできた主婦だ。

ラートは居間のドアが閉まるのを待ち、カティの温もりが残る安楽椅子にすわって白髪の男を見た。

「こんばんは、父さん。くつろいでいるようですね」

父は空咳をしてからいった。

「レコードの音を小さくしてくれないか？　こううるさくちゃ自分の声も聞こえない！」

「これがわたしのくつろぎ方でして」

父は立ち上がった。レコードプレイヤーの音量ダイヤルを見つけて音を下げるのにすこし手間取った。台所の流し台で水が流れる音が聞こえるほど静かになった。父は棚の下に並ぶレコードコレクションを見て、かぶりを振った。「相変わらず黒人音楽を聴いているのか?」

「それをいうために遠路はるばるやってきたのですか?」

「アメリカのレコードか?」

「アメリカの話がしたいんですか?」

「新しい事件が起きたそうだな? プロイスナーさんから聞いた」

〈ウーラントエック〉の給仕人がカティに事情を伝えたようだ。

「女優が死んだんです」ラートはいった。「撮影スタジオで」

「デュッセルドルフの捜査に加われなくて残念だったな」父は褐色の書類鞄に手を入れた。

「母さんがよろしくいっていた。預かってきたものがある。これだ……」といってなにかだした。包装され、きれいなリボンが結んである。「誕生日おめでとう」

「ありがとうございます」そういって、ラートは包みを傍《かたわ》らに置いた。「まだ何日か先ですけど」

「母さんがなにか持っていけとうるさくてな。郵便より確実だっていうんだ」

「母さんは会いにこないということですね?」

父は肩をすくめた。「会いにきたがっているが、知ってのとおり、ひとりで汽車に乗れないんだ」そこで咳払いした。「……しかもよりによって灰の水曜日(復活祭の四十六日前。四旬節の初日)だろう。ケルンから出るなんて不可能に近い。朝のミサのあと、市庁舎でレセプションがあり、夜にはカジノで恒例の魚料理の食事会があるしな……」

「言い訳はいいです。別に父さんの予定なんて知りたくもないですから」

父は包みを指した。「贈り物をもらえたのだからいいではないか」

父はふたたびソファに腰を下ろした。ふたりは押し黙った。台所から水が流れる音と食器の当たる音がした。カティはよく働く。それもかいがいしく。

「いい娘さんじゃないか、おまえの婚約者は」父はいった。

「婚約はしていません」

父はほんの一瞬目を瞠《みは》った。「新しい風俗にはどうも慣れることができないな。とにかくしっかりした娘さんだ。話しておいてくれればいいものを！　家を間違えたかと思ったぞ。だがプロイスナーさんは、わしがだれかすぐにわかった！」

「写真をナイトテーブルに飾っていますから」

うまくいった。父が渋い顔をした。

「どういうことなんだ？　わざわざ来たのに、息子にこんなに邪険にされるとはな！」

「なにを期待していたんですか？　この街に住んでほぼ一年になりますが、父さんも母さんも一度として訪ねてこなかったじゃないですか……それが突然、予告もなく来て、赤絨毯を敷いて待っているとでも思ったんですか？」

「ガラスの家に石を投げるものではないぞ、息子よ」どすを利かすのに、声を荒らげる必要はなかった。「おまえこそ、一度も帰ってこなかったではないか。クリスマスもケルンで過ごさなかった！　母さんはおまえが帰ってくるのを楽しみにしていたんだぞ！　それなのに、祭日勤務を志願した。カールにいえば、免除してもらえたものを」

「どうしてそのことを？　わたしのことをスパイしているんですか？」

「そのくらいわかる。わしは警官だからな」

「すっかり忘れていましたよ」

父は元気のない表情でラートを見た。

「ゲレオン、めったに顔を合わすことがないんだから、喧嘩はよそう。わしの息子はもうおまえひとりなんだし」

ゼヴェリンを勘当したからじゃないか、とラートは思った。

「どうしてここへ？」

父は咳払いしてからいった。「待ち合わせをしている。友人がおまえの助けを必要としているんだ」

「待ち合わせなどした覚えはないのですが」

「プロイスナーさんには話してある」父は台所の方を顎でしゃくった。いまだに食器を片付ける音がしている。「おまえをすこしのあいだ誘拐するといったら、納得してくれた。たいして時間はかからない。九時か九時半には戻ってこられるだろう。帽子とコートはそのままでいい。これからホテル・カイザーホーフへ行く」

これだから、父は嫌いだ。手回しがよく、頼んでもいないのに、勝手に物事を決めてしまう。

何度繰り返されてきたことか。だがもっと気に入らないのは、こういう父の行動に逆らえない自分だ。反抗心を骨抜きにするなにかが、ラート自身の中にあるのだ。

「わしをがっかりさせないでくれ、ゲレオン」父は立ち上がった。「急げば、約束の時間に間に合う」

父の右手に押されて、ラートはドアに向かった。

抗《あらが》うことはできなかった。いつものように父の意のままになった。

父と息子が廊下に出ると、カティが布巾を持ったまま台所の扉のところでふたりに微笑んだ。主婦の鑑だ。ラートは別れの挨拶をするときにちらっと彼女の目を見た。

彼女のまなざしがすべてを物語っていた。

彼女は予感している。ただそれを自覚したくないのだ。

モーリッツ広場は渋滞していた。オンボロのトラックが車線をすべて遮断し、巡査が事故現場で車の誘導をしていた。寡黙なドライブだった。

「アメリカの車か？」ビュイックの助手席にすわったとき、父がぼそっといった。気に入らないという顔をしている。ラートは腹に据えかねて、一言も口をきかなかった。

モーリッツ広場でにっちもさっちもいかなくなったとき、父が沈黙を破った。「タクシーにすればよかったな」ラートには、そのぼやきが非難の言葉に聞こえた。

「渋滞に引っかかれば、タクシーも同じです」ラートはむっとしていった。

ようやく事故現場を通り抜けて、オラーニエン通りに入った。ライプツィヒ通りの十字路で赤信号に引っかかったが、それ以外は順調に走ることができた。ラートは最善を尽くした。もちろんそれでも充分ではなかったが。

「遅刻だ」といって、父はヴィルヘルム広場で車を降りた。「十分近く遅刻してしまった！」

いいかげんにしろ。ラートはゆっくり車を施錠した。父はすでにホテルの玄関へ突進していた。

ホテル・カイザーホーフは官庁街のヴィルヘルム通りに近く、政治家や高級官僚の御用達だった。エンゲルベルト・ラートにとってお誂《あつら》え向きの場所だ。彼はまっすぐ一階のレストランに息子を連れていった。オークの板張りの広間は他のレストランと違って静かで、グラスの触れ合う音さえほとんど聞こえない。人々が会話や飲食にハンドブレーキでもかけているかのようだ。

ゲレオン・ラートは父のあとにつづいた。父はこのレストランをよく知っているようだ。国会からそのまま車で移動してきたような燕尾服姿の紳士たちがすわるテーブルへまっすぐ歩いていく。その席を仕切っているのがだれか一目瞭然だった。壁を背にしたその人物は、まるでインディアンの酋長《しゅうちょう》のような顔付きをしている。頬骨が張り、なにを考えているかわからない目付き。ラート父子に気づくと、表情を変えることなく、同席している紳士たちになにかつぶやいて立ち上がった。

父はその男のところへ向かった。

「遅くなって申し訳ない、コンラート。これが警察の仕事というものでね……ベルリンでもそうなんだ……わたしの息子です……」

「かまわんよ、エンゲルベルト！　夜行列車が出るまでまだ二時間ある」燕尾服の男はやさしげな表情を作ったが、まなざしは近づきがたかった。「それで？　若いラート君はうまくやっているのかな？　首都にはもう慣れたかね？」

ラートは燕尾服の男と握手した。

「気にかけてくださりありがとうございます、市長！」

「そう呼ぶのはやめてくれたまえ。ここには市長も国家元首もいない！　プライベートなのだからね。ケルンの人間が三人ベルリンで会っているだけだ」

ラートは微笑んでみせた。

「バーへ行こう」燕尾服の男はいった。「予約しておいた」

給仕人が三人を小さなテーブルに案内した。すでにツェルティンガー・キルヒェンプファート（ドイツ・モーゼル産の白ワイン）が「予約席」という札ののったテーブルのワインクーラーで冷えていた。

ラート父子を招待した人物は用意周到だ。エンゲルベルト・ラートが市長と馬が合うのも、そういうところがあるからだろう。もちろん中央党の党友であるということも見逃しにはできない。そもそもラートの父は、自分の出世に役立つ人間とは常に仲がいい。とくに成果が上がるときには。かつてはケルン警察で最年少の上級警部だったし、今や警視長だ。

「さて、ここなら心置きなく話せる」燕尾服の男はふたりに椅子を示し、給仕人が二客のグラスにワインを注ぐのを待って話しはじめた。

「エンゲルベルト、息子さんが時間を取ってくれて感謝する。事情は話してあるのかね？」

「いいえ、デリケートな問題ですから！　直接お話しいただいた方がよろしかろうかと……」

「まずは乾杯しよう！」燕尾服の男は水の入ったグラスで、ふたりと乾杯した。

ラート父子はワイングラスを口に運んだ。甘すぎて、ゲレオンの好みではなかったが、父はなかなかという顔をして頷いた。「これはいけますな、コンラート」

「きみの好みは熟知しているからね、エンゲルベルト！」燕尾服の男は水の入ったグラスを置いて、咳払いした。

「では本題に入ろうか……困ったことがあるんだ……往生していてね……」

「大丈夫です。警察は困ったことのためにあるのですから！」とラート。

「若きラート君！　折り入って頼みがある。警察組織に公にしてもらいたくない。先ほどもいったように、これはプライベートな会合だ」

「とにかく市長殿の話を聞くんだ、ゲレオン！」

父は、ラートを昔のゲレオンに戻すのに五分と時間を要しなかった。馬鹿で、生意気なゲレオン少年。大人が大事な話をしているときは口をだすな、とよく叱られたものだ。

「ラート君、きみのお父上は、デリケートな問題が生じたときにわたしを助けてくれた。そのラート家がベルリンにもつながりがあるというのは僥倖《ぎょうこう》といえる」

首都のど真ん中で召使い扱いされても困るんだが！

「単刀直入にいおう。脅迫されているのだ」

「我らが市長殿に匿名の手紙が届いた」ラートの父が耳打ちした。

燕尾服の男は頷いた。「何者かが、なんというか、公にできない情報を公表すると脅してきたのだ。このままではコンラート・アデナウアー（アデナウアーは一九一七年から一九三三年までケルン市長を務め、戦後西ドイツの初代連邦首相に就任した実在の政治家）の名声に傷がついてしまう」

「どのような情報なのですか？」

「ナチ党や共産党が入手したら、わたしの政治生命が絶たれるような情報だ」

「もうすこしはっきりとうかがいたいのですが。なにが問題なのかわからないと、お助けすることもできませんが」

アデナウアーは空咳をした。「人絹《じんけん》株」

「アメリカ資本が入った統一人絹工業株のことだ」エンゲルベルト・ラートはいった。

アデナウアーは相槌を打った。「大量に持っている。莫大な量だ。数百万マルクの価値がある……二年前に購入したときは数百万マルクの価値があった。全財産をつぎ込んでね。さらにドイツ銀行から借金まで……」

「わかります」ラートはいった。「十月に大暴落しましたから」

「とっくの昔に地に墜ちていたさ。しかしまさかこれほど暴落するとは思わなかった。この数ヶ月……端的にいうと、銀行からの借金が所有している株の価値を上回ってしまった。大幅にな……」

「言い方を換えると、破産されたということですね」ラートがそういうと、父が恐い目でにらんだ。「窮地に陥ったあなたに追い打ちをかけるように脅迫する奴がいるなんて」

「破産はしていない！　そこは話がついているんだ！　銀行に友人がいてね、救いの手を差し伸べてくれることになっている」アデナウアーはいった。

「それが公表されるとまずいですね」

「匿名の手紙は、まさにそのことに触れているんだ……」

「政敵は待ってましたとばかりに飛びつくだろう。右も左もな。こんなときだから！」

「どうして警察に訴えないのですか？」

「頼りになる警官はそうそういないのだよ。こういうことは裏で手を回さんとね。経験のある警官の手でな。だが警察が出張《でば》ってくるのは困る」

ラートは頷いた。「しかしまだひとつわからないことがあります。どうしてよりによってわたしがお手伝いしなくてはならないのですか？　父の方が、はるかに経験を積んでいるはずですが」

「脅迫状はベルリンで投函されたんだ。間違いない。わたしのベルリンのオフィスに送られてきたからというだけではない。犯人はこの街のどこかにいる。読んでみたまえ……」アデナウアーは上着の内ポケットから小さな紙の束をだし、その中から便箋一枚を抜いてラートに渡した。「これだ」

赤い字。大文字。下手くそな字だが、読むことはできた。小さな手書きのポスターのようだった。

　フォードをベルリンから動かすな。さもないと、アデナウアーは牢屋行きだ！

「これはなんですか？」ラートはたずねた。

「それが犯人の要求さ」アデナウアーはいった。「金をゆするのではなく、別の要求を突きつけてきたんだ。西港にあるフォード自動車工場の移転を白紙に戻せという」

「自動車工場？」

　アデナウアーは頷いた。「あいにく、移転のカウントダウンははじまっている。どうにもならない」

「よくわからないのですが、もうすこし説明していただけますか？」

「フォードがケルンに移転する。調印は済み、年内にリールで就工式が行われる。ヨーロッパ最新鋭の自動車工場だ。これでベルリン工場は時代遅れとなり、西港の灯火は消える」

「犯人はそれを阻止しようとしているということですか」

　アデナウアーは頷いた。「そうらしい。しかし脅迫する相手を間違えている。アデナウアーを脅迫しても無駄だ！　できない相談だからな！　ベルリン市長と同じで無力なんだ」

「グスタフ・ベス（一九二一年から二九年までベルリン市長を務めた政治家。政治スキャンダルで一九三〇年に政界を引退）もたしかに困っていますね」

ラートはいった。

「そういうことだ！　白紙に戻せるのはヘンリー・フォードだけだ。だがリール工場が稼働したら、ベルリンでは一台も車を生産しないだろう」

「そしてベルリンの失業者が増えるというわけですね」

アデナウアーは肩をすくめた。「仕方あるまい？　その代わりにケルンで何百人分もの職場ができる。そういうものだ！　それが世界の流れなのだよ。恐喝などしても止められるものではない。それだけははっきりいえる！」

「それでも、いえ、まさにそれゆえに犯人は脅迫状のとおりの行動に出る可能性がある。それを阻止しろとおっしゃるのですね」

アデナウアーは頷いて、ラートの父にいった。「飲み込みが早いな、きみの息子は」

ラートは、人を招いたコーヒータイムの席で、母から学校の成績を誉められたときに似た感覚を味わった。「ところで恐喝者は問題の情報をどうやって手に入れたかご存じですか？」

「これを読んでみたまえ」アデナウアーは別の便箋を渡した。「脅迫状の続きだ」

今度のものはポスターに見えなかった。はるかに長い文章が書かれている。タイプライターで打ってあるが、これもまた赤で印字されていた。ラートは文面を読んだ。

「ドイツ銀行の監査役会で、役員のアデナウアーとブリュートゲンがブリューニング頭取と結託したことが世間に知れたら残念なことになるだろう。

どういうことでしょうか？」

「つまりだれかが人絹株の事情に通じているということだ」アデナウアーはいった。「これを書いたのがだれか突き止めてくれたまえ。そして内部情報を公にすれば、牢屋行きはわたしではなく、犯人の方だということをわからせるのだ！」

「なにをいうんですか？　わたしは警官なんですよ。わたしは……」

「だから頼むんだ。やり方は心得ているだろう！　損にはならない話だぞ。わたしは今でも、きみのところの警視総監と懇意にしている。わたしが一声かければ、ツェルギーベルは動く。信じたまえ。お父さんはきみの年で上級警部になった。きみもそろそろ昇進する頃合いだろう」

「時期が悪いです。プロイセン内務省は昇進を凍結しているんです……」

「わかっているとも、プロイセンは節約しないといかんからな！　しかしいいかね、例外はいつでもあるものだ。こういう厳しい時期でも、功績のある者は報われるべきだ。そして現に報われるのだ」

ラートの父が相槌を打った。

「ゲレオン・ラート上級警部、いい響きだ」そういって、ワイングラスを上げた。「ラート家の次期上級警部に乾杯！」

ゲレオンもグラスを上げて微笑んだが、ワインはすこしなめるだけにした。上級警部はたしかにいい響きがする。それにブルドッグ野郎と対等になれる。怒鳴られることがなくなるのだ。

「ラート警部？」

給仕人の声で現在の階級を眼前に突きつけられた。給仕人は三人をさっと見渡し、年配のふたりが対象外だと判断すると、ラートに視線を止めた。「ラート警部、お電話です」

チェルヴィンスキー刑事秘書官だった。ようやくグラーザーの身柄を確保したのだ。照明係のグラーザーは夜中に帰宅し、そのまま連行されていた。

「アレックスでとっつかまえています。警部のおいでを待っているしだいで」チェルヴィンスキーはいった。「今日のうちに取り調べしたいのではないかと思いまして。お邪魔でなければいいんですが。警部の彼女が親切にも、居所を教えてくれたんですよ」

ラートは、失礼な言い方に雷を落としてやりたかったが、ぐっと気持ちを抑えた。チェルヴィンスキーがちゃんと仕事をしたことは間違いない。それ自体めったにないことだ。

「すぐに行く」ラートは受話器を置いた。

「急用ができてしまいました」帽子とコートを持ってテーブルに戻ると、ラートはいった。

そして燕尾服の男に手を差しだし、ワイングラスにろくに口をつけていないのにいった。

「ごちそうさまでした、アデナウアー市長」

「待ちたまえ！　この脅迫状を渡しておく！」アデナウアーがテーブル越しに紙の束を差しだしたので、ラートはそれをしまった。

「それじゃな、ゲレオン」父は息子に別れの挨拶をしようと立ち上がったが、抱擁をするタイミングを失し、息子に手を差しだすだけにした。「しっかりやれよ。ひとりでやれるな？　わしは市長殿とまだ話がある」

「わかりましたよ、父さん」ラートは咳払いした。「明日また会えますか？」

ラートの父が顔をこわばらせた。「母さんがな……その……じつは……長くひとりにしないと約束したんだ。夜行列車で帰る」

「ベルリンからは一刻も早く脱出したいということですか、おふたりとも？」

がっかりした気持ちを押し隠すため、冗談をいっているように笑ってみせようとしたが失敗した。父親がカーニバルの最中にベルリンへ来たのは、古い友人コンラート・アデナウアーに便宜を図るためだったと気づいて傷ついたからだ。だがこれが父だ。期待する方が間違いだった。

「では、気をつけて帰ってください」そういうと、ラートは振り返ることなく出口へ向かい、階段を下りて、雨の降りしきる通りに出た。外に立つと深呼吸して、車に乗り込んだ。運転席にしばらくすわったまま、夜のヴィルヘルム広場を観察した。地下鉄駅から出てきた数人の通行人と、ホテル・カイザーホーフの前に立つふたりのドアマン以外、広場には人影がない。ナイトライフは別の場所で繰り広げられているのだ。

アデナウアーに協力を約束した覚えはなかったが、内ポケットにしまった紙の束がずっしり重く感じられた。これで依頼を受けたことになる。うまくやれば上級警部になれる依頼を。ルイーゼ河岸通りで待っているカティのことが脳裏をかすめた。ラートはこのままアレックスへ行けることがうれしかった。帰宅したら、彼女は眠っていた、というシナリオが一番いい。ラートはエンジンをかけて、アクセルを踏んだ。すこしのあいだ他人の人生をほじくり返せば、いい気分転換になりそうだ。

グラーザーはどんな奴だろうか。人を死に追いやって逃げた男。逃げても無駄だということを、遅まきながら肝に銘じていることだろう。あれだけの罪を犯して、逃げ切れるわけがない。そのことをゲレオン・ラート以上にわかっている者はない。その重荷をこれからの人生ずっと背負っていかなければならないのだ。

工事現場と化したアレクサンダー広場の板囲いの向こうで、警視庁の庁舎が夜の闇に黒々と浮かび上がっている。ベルリン市民が〈赤い城〉と呼ぶ重厚なレンガ造りの建物。プロイセンの人間は警視庁が宮殿よりも大きいことをよしとし、皇帝のお城が空き家になった今でも、こちらを立派に機能させている。警官たちは自分たちの職場を〈お城〉と呼んで、悦に入っている。しかしラートがかつて勤務していたケルンの警察本部の方が、鋸壁がノイマルクト広場ににらみを利かせ、はるかに中世的だ。ベルリン警視庁の正面壁はフィレンツェのルネサンス様式を真似ている。プロイセンの人間は装飾過多のルネサンス様式でまわりを威圧する牙城を築いたのだ。

ラートは中庭《ライトコート》でビュイックを止めた。ちょうど特別出動隊が車両に乗り込むところだった。階段室でまたひとりになった。二階の長い廊下も死んだように静かだ。ときどきだれかの足音や声やドアを閉める音が聞こえる。殺人課待機室には夜勤の警部と刑事助手しか詰めていなかった。ベームの腰巾着フランク・ブレナー警部と数週間前にハノーファーから来たばかりの新入りアンドレアス・ランゲ。

「やあ」ラートはふたりに挨拶した。「チェルヴィンスキーとヘニングは？」

「帰宅させた」ブレナー警部はいった。

やってくれる！

「どうしておまえが、俺の部下に指図するんだ？」

「あんたの部下とはどういうことだ？　夜勤の指揮は俺が執っている。俺の知るかぎり、あのふたりは夜勤に当たっていない。不必要な残業は慎むべしというお達しが出ているだろう」

「ふたりは俺の捜査班の人間だ！　容疑者を連行してきた。まさかそいつまで家に帰したんじゃないだろうな！」

「心配するな」そういって、ブレナーはにやりとした。「おまえ宛の荷物はしっかりひもで結わえてあるよ、ご同輩」

「それなら、なにをぐずぐずしているんですかね、ご同輩は？」ラートは小声で丁寧にたずねた。

「ぐずぐずしている？」

「さっさと電話したらいいだろう」ラートがいきなり怒鳴ったので、ブレナーの顔から笑みが消えた。「五分後に取り調べをしたい。遅くともな！」

ブレナー警部は受話器をつかんだ。

ラートはドアのところでもう一度振り返った。「それと、もうひとつあったよ、ご同輩」と親しげに声をかけた。「もう一度越権行為をしたらただじゃおかない。ベーム上級警部に泣きついてもだめだ。わかったか？」

「大口叩くな」ブレナーは口を尖らせたが、留置場に電話をつなぐのは忘れなかった。

ラートは廊下を辿って、A課のはずれにある自分の部屋に入った。殺人捜査官に抜擢されたとき、そこしか空いていなかったのだ。室内はかなり冷えていた。暖房がぎりぎりまで抑えてあった。ラートはコートを脱がずに、秘書室に入り、チェルヴィンスキーが身分証などといっしょに秘書のデスクに残していったグラーザーの人事記録をめくった。データはパスポートと一致していた。

十分もかからずノックの音がした。

守衛がドアのところに立っていて、蒼白い顔のおどおどした男を部屋に押し入れた。

「連れてきました、警部」

ラートは守衛を外に待たせて、引っ立てられてきた男を見つめた。グラーザーはドアのそばにたたずみ、不安そうに部屋を見回した。すっかり熟成している。あとはこんがり焼き上げるだけだ。

「すわりたまえ」そういって、ラートは書類をめくった。男はおずおずと前に進み、椅子にすわった。ラートはすこし間を置いてから、顔を見ることなくいきなり声をかけた。

「ペーター・グラーザーだね……」

「はい」

「生年月日は一九〇二年九月二十五日」

「はい」

「現住所はシャルロッテンブルク地区レントゲン通り一〇番地」

「はい」

「一九二九年十一月一日からラ・ベル映画会社で照明係として働いて……」

「えっ？」それまで小さくなっていた男が体を起こした。

「調書には、耳が遠いとは出ていないが」

「耳は遠くないです」

「きみの職業を訊いたのだが」

「でも今、刑事さんが読んだのは違います」急に目を覚ましたような声だった。「なんとかっていう映画会社で働いているとかいいましたけど、それは違います」

「ではどうしてこの人事記録はきみの名前になっているのかね？」

グラーザーは肩をすくめ、反抗的な目付きでラートの目を見返した。「それは、その調書を書いた人に聞いてください。俺の人事記録はジーメンス・ウント・ハルスケ（一八四七年にドイツを代表する電器メーカー、ジーメンスの前身として設立された）にあります。俺は今、電動モーター工場の電気工ですんで」

「なんだって？」

「書いてあげましょうか？」グラーザーはしだいに強気になった。

　室内は寒かったのに、グラーザーのふるえが止まった。

「職場はジーメンスです！　電動モーター工場。シフトから帰ったところで刑事さんのお仲間に連行されたんです。アパートの部屋の前で、手錠はかけられるわ、拳銃で脅されるわで。同じアパートの人間にあまり見られていなければいいのですが。向かいのクナウフは興味津々に覗いていましたけど」

ラートはグラーザーの身分証を見た。写真の男と目の前の男は同一人物だ。間違いない。

「人違いですか？」

ラートは書類を閉じた。「すぐにわかることだ」

「すぐにわかることだ」といいながら、かなり時間がかかってしまった。しだいに態度が大きく傲岸不遜になっていくグラーザーに、ラートは熱々の紅茶をだした。四十五分も待った末に、守衛が、泥酔した映画プロデューサー、ハインリヒ・ベルマンをオフィスに通した。ベルマンは電話に出たときにはすでにできあがっていたようで、部屋の中は一気に酒臭くなった。

「こんばんは、警部」ベルマンはふらふらしながらいった。「こんな夜中まで働いてらっしゃるとは」

「こちらにどうぞ！」ラートはデスクのそばにある椅子に案内した。ベルマンは腰を下ろした。

「こんなていたらくで申し訳ない……普段は違うんです……だけどベティに死なれて……わたしも人間なんでね」

「わかっている」ラートはいった。「もうひとり客がいるんだが、挨拶は抜きかね？」

ベルマンは、グラーザーがいることにはじめて気づいたようだ。

「はじめまして」そういって、デスク越しに右手を差しだした。「ベルマンです」

「グラーザーです」もうひとりが握手に応えた。

「この男を知らないか?」ラートはたずねた。

「知りません」ベルマンは面食らっていった。「どうしてわたしが?」

「ペーター・グラーザーだ」

「えっ?」

「あなたの照明係だよ」

「そんな馬鹿な。雇っている人間の顔は知っていますよ!」

「頼んだ写真を持ってきてくれたかね?」

「もちろんです」ベルマンは上着に手を突っ込んだ。「ちょっと大変でした。クリスマスパーティのときの写真です」ベルマンは肩を重そうにすくめてみせた。

写真にはポンチ用のグラスを持つ美男子が写っていた。女を抱いて、カメラに向かってうれしそうに微笑んでいる。男の顔は知らないが、女はベティ・ヴィンターだ。ラートの頭の中で警鐘が静かに鳴り響いた。

「これです」そういって、ベルマンは写真を指で叩いた。「これがグラーザーです。ベティとは仲がよかったんですよ。とくにこの夜は」ベルマンはかぶりを振った。「いまだに信じられない。彼女がいなくなってしまったなんて」

グラーザーはずっとその写真を興味深そうに見ていた。そのうち首を伸ばして目を瞠った。

「信じられない。これ、フェーリクスじゃないか! なんでヴィンターと並んでるんだ?」

すぐに事実が判明した。消えた照明係の本名はフェーリクス・クレンピン。なにも知らない友人ペーター・グラーザーの名を騙《かた》ってラ・ベル映画会社に就職していたのだ。グラーザーによると、クレンピンは製作主任、しかもモンタナ映画の製作主任だという。

ベルマンは、モンタナ映画の名を聞くなり、かんかんになって怒りだした。酔っぱらっていたのに、いや酔っぱらっていたせいで、ベルマンを落ち着かせるのに一苦労した。ベルマンは、スパイだ、妨害工作だとがなりたてた。

「あの悪党！　なんで気づかなかったんだ！　人殺しまでするとはな！」

ラートは守衛を呼んで、わめき散らすベルマンを外まで案内させた。部屋のドアを閉めても、罵《のの》る声が聞こえた。ラートは本物のグラーザーから友だちについて聞きだし、クレンピンの住所をメモすると、グラーザーを家に帰した。

「協力に感謝する」ラートは別れ際にいった。「どうかあしからず。あんたの友人はあんたに、というよりも、われわれにひどいいたずらをしたようだ」

いたずら？　ベルマンの考えはまったく違っていた。考えてみれば、思い当たる節がある。ラ・ベル映画はモンタナ映画と頻繁にもめごとを抱えていた。裁判沙汰になったこともある。盗作問題などはまだかわいい方だ。俳優の引き抜きや封切り初日の妨害工作といった数々のいやがらせ。ふたつの映画会社は非難の応酬を繰り返してきた。ベルマンにいわせると、「屁理屈」を並べてモンタナ映画の社長が彼を裁判官の前に引っ張りだしたのだという。ベルマンは苦情の一覧に撮影の妨害工作と看板女優の殺害を加えるときが来たといっていた。

究極の妨害工作としての殺人。ラートは考えすぎだと思ったが、ベルマンの怒る気持ちもわからないではない。クレンピンが偽名で就職した背景には、なにか理由があるのはたしかだ。指名手配をするしかない。

ラートはくたくたに疲れていたが、狩人の本能が覚醒した。明朝すぐ、ベームに呼び戻されるよりも早くモンタナ映画に向かうことにした。どうやらこの事件は、ブルドッグが思ったよりも根が深そうだ。

ラートがもう一度殺人課待機室に入ったとき、クレンピンの手配書がすでに回って、ブレナーとランゲは出動したあとだった。代わりに太った男がデスクで調書を読みふけっていた。

「警視殿！」

男が顔を上げた。「ラート君！　ここでなにをしているんだね？　変な期待を抱かんでくれよ。わたしのベッドは渡さない。わたしが自分で使うからな！」

ゲナート警視はたしかに警視庁でよく寝泊まりする。居間かと見紛《みまが》う執務室の隣の小さな部屋にベッドが置かれていた。

「またお会いできてうれしいです、警視殿」ラートはいった。「デュッセルドルフからお戻りになったところですか？」

ゲナートは頷いた。「駅からの道はなぜかすべてアレックスにつづいているようなんだ。おかしくないかね？　結婚でもすれば、そんなことは起こらないのだろうがな」

「いえ、結婚したら余計にそうなるのではないでしょうか。捜査の進捗状況はいかがですか？」

「訊かないでくれ！　足が棒になるほど聞き込みをし、デュッセルドルフ市民からの通報も山ほどあり、単独犯の犯行であることはほぼ確実になったのだが、それだけで先に進めると思うかね？」

　ゲナートは革鞄からB《ベー》・Z《ツエット》・アム・ミッターク紙（一八七七年創刊のベルリン新聞を前身とする日刊紙。一九〇四－一九四三年）をだして、ゆっくりと開いた。「これを読むかぎり、きみも怠けてはいなかったようだな」そういいながらラートの前のテーブルに新聞を置いた。「駅で買った。説明を聞こうか？」

　ラートは新聞を見つめた。B《ベー》・Z《ツエット》・アム・ミッターク紙の号外。一面に大きな見出しが躍っていた。


撮影スタジオで死亡事故！　ベティ・ヴィンターに投光器が直撃！　妨害工作か？


　写真が二枚掲載されている。ベティ・ヴィンターの完璧なポートレート写真と、撮影スタジオを背景にしたゲレオン・ラートの手ぶれした写真。二枚目の写真の片隅に布をかぶせた屍体の一部が写っていた。だがそれが屍体だと知っていなければ、なんなのかわからないような代物だ。

「とくに説明することはありませんが」ラートは肩をすくめた。「女優が死亡しまして、プロデューサーはそれを新聞記事にしようとしたのです。屍体がまだ冷たくなっていないうちに、記者会見を行いまして」

「そしてきみは記事にする手伝いをしたのかね。どうしてここにきみのコメントがのっているんだ?」

「ブン屋がいきなり現場に乱入したんです。血に飢えた獣でした。記者たちを現場から追いだしましたが、記者会見を禁じるわけにはいきませんでしたので、グレーフとわたしで、局面をコントロールするために出席したのです。放っておいたら、どうなるかわかりませんでしたから」

「なるほど、それはよくやった」

ラートは記事にさっと目を通した。早くもベルマンの妨害工作説に触れられている。記者会見でベルマンはそこまでいっていなかった。だが記者はモンタナ映画との小競《こぜ》り合《あ》いをよく知っているようだ。もちろんライバル会社の名前はどこにも出ていないが。自分の発言がうまく記事に盛り込まれたことに気づいて、ラートは愕然とした。これでは、警察も公式に妨害工作説を支持しているように読める。

「こんなこと、いった覚えはありません」

ゲナートは頷いた。「まあ、いいだろう、ラート君。だれも真に受けまい。だがブン屋にはもっと気をつけないといかんな。記者は警察の役に立つこともあるが、彼らをコントロールできるなどという幻想を持つのは禁物だ」

「あいつらがいなければ清々するんですが」

「まあ、気にするな。撮影スタジオでなにがあったか、きみの口から聞かせてもらおうか。死んだのがベティ・ヴィンターでは聞き捨てにできない。ベームから、死亡事故が発生して、きみに任せたというメモをもらっているだけだ」

ラートは簡潔に説明し、照明係に騙されたことも打ち明けた。

「偽名を使い、逃走しましたので、もっとも疑わしいと思われます。あらゆる状況が、たしかに妨害工作を示唆しています。ヴィンターの命が狙われたとは考えにくいですが、何者かが重傷を負わせようとしたという意図がうかがえます。そしてヴィンターが死亡した責任はその何者かが負うことになるでしょう。なにせ大きな投光器を人の上に落としたのですから。そして今のところその何者かはフェーリクス・クレンピンになります」

ゲナートは頷いた。「興味深い。信憑性もある。だが結論を急ぎすぎないように気をつけたまえ！　そしてできるだけ情報を外部に漏らすな！　そのせいで、きみはかつて失態を演じているからな」

「失敗したらそこから学ぶのみです、警視殿」

「そんな言葉どこで習った？　最近の警察学校ではそういうことも教えるのかね？」

「父から教わりました、警視殿」

「なかなかずる賢いな。警察官か？」

ラートは頷いた。「警視長です」

「では父上の忠告に耳を傾けて、報道機関にはあまり話しすぎないようにしたまえ。そしてわかったことはわれわれにも知らせるように。A課にな」

　ゲナートはじっとラートを見据えた。ラートは、仏陀《ブッダ》というあだ名のこの警視が自分を買っていることを知っていた。そして勝手な行動を決して認めないことも。

「ベルリンにはいつまでいらっしゃるのですか?」

「水曜日までだ。デュッセルドルフは今、とてもいられない状況だからな」ゲナートはため息をついた。「カーニバル。ツェルギーベルなら血が騒いで、ヘラウとかけ声を上げるだろうが、わたしはごめんだ」

「警視総監はマインツ出身（ツェルギーベルの出身地もカーニバルが盛大なことで知られている）ですから」

「それできみは？　ラインラントの人間じゃないのか?」

「ケルン生まれです。でも、かけ声はアラーフで、ヘラウではありません。でも訊いてくださってありがとうございます。今年はああいう騒ぎを楽しむつもりはありません。ここはずっと静かでいいです」

「どうかな。謝肉祭《ファッシング》舞踏会は今週末、ベルリンのあちこちで開かれるぞ。故郷が懐かしくなるかもしれない」

　ラートが応える前に、電話のベルが鳴り、ゲナートが受話器を取った。

「もしもし」ゲナートは頷いた。「ラート警部ならまだここにいる。ちょっと待ってくれ」といって、受話器を差しだした。「捜索班からだ。きみが追う容疑者は本当に潜伏したらしい」

一九三〇年三月一日　土曜日

7

ラートは疲労困憊《ひろうこんぱい》していた。重い足取りでルイーゼ河岸《かし》通りのアパートの階段を上った。ゲナートの一声で、クレンピンの捜索は強化された。夜が明けたら、ベルリンのすべての警察分署に人相写真が配布されることになり、鑑識課の写真ラボはベルマンのクリスマスパーティの写真をトリミングして、夜通し大量に複写した。たしかにフェーリクス・クレンピンは雲隠れしてしまったようだ。重い投光器を華奢《きゃしゃ》な女優の上に落としたことは間違いない以上、モンタナ映画の製作主任にはなにかそうするわけがあったのだ。

ベルマンの疑惑はこの点で信憑性があるように思えた。もちろんベルマンがモンタナ映画に難癖をつけたがっているのは明らかなのだが。時計を見ると、十二時半だった。ぐっすり眠る時間はもうない。モンタナ映画を矢面《やおもて》に立たせるなら、早いに越したことはない。

鍵束を持って住まいの鍵を開けようとしたとき、ドアの向こうで待っているものに気づいた。カティだ。

時が静止したかのように、鍵束を持つ手が止まった。

なにごともなかったかのように彼女と寝ることなどもはやできない。このままきびすを返して、シレジア門へ車を飛ばし、グレーフの家のソファで一夜を明かそうかと思った。鍵を落としたといえば、一晩くらい宿無しを泊めてくれるだろう。だが、卑怯者と自分を叱咤して、鍵を開けた。大きな音がしたのでびっくりした。ドアを静かに閉めると、照明をつけずに、忍び足で廊下を歩き、居間に向かった。そこのドアを閉めると、安楽椅子を手探りした。その横にスタンドランプがある。スイッチはすぐに見つかった。カチッと音がして、ランプに淡い明かりがともった。ラートは帽子とコートをもうひとつの安楽椅子にのせた。グラスはカティが片付けていたが、コニャックの瓶はまだテーブルの上に置いたままだ。ラートは新しいグラスを戸棚からだし、安楽椅子にどさっと身を沈めると、酒を注いだ。なにをしているんだろう。泥棒みたいにこそこそして。自分の家だというのに！　そんなことを思いながら、コニャックを飲んだ。これは効く。もう一杯。充分飲んだら、カティのいるベッドに入ることにした。

穏やかな黄色い光の中でうっすらと窓ガラスに映る正面の人物もグラスを上げた。「乾杯！」ラートは自分の鏡像に声をかけた。今耐えられる唯一の飲み仲間だ。

ラートはびくっとして安楽椅子から跳ね起きた。一気に眠気が覚めた。眠っていたのだろうか、それとも、うたた寝しただけだろうか。なにか物音がした。グラスが手から滑り落ちたのだ。安楽椅子の横の絨毯に転がっている。幸い中身は空だった。しばらくのあいだ眠っていたようだ。固く絞った雑巾のような味が舌に残っている。

ラートは立ち上がって、よろよろとドアの方へ向かった。水が一杯欲しい。歩きながら、酒を相当飲んだことに気づいた。大きな音を立てずになんとか台所に辿り着くと、棚からグラスをだして、蛇口に持っていった。冷たい水をしばらく手にかけてから、蛇口を締めた。気持ちがいい。グラスの水を一気に飲み干した。

グラスを持って台所のドアへ歩いていくと、メモが目に留まった。食卓の真ん中に置いてあった。買い物メモに使っているリングノートからはがした一枚の小さな紙だった。ラートはびっくりして、その紙を手に取って読んだ。

ごめんなさい、あなた。

そこを読んだだけで、胃がきゅっと縮んだ。

でも耐えられなかったの。あなたがいないと、ひとりぼっちのような気がして。警官を愛するというのは本当に難しいことね。でもだいたい慣れたのよ。だいたいはね。今日はこれっきりのようね。タクシーを呼んで、姉のところへ行くわ。だれか慰めてくれる人が必要だから。

明日、舞踏会で会いましょう。六時半にはここに寄るようにするわ。いっしょに出かけましょう。

愛を込めて
カティ

追伸　コンロにまだすこし煮込み料理があるわ。知ってると思うけど、温め直すとおいしいわよ。

ラートはメモをテーブルに戻した。

一方でほっとしながら、彼女が家にいないとわかると、なんとなく寂しい。体に痛みを覚えるほどに。カティが暖房をつけたままにして帰ったのに、寒気がする。ついさっきは彼女を避けて、安楽椅子にすわり、コニャックに逃避して彼女が悪魔に連れていかれることを願っていたのに、いないとわかると、胸がずきんと痛む。

すくなくともベッドには入れる。だがそれが望みか？

急に不安になって喉がしめつけられた。夜はまだ終わらない。まだはじまったばかりだ。

ラートは居間に戻って、コールマン・ホーキンスのレコードをかけ、コニャックの蓋を開けた。

8

見出しに目が釘付けになった。それはただの文字だと自分に言い聞かせた。安手の紙に印刷された黒くて太い文字。

撮影スタジオで死亡事故！　ベティ・ヴィンターに投光器が直撃！


ただの文字だ。

文字は現実ではない。

つい昨日のことだ。嘘だと思いたかった。彼女が死ぬはずがない。絶対にありえない。彼女はすでに不滅なのだから。

男は新聞を下ろした。いれたてのコーヒーの香りが鼻をくすぐる。新聞の文字がすこしだけリアリティを失った。その文字が語っている内容も。めまいに襲われた。この数年感じることのなかっためまいに。

彼女は男の指のあいだからすり抜けてしまった。

「ご主人様、他にご用はございますか？」

アルベルトはいつものように立っている。過ぎ去った暗く冷たい歳月にもそうやって立っていた。人生から消し去ってしまいたい歳月。

アルベルトがいつもそこに控えている。いつも。毎日。一日たりと欠かさず。

この世に別れを告げる日にも……

この世に別れを告げる日。アルベルトは窓辺に立って、どっしりしたビロードのカーテンを閉める。部屋が暗くなり、淡い光を放つガス灯だけが残される。

彼を見据える不安げな顔、厳しい顔。そのまなざしで彼を磔《はりつけ》にしたがっているようだ。それもこの部屋でいつまでも。

彼は見つかった。

食料庫で。

無理もない。十五歳の少年になにを期待しているんだ。

飢えに苦しみ、骨と皮だけになった十五歳の少年だ。街一番の豪邸で、台所には料理人が六人も控えていて、超高級レストランにもひけを取らない食料庫が備わっている。そんなところで飢えに苦しむのだ。

もう何週間も前からやっていたことだ。台所から人がいなくなり、忍び込んでも大丈夫な時間帯は知っていた。きゅるきゅる鳴る腹を抱えて、ごちそうの前に立ち、そっと味見をする。食べてはいけないものを。

甘いもの。

いくら食べようが、太ることはない。病気にかかってからずっとそうだ。

それでも気づかれてしまった。

父が気づいて、息子に狡猾《こうかつ》な罠を仕掛けた。

食料庫の中で口を真っ赤に汚して立っている恥ずかしさ。ジュースを手にしたまま、両親に見つめられた。とにかくばつが悪かった。怒られるのならまだいい。自分に向けられたのは失望のまなざしだ。そうやって、そこにたたずみ、彼を見つめていた。

まだ子どもなのよ、リヒャルト、と母はいった。目に涙を浮かべていた。

われわれが守らなければ、この子は大人になれないんだぞ、と父はいった。

召使いたちは黙っていた。

アルベルトは重い扉を閉め、カチッと音を立てて鍵をかけた。監獄生活のはじまり。世界は外に閉めだされた。

外にだしてくれることもあった。だが常に監視付きだ。見張りがふたり、片時もそばを離れずついてまわる。これなら、外にださない方がましだ。

彼は運命に身を委ねた。

友がいないことに慣れるほかない。

この世ではもはや愛を見いだすことは叶わない。

十五歳にして、すべてが暗幕に包まれた。

そんなことが我慢できるものか！　自分だけの現実を作れ！

痛みも飢えも病気もない現実を。

「旦那様、他にご用はございますか？」

アルベルトは今でもそばに控えている。男の人生で唯一不変のもの。ただひとつ変わらないものだ。男がかぶりを振ると、老いた召使いは黙って部屋を出た。

男は新聞をたたんだ。

一瞬、そう、ほんの一瞬だけ、別人になり、別世界で生きたいと思った。長い夜、銀幕を前にしたときのように。だが現実が男から離れていこうとしない。今回は失敗した。

もしかしたら、これはただの夢かもしれない。現実と夢の区別など、だれにできるだろう。

痛みが心臓を貫く。夢か現実か、そんなことはとうの昔にどうでもよくなっていた。

ベティ・ヴィンターに投光器が直撃！

そしてそのあとに大きな単語がひとつ。疑問符付きの単語。

妨害工作？

痛みは怒りに変貌した。やり場のない怒り。丁寧にたたんだ新聞を引き裂く。小さくちぎった紙片が大きな雪のように男のまわりに飛び散った。

だれの仕業だ？

だれだ？

彼女を愛していたのに！

9

モンタナ映画会社のオフィスはカント通りにあったが、高級住宅街からははずれていた。ラートを中に通した金髪の女秘書は、電話口で一気に言葉をまくし立てながら、手振りと冷淡な目付きですわるように合図した。ラートはデスクの前にまとめて置かれた革張りのモダンな安楽椅子のひとつに身を沈めて、女秘書の話を聞かされることになった。

「……もちろんうちのトーキーはアメリカ製の映写機でも写せます。ただし多少のライセンス料が発生しますけど、当然そのことは……」

電話の相手がそこでなんとか口をはさむことに成功したようだ。秘書は口を開けたまま、受話器に耳をあて、自分が喋る機会をうかがっている。そしてすぐにまた話しはじめた。

「もちろんですわ！　必要な書類といっしょにコピーをお送りします。契約書に署名してくだされればそれで結構です。あとはすべて自動的に処理されます。わたしにお任せください。こちらから連絡します。ではまた！」

秘書は受話器を置いてラートに微笑みかけた。

「ご用件はなんでしょうか？」

そのまままくし立てるだろうと覚悟していたが、秘書はそれっきりなにもいわなかった。

「社長さんと話がしたいんだが」

「どのようなご用件ですか？」

ラートは警察章をだした。「刑事警察の者だ」

「行方不明者の捜索ですか？」

「いいや、殺人捜査班だ」

金髪女は眉を吊り上げた。「すみません、でもオッペンベルクさんは、まだ出勤していませんん」

「何時なら会えるかな？」

金髪女は肩をすくめた。「時間がかかると思います。このところ直接、撮影現場へ向かいますから。毎日のように撮影プランが変更になるので、その都度決めなければならないんです。とにかく、フランクさんが連絡がつかなくなって……」

「撮影現場はどこかね？」秘書がまくし立てそうだったので、ラートは口をはさんだ。

「バーベルスベルクです。でもこれから行ったのでは」

「車がある」

「トーキーの撮影ですから、邪魔をされては困ります」

「こっちは警察だぞ」

「わたしでよければ協力しますが」

「それはありがたい。だがあんたのボスと直接話がしたいんだ。バーベルスベルクのどこへ行ったら会えるかな？」

「ウーファー撮影所です。大ホールの北スタジオ。音の十字架《トーンクロイツ》（ウーファー社の当時のトーキースタジオは十字形をしていたため、こう呼ばれていた）のすぐ横です」

「モンタナ映画はウーファーの傘下に入っているのか？」

　金髪女は笑った。「ご冗談でしょう！　偉大なウーファー社はおやさしいことに、スタジオを貸してくれているんですよ。ポマー（ウーファー社のプロデューサー、エリッヒ・ポマーのこと）が新しいヤニングスの映画（おそらく《嘆きの天使》）を製作し終わったところで、スタジオがいくつか空いたんです。でも、さっきいったように撮影中は入れませんよ！」

「ではわたしが行くことを先に伝えておいてくれないかな」ラートはいった。「そうすれば、邪魔しないで済む」

　秘書は気に入らないようだったが、ラートに微笑んでみせると受話器を取った。

「やってみるだけやってみましょう。社長が時間を割けるかどうか。約束はできませんよ」

　ラートは安楽椅子から腰を上げると、帽子をかぶって軽くつばに手をかけた。

「約束をしてもらわなくて結構」ラートはにやりとしながらいうと、外に消えた。「オッペンベルクさんに伝えてくれ。三十分で行くと」

車の横の窓を開けて、風を顔に受けた。ラートは新鮮な空気を麻薬のように胸一杯に吸った。実際、風は疲れた体に生気を吹き込んでくれた。夜中はほとんど眠れず、深酒をして終わった。それでも、目覚まし時計が鳴ったときは、ほっとした。夜が越せただけよしとしたい。

何度も繰り返される夜のひとつ。

就寝前に不安の発作を起こした夜が、またひとつ増えた。あの夢にうなされるかもしれないという不安。何度も襲いかかるあの、夢。忘れかけた週もあった。穏やかに深い眠りについた夜。だが季節に移ろいがあるように、容赦なく確実に夢は蘇る。いつ蘇るかはわかっている。いらいらして眠ることができなかったり、眠りたくなかったりしたときだ。目を閉じただけでいやなものが目に浮かぶときもそうだ。たとえば、ラートを追いかけるデーモン、死んだ人間、知っている奴、知っていた奴、胸に風穴が開き、目が落ちくぼみ、皮膚がぼろぼろになった蒼白い人間。いつもぎょっとして跳ね起きる。額は汗びっしょりだ。気分を変えようと本を読み、酒をあおり、いつしか睡魔に襲われ、イメージのなすがままになる。追いかけてくる者たち。生ある者たちは彼を避けて逃げだし、生なき者たちがあとをついてくる。そこで目を覚ませるなら、胸の動悸がどんなに激しくとも、パジャマがどんなに汗でびっしょりになっていようとも、目覚めたことに感謝する。眠る前より何千倍も疲労困憊しているが、それでもそっちの方がまだましだった。冷水シャワーと濃いコーヒーで体をむち打ってはじめて、生気が戻ってくるのだ。

そうした夜を越えたところで金髪の秘書が、今度はあの名を口にした。

マンフレート・オッペンベルク。

その名を聞いて愕然としたが、そんなそぶりは一切見せなかった。

マンフレート・オッペンベルク。

東駅近くの非合法酒場に連れていってくれた男だ。若い娘を連れた映画プロデューサー。あれからまだ一年も経っていない。すべての歯車がおかしくなったあの夜。もうひとり死者が増えた夜。あのときから夢にあらわれる奴だ。

オッペンベルクは忘れたい類の知り合いだ。今回の事件でまた顔を合わせることになるとは！

ひとりで行動していたのがせめてもの救いだ。ラートは今日、ベームを避けるためにアレックスに顔をださなかった。朝食の席で新聞を読み、うかつにもどんなに面白い事件をラートにまわしてしまったか気づいているはずだ。ラートは安楽椅子にすわって電話で部下を叩き起こし、手回しよく指示を与えた。ヘニングとチェルヴィンスキーはあらためてマリーエンフェルデへ行き、ベルマンのところの従業員、プロデューサーから便所掃除婦にいたるまでひとり残らず事情聴取をする。グレーフは法医学研究所のドクトル・シュヴァルツを訪ねる。最悪の夜を過ごしたあとでは、とうてい行く気になれない。解剖台でメスを入れられたベティ・ヴィンター……血や消毒薬やその他のおぞましいにおい。さらにドクトル・シュヴァルツの毒舌。今日は耐えられない。

疲れてはいたが、気分は爽快だった。仕事はひとりが一番やりやすい！　ゲナートの言葉が脳裏に蘇った。わかったことはわれわれにも知らせるように。

あとでゆっくり知らせるさ。

ベルリン西部の道路はよく整備されている。カイザーアレー通りは思いっきり速度を上げられる。国道にのると交通が激しくなったが、街の中心から遠ざかるにつれ、また速く走れるようになった。ラートは驚いた。農村風景がちらほらするあたりまで来ると、ベルリンも牧歌的になったからだ。枯れ枝から滴《したた》る雨の滴《しずく》が、車の屋根にポタポタ落ちる、そんな陰々滅々とした日でも、遠足気分になれた。ヴァンゼー湖で国道を左折し、コールハーゼンブリュックを抜けてノイバーベルスベルクに辿り着く。

シュターンスドルフ通りでビュイックを止め、あたりを見回した。撮影所の正門は工場の入口のようで、左右に守衛所があり、遮断機が下りている。マリーエンフェルデのテラ映画よりもはるかに大きかった。制服姿の守衛が覗き込むようにして身分証の写真を見た。ラートは道をたずねた。

守衛は敷地の奥を指した。「ガラス張りのスタジオの横を進んで、その先の工房のあいだを抜けると、大ホールが正面に見えますよ。モンタナ映画は今、そこで撮影しています」

「大ホール？」

「見逃すはずはないです」

正門の先にある建物はマリーエンフェルデのスタジオとそっくりだった。その奥にはバラックが建ち並び、ハンマーを打ち下ろす音や、丸鋸の甲高い音が響いていた。ラートは一瞬、立ちつくした。冬枯れした辺境の大地に立つオリエントの市場にいきなり紛れ込み、狭い路地を歩いているような気がした。なんだか千一夜物語の夢でも見ているような気分だ。よく見ると、オリエントみたいな奇跡の光景は裏で飾り気のない支柱で倒れないように支えられていた。ラートはすこし寄り道をしたが、左に顔を向けたとき、守衛が見逃すはずはないといっていたことを思いだした。殺風景なレンガ造りのホールがバラックの向こうにそびえていた。あれならツェッペリン飛行船でもなんなく格納できそうだ。

ホールはすぐそばに見えるが、実際には辿り着くまでしばらくかかった。そのすぐ横には窓がないレンガ壁の新しい建物が屹立《きつりつ》している。

「大ホールというのはここかね？」ラートは七年戦争（一七五六－六三年にプロイセンとオーストリアとのあいだでシレジアの領有をめぐって行われた戦争）時代のプロイセン軍の軍服を着て壁に寄りかかり、煙草をふかしながら新聞を読んでいる男にたずねた。

「これより大きな建物があるかい？」男はラートをじろじろ見た。「あんたもエキストラか？」

「まあ、そんなところだ。モンタナ映画を訪ねてきたんだが」

「そこの角を曲がると大きな扉がある。見逃すことはない。そこが北スタジオさ」

見逃すことはないというのはここの合い言葉らしい。今回もそのとおりだった。大きな引き扉は、鋼鉄製でなかったら納屋の扉としか思えない代物で、そこにはめ込まれた通常の大きさの鋼鉄扉は猫用の出入口を連想させる。ドアはかすかに金属のこすれる音を立てて開き、ラートは中に入った。

猫用の出入口の奥に守衛が待ち構えていた。

「待て！　勝手に入るな！　撮影中だぞ！」

「だからここに来たんだ」ラートは答えた。

その守衛も時代がかった制服を着ていた。何者だというように侵入者の頭からつま先までじろじろ見て、結局はっきりとした結論に至らなかったようだ。

「トーキーを撮影している」守衛は一枚の鋼鉄ドアを指した。ドアには黒い文字で「中央ホール二号北」と書かれていて、その横の赤いランプが点灯していた。「勝手に入れないぞ！」

「入らなくていいんだ。オッペンベルクと話したい」

「今？　撮影中に？」

偉そうに。しかも制服姿で。ラートはいらいらしてきた。

「じゃあ、あんたが中に入って、出てこられるか訊いてきたらどうだ」

「名前がわからなくちゃ、伝えようもない」守衛は口を尖らせた。

「刑事警察のラートだ」

守衛は急に直立不動の姿勢になった。

「なんでそれを早くいってくれないんですか？　見たところ、サツには……あ、いや、刑事さんには見えなかったもんですから。ちょっと待っていてください」

守衛はドアの向こうに姿を消した。赤いランプはいつのまにか消えていた。ラートは一瞬、そのままついていってもいいのではないかと思ったが、スタジオのドアがまた開くまでおとなしく待つことにした。守衛は男が出てこられるようにドアを開けたまま押さえた。ラートのいるところからは、まだ男の背中と銀髪の後頭部しか見えない。男はスタジオの中に向かってなにか叫んでいた。

「……シーン三十九に進んでくれ。だから、セットの作り替えくらいなんだ。時間がもったいないだろう。さあ、仕事にかかれ。シーン三十九だ。シュレーダーの工房。登場人物はスエズ男爵とシュレーダー。チェルニーは着替えてくれ。三十分時間をやる。わたしが戻ったら、撮影開始だ！」

オッペンベルクはラートに気づいて目を丸くした。

「これは、これは」といってラートと握手した。「あんたか！　で、どのような用件で？」

ラートはそっけない態度を取った。オッペンベルクのペースにはまってはまずい。「殺人事件を調べている」

オッペンベルクの笑みが凍った。

「ヴィヴィアンなのか？　彼女が……」

ヴィヴィアン。ラートはかつて〈ヴィーナスケラー〉でいっしょだったオッペンベルクの連れを思いだした。

「あんたのところの製作主任を捜している。フェーリクス・クレンピンだよ」

「いったいだれが殺されたというんだね？」

「新聞を読んでいないのか？　ベティ・ヴィンターだよ」

「あれは事故ではなかったのか？　てっきりヴィヴィアンが殺されたのかと思った」

「どうしてだ？」

オッペンベルクは、なにも聞こえないふりをしている守衛を横目でちらっとうかがってから、ラートを脇に連れていった。「だれにも邪魔されないところで話そう。ここには事務所がないが、セットの裏へ行けば、静かに話せる」

オッペンベルクは窓のない暗い部屋へラートを連れていった。壁には映画ポスターが貼ってあり、別の壁には、電球に縁どられた大きな鏡があった。

「飲み物をださなくて申し訳ない」オッペンベルクはいった。「わたしのオフィスで会いたかったが、今はスタジオに釘付けにされていてね。撮影プランがめちゃくちゃになって、わたしが采配を振らないとどうにもならないんだ。全部自分で仕切らないとなにも動かない。ああ、そうだ。ちょっといいものがあったよ」

プロデューサーは上着のポケットから平たい銀色のシガーケースをだした。

ラートはコカインをすすめられるのではないかと内心ひやひやしたが、蓋が開くと中には純白の煙草がきれいに並んでいた。

「ありがたいが、二ヶ月前から……」

「わかるよ！　大晦日に禁煙を誓ったというんだね。ではわたしだけ吸うが、かまわんかな？」

ラートは頷いた。

「さて話を聞こう」オッペンベルクは煙草を口にくわえた。「昨日届けでた捜索願の件でないのなら、どうして訪ねてきたのだね」

「捜索願？」

「ヴィヴィアンが消えたんだ。さっきいわなかったかな？　月曜日から撮影ははじまっているが、彼女が姿をあらわさなかったんだ。それで撮影プランがめちゃくちゃになった」

ラートは〈ヴィーナスケラー〉で抱きつかれて、引き離すのに一苦労した娘のことを思いだした。オッペンベルクのような男から逃げても、なんの不思議もない。「それはあいにくだ。別の用件で来たんだ。フェーリクス・クレンピン。あんたのところで働いているな？」

オッペンベルクは気を取り直していた。好奇心も見せなければ、驚いた気配もない。むろん、不意を食らって困っている様子もなかった。

「それはこちらもあいにくなことだ。クレンピンはかつてうちの製作主任だったが、数ヶ月前に退職した。そのあとどうしているかは知らない。この業界で顔を合わせたことはない」

「ラ・ベル映画会社でもかね？」

「ベルマンのところか？　あまり付き合いがないのでね」

ラートは正面攻撃に打ってでることにした。「オッペンベルクさん、隠しっこなしだ。はっきりいおう。フェーリクス・クレンピンは偽名であんたのライバル、ベルマンのところに潜り込んだ。そして事故を起こし、ベティ・ヴィンターを殺《あや》めた」

「なんの話だ？　ベルマンがいったのか？　あいつは妄想癖があるから、あまり真に受けない方がいい」

「罪のない子羊の真似はよせ！　あんたのクレンピンは妨害工作をした！　あいつはもう言い逃れできない。したがってあんたをかばうこともできない。それだけははっきりいっておく！」

「わたしのクレンピンではないんだがね、ラートさん。あいつは雇い主を替えた自由な人間だ。それではははっきりいおう。よく聞いてくれ！」

ラートはオッペンベルクをかっとさせるのに成功した。これでぺらぺら喋るだろう。

「とにかくだ」オッペンベルクはまだ半分も吸っていない煙草をもみ消した。「そうがみがみいいなさんな。一度おごってやったじゃないか。プライベートだったとしても、あんたがコカインを吸っていると知ったら、上司はいい顔をしないだろう！」

「あれはあんたからもらったものだ！」

オッペンベルクは肩をすくめた。「わたしはすねに傷を持つ身さ。あんたもそうじゃないかね。しかし警視総監は、そういうのをお気に召さないだろう」

「脅迫するのか？」

「わたしとしては旧交を温めたいんだ。喜んであんたに協力する。ただしこれから教える情報でわたしを攻撃しないと約束してもらわないとね」

「そんな約束はできない。殺人事件には友情もへったくれもない」

「いっただろう、殺人には関与していないと」オッペンベルクは新しい煙草に火をつけ、深く吸い込んでから話しはじめた。

「ある点では、あんたのいうとおりだ。クレンピンはわたしの依頼でベルマンのところに潜り込んだ。だが妨害工作や殺人とは無関係だ！　説明させてくれ……」

「聞こう」

「この業界は今、大きな転換期を迎えている。それを乗り切るつもりなら、トーキーに手をだすしかない。しかし金がかかる。偉大なウーファーのように資金力のある製作会社はごくわずかしかない。たいていは映画を一本ずつ作るのが精一杯の小さな製作集団だ。だからどこも大きな問題を抱えている」

「あんたのところもか」

「トーキーの製作は従来の映画よりもはるかに複雑で金がかかるんだ。そこで本題だが、ベルマンの映画などたいしたことはないが、それでもひとつだけ注目すべきことがある。あいつは他の製作会社よりも格安に映画を作っているんだ。だから、どういうふうにやっているのかフエーリクスに調べさせて、役立てようと思った。それがすべてさ」オッペンベルクは煙草を吸った。「まあ、もしかしたら、クレンピンをせっつかなければよかったかもしれない。製作主任としてもっと節約しろと叱責したんだ」

「スパイをさせていたということか」

「なんとでもいってくれ。誉められたことじゃないが、われわれの友情が終わるようなことでもないだろう、ラートさん」

「どうして打ち明けた？　あいつは殺人の容疑をかけられ、逃走して……」

「だからだ！　わたし自身、彼を捜している。ベルマンのところで実際なにがあったか知らないが、ひとつだけはっきりいえることがある。フェーリクスは人殺しじゃない！　ベルマンの撮影を妨害しろという指示はだしていない。ましてやだれかを傷つけたり、殺したりしろなんて指示は絶対にだしていない！」

「信じろといわれてもな」

「逆に、わたしがあんたに嘘をつく理由があるかね？」オッペンベルクはにやりとした。「あんたを恐れる必要がないのに。そうだろう、友よ」

「友ではない」

「では取引相手ということで」

「これが取引と呼べるか。恐喝だ！」

「そういう醜い言葉を使うのはよそうじゃないか！　どうしても恐喝だといいたいのなら、これから取引相手になればいい。ひとつこうしてはどうかな。あんたはわたしのために働き、わたしはあんたに金を払う」

「あんたのために捜査報告書を改竄《かいざん》しろというのか？　断る！」

「そんなことはいってはいない！　私立探偵なら喜んで受けてくれる類の普通の案件だよ」

「よくわからないんだが……」

「さっき話した」オッペンベルクは煙草をもみ消した。「ヴィヴィアンだ。あの娘を見つけだす手伝いをしてくれないか」

「それは捜索課の仕事だ」

「連中は指一本動かさないさ」

「消えたのにはわけがあるはずだ。ヴィヴィアンはあんたを捨てたんじゃないのか？」

「わたしのために働いてくれるかね。それとも、あんたまで見て見ぬふりをするのかね？」

「あんたのために働くのなら、もうすこし質問させてもらわないとな。あの娘があんたを捨てたんじゃないと、どうしてはっきりいえるんだ？」

「あの娘は馬鹿じゃないからさ。新作映画の台本は彼女のために書かれたんだ。《雷に打たれて》。彼女がトーキーに挑戦する、ヒット間違いなしの映画だ。彼女はスターダムにのしあがる。それを蹴るものか！　あんたのお仲間はそこのところが理解できなかったが、あんたならわかると思ってね」

ラートは同僚の気持ちがよくわかった。目の前にいるのは、若い美女に逃げられたことを納得できないおいぼれだ。だがオッペンベルクのいうことを聞いて、すこし調べるくらいたいしたことではない。うまくすれば、オッペンベルクを通してクレンピンの居所をつかめるかもしれない。

「月曜日から撮影しているといったな？」

「そのとおりだ。彼女のパートの撮影開始は火曜日からの予定だったが、スタジオにあらわれなかった」

「自分で捜してみたのか？」

「もちろんだとも。いきなり警察に捜索願をだしたりするものか！」

「それで？」

「心当たりは一とおり捜した。親戚、知り合い、行きつけのバーやレストラン。手掛かりは一切なかった。雪山へバカンスに行ったあと、彼女を見かけた者はひとりもいない」

「バカンス？」

「ささやかな冬休みさ。映画を一本撮り終わったんでな。ヴィヴィアンは大のスキー好きなんだ」

「足の骨を折って、入院しているとか」

「なにかあれば、うちに連絡がこないはずがない。彼女はそれなりに名が通っている」

「行き先は？」

「知らない」オッペンベルクは肩をすくめた。「ヴィヴィアンは独立心が強くて、管理されるのを嫌うものだから」

「主演女優なしでどうやって撮影しているんだ？」

「撮影プランを組み直した。監督のハイトマンは彼女が登場しないシーンから撮影している」

「それならいいじゃないか」

「いいものか！　セットを何度作り替えていると思うんだ。それには金がかかる。時間もな！

それにそろそろヴィヴィアンの登場しないシーンを撮り終わってしまう。どこかで限界が来る。撮影しなくても、一日一日莫大な金がかかるんだ！」

「言い方を換えれば、新しい主演女優を探すべきかどうか、早く知りたいということか……」

「違う」オッペンベルクはじっと彼の目を見つめた。真剣なまなざしだ。「わたしの主演女優を連れ戻してほしいんだ」

10

ラートがカント通りのオフィスに入ったとき、金髪の秘書はまたもや電話で話している最中だった。クレンピンの人事記録はデスクにのっていて、秘書は人差し指を激しく動かして、そこを指した。ボスの指示で記録が何枚か抜かれているだろうか。ラートはいまだに、オッペンベルクが信用できるかどうか確信が持てなかった。だが他にどうしようもない。とにかくオッペンベルクは元従業員についてずいぶん詳しく話してくれた。クレンピンは映画ファンで、トーキーに熱狂していた。ベルマンのやり方を探ろうというのも彼のアイデアだったという。オッペンベルクが彼と最後に会ったのは一週間前で、スパイ活動はたいした成果を上げていなかったし、妨害工作をしようなどという話もでなかったらしい。そして今どこに隠れているか知らないという。ラートはクレンピンがベティと並んで写っていた写真のことを考えた。あいつは美男子だ。映画スターを引っかけるのが趣味なのかもしれない。ヴィヴィアン・フランクと熱愛関係になって、いっしょに潜伏している可能性もある。そういう状況なら、ふたりともオッペンベルクの前に出たくないのも無理はない。

ラートがクレンピンの人事記録を手に取って革の安楽椅子に腰かけるのを見て、秘書はすこし驚いた。すぐに立ち去ると思っていたらしい。ラートはざっと書類に目を通した。たいした情報は入っていなかった。クレンピンは技師としての才能があるようだ。はじめは照明係兼カメラマンとして働き、それから製作主任になった。一九二九年十月までその職にあり、それから退職している。公的にはフェーリクス・クレンピンとマンフレート・オッペンベルクの関係は切れていた。本当にそうなのか、あとからそういうふうに書き足したのかは定かではない。いずれにせよ、その箇所のインクは乾いている。秘書は受話器を置いたが、なにもメモを取らなかった。だがクレンピンの住まいで解雇通知書が見つかる可能性はなさそうだ。

「まだなにかご用ですか?」秘書はたずねた。親切だからではなく、好奇心からのようだ。

ラートは頷いた。「ちょっと電話をしたい。一、二分でいい。そのくらいなら電話をしないでいられると思うんだが」

秘書は肩をすくめた。「いいですよ。他にもすることがありますから」といって、黒い電話を差しだし、タイプライターで原稿の転記をはじめた。台本の複写をしているみたいだ。

受話器を取ると、ラートは交換手に相手の電話番号を告げた。まずはハノーファー通りの法医学研究所。グレーフはすでに立ち去ったあとだった。ラートは〈お城〉にいるグレーフにつないでもらった。

「もう戻ったのか？　ドクトルはなんといっていた？」

「悪趣味な冗談ばかりいってました」

ドクトルが若い刑事相手にひどい冗談を飛ばしている図が目に見えるようだ。聖なる死の館にあらわれた初顔は、根性があるかドクトルに試される運命にある。学生だろうと、駆けだしの刑事だろうと関係ない。

「シュヴァルツ先生からは、検死鑑定書をもらうだけかと思ってたんですが……うっ、思いだすと吐き気が」

「死因についてなにかいったはずだが……」

「ええ、予想どおり感電による心拍停止でした。火傷と骨折の段階では生存できたかもしれないそうです。もっとも大変な犠牲を払うことになったでしょうが」

「マックス・シュレック（映画《吸血鬼ノスフェラトゥ》の主演男優）みたいな姿になるってことか？」

「いいや、もっとひどいです。おそらく残りの人生は車椅子生活になります。脊椎《せきつい》を損傷していました」

「ひどいな」

「そのまま死んでも不思議はなかったようです。投光器が頭部を直撃していたら、即死だったそうです。ドクトルによると、数センチの違いだったとか」

「それは運がよかったな」ラートはうっかり口をすべらせてしまった。

「ドクトルと同じことをいうんですね。だけど不謹慎じゃないですか。悲劇的な死亡事故を話題にしているんですから」

「長年現場にいるとそうなるんだ。仕方ないさ。法医学研究所で吐かなくなったら、おまえももうすぐ仲間入りさ」

「ありがとうございます。それなら吐いていた方がましです。こっちにはいつ戻るんですか？ブルドッグが会いたがっていますよ」

「ああ、捜査の進み具合を聞きたいんだろう」

「捜査の指揮権を警部から取り上げたいんでしょうね」

「それがどういう意味かわかっているな。俺たちは使い走りで、手柄はあいつのもの……」

「使い走りといえば、ヘニングとチェルヴィンスキーは事件現場のスタジオに行ったきりです。まったくのろまで」

「うまくやってくれ」

「ブルドッグにはなんていったらいいですかね？」

「俺はクレンピンの行方を追っている。それ以外なにをいうんだ？」

「いつまでそれで引き延ばすつもりですか？」

「ベームが俺を呼び戻すことができないあいだは、この事件は俺たちのものだ。うまくすれば、それまでに解決させられる」

「手柄はだれのものになるんです？」

「俺はそんなにエゴイストか？　おまえを出世させたのはだれだ？」

グレーフは押し黙った。

「頑張ってくれ！　留守居役を一日頼む。それがそんなにいやか？　クレンピンの居場所がもうすぐつかめそうなんだ。今日にも逮捕できるかもしれない。書類作成なんかどうでもいい。おまえひとりでできなかったら、月曜日の朝、いっしょに作成すればいい。ベームが手伝いたいというなら、それも歓迎だ！」

「火曜の夜〈びしょ濡れの三角〉でおごってもらいますよ」

「祝杯を上げられるかもな。また連絡する。午後一時でどうだ。ベームは職員食堂で食事をするだろう。フォスもな」

ラートは受話器を置いて電話機を秘書に返した。秘書はそのままタイプライターを打ちつづけた。

「ありがとう」ラートはいった。「もう二、三質問できるかな？」

タイプを打つ手が止まった。「できるかどうかは、あなたしだいね」

ふざけているのか、文句をいいたいのかわからない。ベルリンに暮らしてほぼ一年になるが、ラートはいまだにベルリンの物言いについていけなかった。

ラートは笑いかけた。「ヴィヴィアン・フランクさんのことなんだが……」

秘書は肩をすくめた。「どうぞ」

「フランクさんとは仲がよかったかい？」

「うちと契約して二年半。そのあいだはね」

「それで？　約束は守る方？」

「仕事に関してはね。私生活は……まあ、ちょっと」

「つまり、付き合っていたのはマンフレート・オッペンベルクさんだけじゃないということか？」

秘書はなにもいわず、ただ肩をすくめた。

「ルードルフに訊いてみたらどう？　ボスと同じくらい彼女のことをよく知っているから。もしかしたらもっと詳しいかも。どういう意味かわかるでしょう」

「ルードルフ？」

「チェルニーよ。若い俳優。見たことない？　ウーファーの映画にも出ているわよ」

「住所はわかるかな。それと写真があるとありがたい」

「わたしがどれだけ有能かわかっていないわね」秘書はいった。そして笑みのかけらすら見せずにラートを見て、モンタナ映画の名入りの便箋に住所をすらすらと書いた。

ルードルフ・チェルニーは、行方不明のヴィヴィアン・フランクと同じシャルロッテンブルク地区に住んでいた。だがラートはその前にゲーリケ通りに寄った。オッペンベルクの頼み事よりもフェーリクス・クレンピンの件を優先しなければいけない。住所はシャルロッテンブルク地区の北、クレンピンの友人ペーター・グラーザーのアパートから数ブロックしか離れていない。アパートの斜め向かいの道端に緑色のパトカーが止まっていた。ラートはそのすぐ後ろにビュイックを止めて降りると、パトカーの窓ガラスを指で叩いた。窓がすぐに下ろされた。

「やあ、メルテンス」ラートはいった。「なにか動きはあったか?」

「どうも、警部」運転席の男がいった。「動きがあるのはグラボフスキーの腹だけですよ。さっきからぐうぐう鳴ってる」

「あやしい動きはないんだな?」

メルテンス刑事助手はかぶりを振った。「何度かうさんくさい目付きで見られましたけどね。一七五(旧刑法でホモセクシュアルの罰則条項が一七五条にのっていたことから同性愛者を指す隠語)がふたりいると思われて、じきに風紀課の世話になりそうですよ」

「おまえがうっとりした目で俺を見るからいけないんだ」助手席の男がいった。

ラートはにやりとした。張り込みは警察の仕事の中でも退屈極まりない部類だが、車の中の空気はいい雰囲気のようだ。メルテンスとヘルムート・グラボフスキーはアイヒェ警察学校(当時ポツダム市アイヒェ地区にあった幹部養成用の警察学校)出たての新入りで、ゲナートがとくに目をかけている。ヴィルヘルム・ベームの取り巻きでなければだれでもよい。このふたりは大丈夫そうだ。

「ベルリン通りに〈アシンガー〉がある」ラートはいった。「三十分昼休みを取って、体を温めてきてはどうだ。そのあいだ俺が見張りを引き受けよう」

ふたりは車を降りた。ラートは、これで点数を稼いだと思った。部下のことを気にかけ、つまらない仕事を自分から買ってでるボスなど〈お城〉にはまずいない。そう信じ込ませておけばいい。

「警部にもなにか買ってきますか?」

「いやいい、ありがとう」

「じゃあ、ちょっと失礼します」メルテンスはいった。

ふたりは歩きだした。ラートはビュイックの運転席にすわって、ふたりが角を曲がって姿が見えなくなるのを待ち、すぐに道を渡って玄関に潜り込んだ。アパートの中は静かで、吹き抜けのある階段室にも人影はなかった。ラートは合い鍵の扱いに慣れていなかったので、鍵がかちゃっと開くまですこし手間取った。扉を背後で静かに閉めた。住まいは昨夜すでに家宅捜索を受けている。クレンピンはベッドで熟睡していなかったし、ソファで死んでもいなかった。だがラートは自分の目で確かめたかった。もとより捜索令状をだしてもらうのを待つ気もなかった。

住まいにはこれといって目ぼしいものはなかった。典型的なひとり暮らし。質素で清潔。いや、すこし清潔すぎるかもしれない。

ベッドメイキングがしてあり、食卓も片付いている。逃走したという感じではない。どちらかというと、掃除婦が来たあとのようだ。オッペンベルクの金払いはいいらしい。居間に置かれたレコードプレイヤーを見れば一目瞭然だ。それを見て、ラートは思わず口笛を吹いた。レコードの中には借りて聴いてみたいものが何枚かある。しかも電話までデスクにのっている。棚に並んでいる本のほとんどが技術書だ。電気関係や写真関係の専門書。工学関係の専門書もあるが、小説はほとんど見当たらない。デスクではタイプライターがほこりをかぶり、その横にハンダごてと、箱がいくつか置いてある。小さなドライバーといった工具や電機部品やスイッチ、真空管、ヒューズが入っていた。ラートは真空管のケースの注意書きを読んだ。

トーキーにはトーキー専用マーク付きの真空管（電力増幅管、整流管、プリ管）を使用すること。異なる真空管は故障の原因になり、特許上、使用が禁止されている。

洋服簞笥《だんす》を開けると、木製のハンガーがかたかた鳴った。ほとんどのハンガーに服がかかっていない。チェストの引き出しも空っぽに近かった。クレンピンは悠々と荷物をまとめ、姿を消したのだ。

スタジオから帰ったあと時間をかけて片付けたか、事前に準備していたかどちらかだ。問題は時間だ。クレンピンがスタジオを抜けだしたのは何時だろう。

かすれたようなベルの音が鳴り響き、ラートはびくっとした。ドアベルではない。電話だ！音の方へ行き、すこし迷ってから、呼び出し音が鳴りやまない電話の前に立った。上着からハンカチをだし、それを使って受話器をつかむ。容疑者の電話機に指紋を残したら最悪だ！

「もしもし」ラートはできるだけ平静を装った。

電話をかけてきた相手はなにもいわない。かすかな息づかいが聞こえるだけだ。

「だれだ？」ラートはたずねた。

返事がない。それから二、三秒、相変わらずかすかな息づかいしか聞こえなかった。そしてガチャッという音とともに電話が切れた。

奇妙だ。

ラートはさらに住まいを物色したが、なにも見つけられないまま、十分後、車に戻った。メルテンスとグラボフスキーはまだ戻っていなかった。

さっき電話をかけてきたのは何者だろう。はじめは警察のだれかかなと思った。たとえばラートがクレンピンの捜索を頼んだ捜索課の人間。だがあそこの人間なら、住まいが見張られていることは知っているから、電話をかけたりしないだろう。それに名乗るはずだ。いきなり名前と階級をいわないまでも、相手から言葉を引きだすためになにかいうだろう。ラートが試みたように。彼は見事に失敗したけれど。

ラートはしだいにそわそわしてきた。以前の彼なら退屈な張り込みの最中、煙草を吸った。だが今は禁煙中だ。グラボフスキーがメルテンスと車から離れていくとき、ムラッティ・フォーエヴァーの箱がちらっと見えた。

あいつら、どこまで行ったんだ！　ラートは時計を見た。すでに三十分が過ぎた。そろそろ戻ってきてもらわなくては。これからまだ二ヶ所回るところがあるのだ。もちろんふたりの預かり知らないことだが。そのときグラボフスキーの灰色のコートがバックミラーに映っているのを見て、ラートは車を降りた。

11

ヴィヴィアン・フランクのアパートはオッペンベルクのオフィスよりもモダンだった。カイザーダム通りが見下ろせる屋上庭園のある三部屋のアパート。巨大なベッドにはシャンパン色のビロードがかけてあり、向かい合う二枚の鏡に永遠に映り込んでいる。広い寝室は明らかにこの住まいで一番重要な部屋だ。だが放送塔の見える比較的小さな居間の方がラートには居心地がよかった。

家具はオッペンベルクの趣味だ。シンプルでモダンでエレガント、そして高級。銘木を使用し、革やクロームをふんだんに使い、湾曲したところが一切なかった。ヴィヴィアンがこの部屋を自分で誂《あつら》えたとは思えない。おそらく金もだしていないのではないだろうか。オッペンベルクが天使と呼ぶほどの女性でも、映画でそこまで稼いでいるはずはない。たとえ裕福な出だとしてもだ。ラートはかつて甘やかされて育ったご令嬢と知り合ったことがあった。ヴィヴィアンは、オッペンベルクが手元にとどめておきたくて金に糸目を付けなかった堕落したお姫様といったところだろう。ヴィヴィアンのような潑溂とした若い娘がオッペンベルクのようなおいぼれと結びついていることが理解できない。銀幕で永遠の命が与えられると約束されたとしても、付き合ったりするものだろうか。

住まいには生活感がまったくなかった。映画のセットさながらに完璧で隙がない。大きなガラス製灰皿まで脚の低いソファテーブルに置いてあり、戸棚に埋め込まれた、いや、うまく隠したホームバーからは悪徳のにおいが漂ってくる。

だがコカインはどこにもなかった。引き出しや戸棚を片端から探してみたが見当たらない。ラートは白い粉があるかもしれないと考えただけで、体がそれを求めていることに気づいた。あれから絶対に手をつけないと決心したのに。ラートはヴィヴィアンのことを考えた。彼女の脱力した顔、コカインを摂取してはじめは輝いたが、すぐに生気を失った目。

この住まいは、寝室を除けば、主《あるじ》の習慣をほとんど語ってくれない。気づいたことといえば、とても大きな洋服簞笥に服がかかっていないハンガーが何本かあることくらいだ。オッペンベルクは服が大量になくなり、トランクがふたつ消えているといっていた。それから旅行鞄もひとつ。

ヴィヴィアン・フランクはどこへ旅立ったのだろう。

そして、なぜ戻ってこないのか。

ラートはドアを閉めてから、エレベーターで一階に下りた。大理石張りのエントランスホールに管理人がいた。フリードリヒ大王時代から見張りについているような老人で、ラートが警察章を呈示すると、急に饒舌《じょうぜつ》になった。

「オッペンベルクもやっと警察に届けでたんだね」そういって、管理人は眼鏡をはずした。「まあ、そろそろ警察に出張《でば》ってもらわんとね。毎日二十回は電話をしてきたから」

「フランクさんを最後に見かけたのはいつだ?」

管理人は細い肩をすくめた。「それはむろん、あの人が出かけたときさ」

「もうすこし正確に頼む」

「三、四週間くらい前だね。あの人、タクシーを呼んだんだ。運転手はトランクを運ばされて、車に積み込むのにずいぶん手間取っていたっけ」

「それから?」

「それから車に乗り込んで走り去ったよ」

とんまめ! ラートは苦笑した。「行き先は?」

「さあ。どこかの駅だろう。それとも空港かな。トランクをふたつも抱えていれば、行き先の相場はそのへんさ」

「なにもいわなかったんだな?」

「俺にかい? 俺になんか目もくれないさ! あの人はもう二年もここに住んでるのにね! 俺たち下々《しもじも》の人間なんて眼中にないんだろう」

ラートは頷いた。「他に気づいたことは?」

管理人はかぶりを振った。「ないね」

「それから見かけていないんだな?」

「ああ。いや、待てよ……たしか一回……」

「どこでだ?」

「……映画の中で見かけたよ」管理人は冗談をうまくいえたとでもいうように笑った。

ラートは笑わず、出口に向かった。背後でげらげら笑い声がしたが、急に途絶えた。

「待った！」管理人が叫んだ。

ラートはドアの前で足を止めて振り返った。

「冗談を聞いている暇はない！」

「違うよ。冗談じゃない。ちょっと思いだしたことがあるんだ」

「なんだね？」

「昼頃、電話をかけてきた奴がいる。あの人につないでくれといった。特別変なことじゃないけど……」

「だれが？」ラートはたずねた。

「名は告げなかった」管理人はいった。「だけど、相手はわかった！」といって、誇らしげににやりとした。

「だれだったんだ？」

「普段は電話ではなく、直接ここへ来ていた。かなり親密な仲だったね……」

管理人が片目をつぶった。いいかげん神経に障る奴だ、とラートは思った。

「だれからだ？」ラートの声が大きくなった。

「名前は知らない。でも声は知ってる。駅かなんかからだったみたいで、雑音がひどかった」

ラートは管理人のところへ戻って、オッペンベルクの秘書から借りた写真をポケットからだし、管理人室のカウンターに置いた。

「この男かね？」

管理人は、笑みを浮かべたルードルフ・チェルニーのブロマイドを見て、口をあんぐり開けた。

「こりゃ驚いた。プロイセン警察もやるね！　一本取られた！」


ルードルフ・チェルニーは家にいなかった。彼のアパートはすぐ近くの首相広場にある。彼がノイバーベルスベルクで撮影中なことは知っていたが、ラートはアパートに向かった。というよりも撮影中だから、アパートに向かったのだ。ベルを三回鳴らし、住まいのドアをドンドン叩いて、家にだれもいないことを確かめると、合い鍵をポケットからだした。さっきよりはうまくいった。ベルリンで最初の上司になったブルーノ・ヴォルターのことが脳裏を過《よぎ》った。合い鍵の使い方は彼から教わった。警官が泥棒と同じ道具を持つことに、はじめは抵抗感があった。しかし合い鍵はたしかに重宝する。

チェルニーは恋人よりもはるかにつましい暮らしぶりだった。オッペンベルクの援助はないだろうから、すべて自分のギャラでやりくりしなければならないのだろう。

ラートは散らかり具合を乱さないように気をつけながら住まいを漁《あさ》った。だがなにを探したらいいか自分でもわかっていなかった。まさかヴィヴィアンが洋服箪笥やベッドにいるはずもないが、ふたりが付き合っているという手掛かり、すくなくともここにヴィヴィアンが立ち寄ったという証拠が見つかるかもしれない。ヴィヴィアンが雲隠れした公算は高い。ではチェルニーはどうだろう。あとで合流するつもりだろうか。それともパトロンのオッペンベルクと同じように、こいつも捨てられたか。管理人の話が本当なら、ヴィヴィアンは三、四週間前、チェルニーを連れずに旅立った。あるいはチェルニーがヴィヴィアンを連れずに旅立ったというのもありうる。

というのも、チェルニー自身は山で過ごしたようなのだ。居間のテーブルにスイス・アルプスでのバカンスの素晴らしさを謳ったパンフレットがいくつか置いてあり、洋服簞笥にはクリーニングにだしたばかりのスキーウェアがかかっていた。そして浴室で、ホテルの名が刺繡されたタオルが見つかった。ダヴォスのホテル・シャッツアルプ。最近、バカンスの記念に、滞在したホテルの品物を失敬する輩《やから》が多いというが、チェルニーもそのひとりらしい。

窓から首相広場と放送塔が見える。陽が落ちていつのまにか薄闇が迫っていた。ネオンサインがちらほらつきだした。

ラートはこのままチェルニーを待つことにした。

受話器を取り、警視庁につないでもらった。グレーフと直接電話がつながった。

「一時に電話をくれるはずじゃありませんでしたっけ?」

「いろいろ忙しくてできなかった。ベームはなにかいってきたか?」

「なにかどころか、五分おきに電話を寄こしますよ。通話中であることに気づいて、じきじきにここへ来るんじゃないですかね」

ラートは咳払いした。「よく聞け！　もうすぐ仕事が終わる時間なのはわかっているが、ちょっと大事なことを頼みたい」

「はあ」

「五時に例のヴェッセルの葬儀がある。ベームがご執心のナチ党員。ニコライ墓地だ」

「はい？」

「行って、様子を見てきてくれ」

「どういうことですか？」

「ベームから監視するようにいわれているんだ」

「いつからあの人の命令に従うようになったんですか？」

「俺たちのうちどっちかが行くほかないだろう。俺は今、手が放せない。月曜日の朝、どんなだったか教えてくれ」

「かしこまりました、ボス」

ラートは、いい週末をと声をかける間もなかった。グレーフはすでに受話器を置いていた。これでグレーフは土曜日の夜が台無しになった。だがラートも、見ず知らずの冷え冷えとしたアパートにいて楽しいわけがない。

楽しいといえば、今夜は〈レジ〉で仮装舞踏会があることを思いだした。だがまだ衣装が決まっていない。もう逃げてはだめだ。この機会を逃すわけにいかない。なんとしても行かなければ。カティはチケットを手に入れるために八方手を尽くした。ラートを喜ばせようとして頑張ったのは間違いない。しかし事情が変わった。

チェルニーが早く帰ってこないと、カティと舞踏会に行くのは無理そうだ。行きたいという気持ちは失せていた。仕事で行けないことに、彼女は理解を示してくれる。そもそも彼女はいつもなんでも納得する。とにかく多少は粋に見える恰好に着替えて、あまり遅くない時間に〈レジ〉に顔をださなければ。だがカティにどう話を切りだしたらいいか、いまだにわからなかった。

チェルニーは五時半にラートの苦境を救った。ラートが居心地のいい安楽椅子にすわっていると、鍵の開く音がした。彼はそのまますわってチェルニーを出迎えた。舞台の用意はできている。主演はチェルニーだ。

ドアが開いて、廊下の明かりがついた。ラートは居間の暗がりからドアの隙間を通して、小柄で痩せた男がキャメル色のコートと褐色の帽子を洋服掛けにかけるところを見た。

居間の扉が大きく開き、手が照明のスイッチに触った。ラートは明かりに包まれた。だがチェルニーはまだ彼に気づいていない。台本に目を通しながら、バーの方へ歩いていく。《雷に打たれて》という表題がラートにも見えた。

「こんばんは、チェルニーさん」

チェルニーはびくっとした。

「どうやってここに?」怯える様子はなく、むしろ攻撃的だ。こいつは身を守る術《すべ》を知っている。ラートは気をつけることにした。

「ドアからさ」ラートは身分証を呈示した。「心配するな。二、三質問をしたいだけだ」

「そのために俺を死ぬほどびっくりさせる必要があるのか？　他人のアパートに忍び込むのも警察の仕事かね？　こういうのは家宅侵入っていうんだぞ！」

「じつは警察の仕事じゃないんだ。この件に関しては、あんたと俺の雇い主は同じでね……」

「俺は映画俳優だ……」

「……そしてマンフレート・オッペンベルクのところで働いている」

チェルニーは頷いた。

「ほらね、俺もそうなんだよ。臨時だが」

「どういうことだ？」

「あんたのボスから、ある人を連れ戻すように頼まれてね。主演女優……」

ラートが途中で言葉を切っても、チェルニーはなにもいわなかった。ラートを食い入るように見つめている。ヴィヴィアンとはっきりいった方がよかったかもしれない。

「……あんたの恋人だ」

チェルニーは、死刑宣告を受けたかのように蒼ざめた。「それでオッペンベルクがあんたを俺のところに寄こしたのか」チェルニーはしばらくしていった。「ヴィヴィアンと寝ているからか。彼とは三十分前に会っていた。なんでそのとき面と向かっていわなかったんだ？」

「それが問題じゃないからだよ。オッペンベルクは、ヴィヴィアンがときどき若い燕を持っても気にしない……」

「ときどき」チェルニーはにがにがしげに微笑んだ。「あんたにそういったのか？　なるほど、あの人はリベラルな紳士を気取っているからな。愛用のおもちゃに息抜きが必要だとでも思っているんだろう。だけど彼の鷹揚《おうよう》な心にも自ずと限界はある。おもちゃが手元にあるかぎりは、浮気も大目に見るだろう。だけど、彼女のことを台本に書いてある以上に抱きすぎたら、即座に俺を路頭に迷わせるはずだ」

「そういう付き合いになってしまったんだな？」

「問題はそのことじゃないんだろう！」

「心配するな。オッペンベルクにはなにもいわない。協力してくれるなら、あんたを苦しめる必要なんて……」

「それはどうもご親切に。だが脅迫には屈しないぞ。ヴィヴィアンと交際していたのは俺だけじゃないんだし……」

「わかっている。彼女のことは個人的に知っているから」

チェルニーは目を丸くしてラートを見据えた。嫉妬心が沸き上がり、はけ口を求めているようだ。言い寄ってきたヴィヴィアンをはねつけたことまでいう必要はない。チェルニーは顔を紅潮させ、今にも爆発しそうだ。

「だれにも本当のヴィヴィアンはわからない！」チェルニーが声を張り上げた。「みんな知っているつもりだが、だれも知らない。彼女がだれで、心のうちがどうで、どんなに……」

「しかしあんたは知っているんだね」ラートが口をはさんだ。

チェルニーはラートを見て、声のトーンを下げた。「しばらくはそう思っていた。彼女がだれにも見せない一面を知っているつもりだった。もちろん彼女の台本にも書いてないことさ。そもそもそこが問題なんだ。たいていの男は彼女を映画の中の彼女と取り違えてしまう！」

「あんたは？」

「俺は彼女を愛した」といってから、それがまるでセリフのように聞こえることに気づいたようだ。「安っぽくナイーブに聞こえることはわかっている。だけど本当にそうなんだ」

「だった、だろう？」

「彼女にふられた。旅行鞄を持って彼女を待っていたんだ。アンハルト駅でね。でも、彼女は来なかった。いっしょにダヴォスへ行くはずだったんだ。雪の中、ふたりだけで二週間過ごす予定だった。おめでたいよ！　あんな最低な思いをしたのははじめてだ」

「まあ、飲み物でも取ってきて、こっちにすわったらどうだ。なにがあったかゆっくり話してくれ」

チェルニーは、来訪者が自分の安楽椅子にすわっていることにすこしずつ慣れてきたようだ。こっくり頷くと、グラス二客とウイスキーの瓶を棚からだしてきて、テーブルに置いた。

「一杯飲ませてもらう」といって、彼はグラスに酒を注いだ。

「俺は結構だ。水をもらおう」ラートはいった。チェルニーは台所からピッチャーを持って戻ってきた。

「適当にやってくれ」といって、彼は腰を下ろした。

「ありがとう。それじゃ、話してもらおうか。スイスに行ったんだな？　ひとりだけで」

「仕方ないだろう。すべて予約してあったんだ。ヴィヴィアンは姿を見せず、連絡もつかなかった。彼女のアパートの管理人に訊いて、彼女がトランクを持ってタクシーに乗ったことはわかった。別の列車に乗って、先に行ったか、遅れてくるんじゃないかと思った」

「しかしあらわれなかったんだな？」

チェルニーは頷いた。「ちょうど三週間、ヴィヴィアンに会っていない。声も聞いていないんだ」

「心配じゃなかったのか？」

チェルニーは肩をすくめた。「心配？　真実は直視しないとね。三日も四日も雪の中で待たされれば、気持ちの整理はつくさ。ヴィヴィアンにふられたんだってね」

ラートは考えながら頷いた。「それはあんたひとりじゃないだろう。オッペンベルクもふられたことになる。あの人は絶対に信じないだろうがね」

「連絡もなく撮影を休むなんて、彼女らしくない。そういうところは、あんたが思っているよりずっとしっかりしているんだ」

「仕事であればだろう」

「彼女くらい熱心に仕事をする俳優をほとんど知らない」

「それなのに、オッペンベルクがお膳立てした映画の撮影をすっぽかしている。なぜかな。あんたやパトロンのオッペンベルクと顔を合わせたくないからか？　いいや、それは理に合わない！　そんなことのためにキャリアを犠牲にするはずがないだろう！」

「たしかに彼女らしくない。《雷に打たれて》は彼女の二度目のトーキーなんだ。彼女はトーキーでもうまくやれるところを前の映画で見せた。セリフまわしがへたで、演技がまともにできないことがばれるのを恐れている古株の花形女優たちとは違う」

「どうだね？　ヴィヴィアンはどこにいると思う？」

チェルニーは肩をすくめた。「知るわけがないだろ」

「思いついたことをいってみたまえ。知っていることはすべて話してもらいたい」ラートは、チェルニーがなにか隠していると直感していた。「なにもかもだ」

チェルニーは一瞬ためらった。「じつは、その……彼女は最近、だれかと知り合いになったといっていた」

「恋人か」

「いいや、そうだったら話さない。プロデューサーだよ」

「つまりヴィヴィアンはオッペンベルクを裏切っていたということか。それを知ったら、オッペンベルクはショックだろうな」

チェルニーは肩をすくめた。「若い燕がいるっていう話よりも衝撃を受けるだろう。あの人は彼女に賭けているから。大金をつぎ込んで、もうすぐ回収できると期待している」

「それじゃ、なんで背を向ける必要があったのかな？」

「上には上があるからね」

「オッペンベルクはそんなことを予想もしていないようだが」

「ヴィヴィアンはオッペンベルクと契約をしていて、簡単には逃げられないとわかっているんだ」

「それでも、逃げた可能性があると思っているんだな」

「ドイツの弁護士の手が届かないところなら、大丈夫だからね……」

「ハリウッドか……」

「さあ。英語は上手だった」

ラートは頷いて、水を一口飲んだ。

「ようし」ラートはしばらくしていった。

「どうなんだ？」チェルニーはウイスキーを注ぎ足した。「ヴィヴィアンを見つけられそうか？」

ラートは肩をすくめた。「あんたが決定的な質問に答えられれば、あるいは。アパートで問題のタクシーに乗って、どこへ向かったと思う？」

「アンハルト駅ではなかった」

「タクシー運転手に訊いてみるほかないな。ヴィヴィアンのアパートの電話番号はわかるか？」

「ああ、まあ……」

「電話をかけてくれ。管理人と話がしたい」

しばらくして管理人と電話がつながった。管理人はなかなかの記憶力の持ち主だった。

「フランクさんが乗ったタクシー？　大型だったな。二列のチェック模様が入っていた」

「二月八日のはずだ」ラートは管理人が思いだす手伝いをした。

「たしかかい？　ちょっと待ってくれ。記録を見てみるから」受話器をどんとカウンターに置き、それから紙をめくる音がした。「ああ、ここにのってる。おいぼれも頼りになるだろ？」

ラートはかっとなりそうになるのを抑え、「メモを取ってあるのか？」とたずねた。

「いってるだろ！　九時にタクシーを呼んで、三十分後に来た」

「運転手を覚えているか？」

「ちゃんとは覚えてないね。あまりがっしりした奴じゃなかったな。あんな重いトランクを運ばされて、かわいそうに！」

タクシーセンターの受付嬢はもっと頼りにならなかった。

「もちろんわかりますけど。正確な時間と住所を教えてください。でも、その前にあなたが本当に警察の人間だってどうしたら確かめられます？　警視庁に折り返し電話をするのでもいいですか？」

「残念ながら出先だ」

「では電話口では申し上げられません。こちらに寄っていただかないと。ベル＝アリアンス通り（現メーリングダム通り）一六番地です」

「可能性のあるものは全部リストにしておいてくれ。これから直接そっちへ行く」

「ただ来られても」

「刑事だってわかるさ。身分証はある」

「ではこちらへ来て、身分証を見せてください。それからお役に立てるかやってみましょう。でもリストを事前に準備するのは無理です。こちらが暇だとお思いですか」

ラートは受話器を置いた。「うまくいきそうだ」とチェルニーにいった。「運転手がわかるかもしれない」

「なにかわかったら教えてくれるかい？　ヴィヴィアンがどうなったか知りたいんだ」

ラートは頷いた。「ところで今夜、重大な問題を抱えている。舞踏会に招待されているんだ。謝肉祭《ファッシング》のな。仮装しなくちゃならないんだが、どこか衣装を調達できるところを知らないか？」

チェルニーはびっくりしてラートを見つめてからにやりとした。

「知っているとも。映画俳優だからね。だがもう一度バーベルスベルク撮影所に足を延ばす必要がある」

12

「見ろよ、ケペニックの大尉（一九〇六年にケペニック市で起きた詐欺事件の犯人が大尉を詐称したことから。これを題材に映画が製作されている）だぜ！　入場料金の差し押さえをする気かい？」

入口の係はよほど冗談好きらしい。バイエルン風の革の半ズボンに船乗りの帽子をかぶっているのがいい証拠だ。

「名前はラートだ。入場券が取り置きしてあるはずだが」

「かしこまりました！」バイエルン男は背筋を伸ばして敬礼した。「おい、リシー、探してみてくれ」と、チケット売り場にすわっている模造金箔の天使に声をかけた。天使がすぐに入場券を見つけて差しだすと、男は入場券をちぎって、半券をラートに渡した。

「ずいぶん遅いお着きですね」

「わかっているさ」

「でもまだご婦人方がけっこう残ってます」バイエルン男が目配せをした。

「待ち合わせをしている」

「ではお楽しみください！」

ホールの光はニコチンの煙で遮られていた。十個を超えるミラーボールが発する無数の細い光線が紫煙を貫き、壁や人の頭を照らしていた。人でごった返し、話し声で音楽もまともに聞こえない。ひとり、いい声で最近の流行歌を歌っている奴がいる。数人の客がテーブルを叩きながらいっしょに歌っている。だがほとんどの客は聞いてもいないようだ。みんな、お喋りやダンスやキスに夢中だ。仮装といっても奇抜なものはほとんど見当たらなかった。海賊や情熱的なスペイン人が大勢歩き回り、その中に船乗りとカウボーイが数人いて、インディアンはごくわずか。女たちはとにかく肌を露出させることに熱心だった。ラートの記憶では、〈レジ〉といえば少々えげつない結婚斡旋所というイメージだったが、今日はみんな、ワイルドさを演出する気満々のようだ。

自分の席を探して、テーブルのあいだを歩くうち、ラートは自分が老けたような気がした。ルードルフ・チェルニーの口利きでバーベルスベルク撮影所の楽屋でプロイセン軍大尉の制服を借りたまではよかったが、コルセット並みにきつくて、杖でも飲み込んだかのように動きがぎこちなかった。しかもサーベルがいちいちテーブルや椅子の脚、人の足にぶつかる。なんとも楽しい夜になりそうだ。舞踏会の山場が終わっていてよかった。時間はおよそ十時半。

ラートはもう一度、自分の入場券を確かめた。二十八番テーブル。バーのすぐそばだ。案の定カティはいない。正確には、二十八番テーブルには、まわりのことなどまったく眼中になくいちゃついている一組の男女以外だれもすわっていなかった。ラートはダンスフロアをざっと見回した。信じられないような人混みで、顔などほとんど見分けられない。ジプシー姿の女がふたりいるが、どちらもカティとは違う顔だった。

ラートは、いちゃついているふたりのそばにすわった。彼に気づいた様子はなかった。いずれカティは姿を見せるだろう。すこしでも待たされる方が良心の痛みを感じなくて済む。さっそく給仕人がやってきた。ラートはモーゼルのリースリングワインとグラスを二客注文した。カティと好みが合う酒はこれくらいだ。大晦日からこっちリースリングワインばかり飲んでいる。給仕人がワインを運んできた。いまだにカティはあらわれない。他のテーブルから様子をうかがっていたりして。もうじき電話をかけてくるか、気送管ポスト（圧縮空気を利用して管に入れた物を移動させるシステム）を送って寄こすかするかもしれない。〈レジ〉ではそうやって知らない相手と近づきになる。奥手の人間のメッカだ。チェルヴィンスキーがここの常連だという話になったとき、「そういうものが必要な人間にはもってこいの場所です」とグレーフがいっていた。奥手の連中はテーブルについている管で写真を交換し、それからはじめてダンスをする。

　給仕人はグラスを置いて、ワインを注いだ。ラートはカティのグラスの上に手をかざした。給仕人は瓶をワインクーラーに入れて姿を消した。同席の男女がいちゃつくのをやめ、女の方が立ち上がった。しわの寄ったハーレムの衣装をなでつけて離れていった。男がにやにやと悦に入って女の後ろ姿を見ながら、ピカピカ輝く小さな帽子をかぶり直した。こいつも、こういうところを必要としている奴なのだろう。口紅がついている男の顔を見ながら、ラートはグラスを上げた。

　男の方も気の抜けたビールを上げ、挨拶を返した。

「乾杯、大尉殿！　いつからそこに。ぜんぜん気づきませんでしたよ。あの子に陥落させられていたもので！」

　男は自分の冗談に笑った。ラートは薄ら笑いを作った。「ついさっき来たところさ」

「よほど自信があるんですね」男は空のグラスを指した。「さっそく餌をまこうってわけですか……」

「待ち合わせをしている」ラートはいった。男のことが最初から気に食わなかった。「だが今のところ、テーブルは閑散としているな」

「もう一時間早く来るべきでしたね。いい雰囲気でした！　海賊がここにすわっていて、盛んに冗談を飛ばしましてね。みんなにどんどん酒をおごったんです。ジプシー女が一杯空けるごとに陽気になって。なかなかいい娘で……」

「ジプシー女？」

男がはっとしてラートを見た。ピンときたようだ。「そうかあ、あのジプシー女はあんたの連れだったんですね」そういうと、腹を抱えて笑った。「あいにくでしたね。来るのが遅すぎた」

「そのようだ」

「いっちゃ悪いですが、遅すぎですよ。今夜はあの娘に会えないでしょうね。三十分前に海賊と出ていきましたから。もう一組のペアといっしょにね。どこかに梯子しようってんでしょう」

ラートは愕然とした。いろいろなケースを想定していたが、これは考えていなかった。カティに置き去りにされるとは。これは置き去りといっていい。最低だ！　別れようと思っていたのに、胸がちくっと痛んだ。間抜けな仮装をしている自分が余計に間抜けに思えた。

「気にしなさんな！」男がラートの肩を叩いた。「かまやしないでしょう。ここには他にも女がいるんだから。テーブルには電話もあるし」男は笑った。「俺はその手でひとり釣り上げたんです。席が空いてるからちょうどいいでしょう。俺たちのお姫様にすわってもらえますから」

「俺にはそういう趣味はない」

「まあ、まあ！　そう堅いことをいわないで！」

ちょうどいいときにハーレムの女が戻ってきて、男をダンスフロアに誘った。ラートは、カティが連れとどこへ行ったか聞きそびれてしまった。あんまり邪険にすべきではなかった。だが今さらカティを追いかける気もしない。これで縁が切れるなら好都合だ！　あいつがそう望むなら、それでいい！　あいつがいない方が好きな酒が飲める。その方がずっといい。ラートはグラスを飲み干すと、立ち上がってワインの瓶をワインクーラーからだしてバーへ向かった。

止まり木に空いているスツールを見つけると、そこに陣取った。バーにも電話と気送管ポストがあった。ワインをグラスに注ぐと、煙草の売り子を手招きした。

「オーバーシュトルツ（ドイツ製タバコ）の六本入りをくれ」

「十本入りしかないんですが」

「それでいい。マッチもくれ」

売り子は腹にかけている板から注文されたものを取って、「五十ペニヒです」といった。ラートは売り子の手に一ライヒスマルクを渡した。「つりはいらない」売り子のニコニコした笑顔に、ラートの気が晴れた。ピカピカ帽子の男は唾棄すべき奴だが、ひとつだけ正しいことをいっていた。ここには他にもたくさん女がいる！　といっても、みんな、先を越されてしまったようだが。煙草の封を切ると、一本口にくわえた。クールに振る舞おうとしたが、両手がぶるぶる震えていた。マッチをするときもだ。今日は一日禁煙した。だから余計に甘美な挫折を味わった。もういい、吸ってやる。禁煙はやめだ。カティのことなど、どうでもいい！最初の一服で、ニコチンのパンチを感じた。心地いい、ほんのすこし痛みを伴うボディブロー。ふるえが肺から全身へ広がっていく。長兄のアンノーの煙草を数本くすねて、クレッテンベルクの工事現場にあった隠れ家で仲間といっしょに吸ったときのことを思いだす。十二か十三のときだ。あのときもいい気持ちがした。もちろんはじめだけだが。最後には四人揃って、膝をつき、げえげえ吐いた。そのとき一番元気だったのは友人のパウルで、家まで送ってくれた。そのことを思いだして、ラートはにやっとした。「警視夫人、ゲレオンは胃を壊したみたいです。昼になにをだしたんですか？」母は心配な顔をした。父は帰宅していなかった。さもなかったら、ばれていただろう。パウルにすすめられて、ラートはそのときスイバをかんで煙草のにおいを中和させた。そのせいでまた吐いたのだが。

それでも数年後、煙草を常習するようになった。プロイセン軍のおかげだ。

ラートはそっと煙草を吸った。久しぶりなので慣れが必要だ。だが時間はある。たっぷり吸いながらすこし頭の中を整理して、タクシーで家に帰ろう。たっぷり酒が入れば、デーモンを追いだし、ぐっすり眠れるかもしれない。

ラートは煙草をもみ消して、バーテンダーを手招きすると、コニャックを注文し、ワインを下げさせた。まあ、いい一日だった、とラートは思った。ベームからうまく逃げ回ることができたし、ヴィンター事件の捜査は大きな進展があった。クレンピンさえ捕まえれば、すべて解明できるだろう。そして逮捕は時間の問題だった。オッペンベルクを通した方が、警察による捜索よりも早くクレンピンに接近できるはずだ。うまく進んでいる。

どうやらカティからも解放された。すくなくとも今夜は。

ラートはコニャックをもう一杯注文した。バーテンダーがカウンターに新しいグラスを置いた。そのとき、チリンと音がして、小さなランプがともった。気送管ポストの五十一番になにかが届いた。みんな、バーテンダーが棚からだした小さな包みに興味津々な目を向けた。どうせだれかが気に入った相手に花か菓子を送ったのだろうと思って、ラートは興味を示さず、グラスを口に運んだ。バーテンダーはポストのメモを読んで、その小さな包みをラートに差しだした。

「どうぞ、大尉殿。あなたにです」

ラートはあやうくグラスを落としそうになった。肩をすくめて包みを受け取ると、添え書きを読んだ。「ケペニックの大尉様へ」カティはやはりここにいるのだろうか。ラートは振り返った。二十八番テーブルには、さっきの男女が戻っていちゃついているだけで、他にはだれもいない。

ラートは包みを開けた。止まり木にいた他の客がちらちら見ている。包みの中には薄緑色の羽根と紙が入っていた。ラートは左右の男たちに見えないように手で隠しながらメモを読んだ。

今夜はもう踊った？　大尉さん、メンドリの羽根をむしりたかったら……

「どのテーブルからだ？」ラートはバーテンダーにたずねた。

バーテンダーはバーの反対側を指差した。「五十二番テーブルです」

ラートはそちらへ視線を向けたが、薄暗い上、立っているたくさんの人に視界を遮られてよく見えなかった。手紙と緑色の羽根をポケットにしまうと、ラートはコニャックグラスを持って、午後五時のポツダム広場みたいな賑わいを見せるダンスフロアを横切った。

今度はすぐに見えた。たしかに短いスカートをはき、羽根飾りをつけた薄緑色のメンドリが飛び跳ねている。腰も足もなかなかいい。だが衣装のせいで、女の顔はメンドリにしか見えない。ラートは急いで柱の陰に身を潜めた。踊っているメンドリはまだ彼に気づいていない。

このコニャックを飲んだら、家に帰るか。ここにいても仕方がない。ラートはそう考えた。柱の陰ですこし安心感を覚えた彼は、プロイセン軍の将校をひいきにしている飛び跳ねるメンドリを見た。大尉があらわれて、ダンスのパートナーを替えるのを待っているようだ。と、そのとき、ここにいるはずのない女の顔に見えて、ラートはぎょっとした。

馬鹿な、幻だ、と思った。

そのときまた女の顔がラートの方を向いた。羽根飾りに半分隠れた顔。

どうしてここにいるんだ。ここはひとりでは寂しい連中が集まる店だというのに。コニャックを飲み干した。これでここから退散すべき理由がふたつになった。だがその女から視線をそらすことができなかった。女がダンスのパートナーに微笑みかけるのを見て、胸が苦しくなり、ラートはカティを怒っていたことなど忘れてしまった。

相手はカウボーイ姿のへらへらした男だ。そんな奴がチャーリーの微笑みを受けているなんて。

シャルロッテ・リッター。

彼女とはもう数ヶ月会っていない。彼女は試験準備の真っ最中だとアレックスの同僚から聞いていた。チャーリーのことは忘れようと思っていたのに、カティとベッドの中にいても、それはできなかった。

それにしても、どうして彼女がここに？

聞き覚えのある声が聞こえたとき、ラートはずっと彼女に目が釘付けになっていたことに気づいた。

「ボス？　やっぱりそうだ！　たまげたな！　大尉に昇進ですか？」

ラートは振り返った。デブのチェルヴィンスキーがにやにやしながら立っていた。囚人服を着込んでいる。お世辞にも似合うとはいえない。

「なんだ、おまえか。ヘニングはいっしょじゃないのか」

「あいつは謝肉祭《ファッシング》に関心がないですから」

「俺も関心がない」

「ご冗談を！」チェルヴィンスキーがラートの脇を突いた。

ラートが同じ謝肉祭《ファッシング》でもラインラントとは違うといおうとしたとき、ビールのグラスを二客持った別の囚人があらわれた。フランク・ブレナー警部だ。同僚が大尉の軍服を着ていることに気づいて、あまりいい顔をしなかった。なにもいわずチェルヴィンスキーにグラスを渡すと、グラスを打ち合わせてビールを飲んだ。

「これは、これは」ラートはいった。「仕事のあと、俺の部下を連れて酒を飲んでいるとはね」

「だれがおまえの部下だ」ブレナーはいった。「ボスがいるとすれば、それはヴィルヘルム・ベームだろう。月曜日を楽しみにするんだな。ボスはおまえにご立腹だったぞ！」

「月曜日なんて、まだ先の話じゃないか」

「ちょっと、あれ！」チェルヴィンスキーはビールのグラスでダンスフロアを指した。「リッターじゃないですか？」

ラートは答えなかった。

「本当だ」ブレナーがいった。「なかなかかわいいイルチに変装してるじゃないか？」

「馬鹿、イルチは馬の名前だぞ（十九世紀のカール・マイの人気娯楽小説『ヴィネトゥー』に登場する主人公の愛馬の名前）」ラートはいった。

ブレナーは相手にしなかった。「いいケツしてるな！　俺の好みからすると、ちょいと乳が小さいがな。ベッドの中ではどんなかな？」

ラートはなにもいわなかったが、怒りがふつふつと湧いてきて、抑えるのに一苦労した。

「おまえ、あいつと付き合ってたって噂だけど」ブレナーがラートを挑発した。「どうだった？　おまえのあそこを口にくわえてくれたか？」

ラートはすかさずブレナーの囚人服の襟をつかんだ。ビールグラスが床に落ちて、すごい音を立てて砕け、ビールとガラスの破片が四方に飛び散った。チェルヴィンスキーが飛び退《すさ》った。「無駄口を叩くな。さもないと容赦しないぞ」ラートはブレナーの顔の数ミリ手前まで顔を近づけて怒鳴りつけた。

「おい、なんだよ」息ができないのか、ブレナーはあえぎながらいった。「冗談もいっちゃいけないのか。あいつが口にくわえたのが、おまえのだけだなんて思っちゃいないよな?」

ラートの怒りの鉄拳がブレナーの鳩尾《みぞおち》に炸裂した。囚人服姿のブレナーがくずおれた。ラートはすかさず左フックをブレナーの顔に打ち込んだ。だれかがラートの上腕をがっしりつかんだ。チェルヴィンスキーだった。ブレナーはうめきながら罵《ののし》った。デブの警部は鼻と口から血を流していた。

「そういうのをギャングのお友だちから習ったか?」ブレナーが悪態をついた。

そのときラートは、大勢の視線を浴びていることに気づいた。ダンスフロアでも、踊るのをやめて立ちつくしている者がいる。羽根飾りをかぶった女とカウボーイもその中にいた。

チャーリーはかわいらしい顔を引きつらせてラートを見ていた。ラートはきびすを返した。正体に気づかれていなければいいのだが!

「もういい」ラートはチェルヴィンスキーにいって身をねじった。「いいから放せ、パウル。もうなにもしない」

上腕をつかんでいた手の力が緩むと、ラートはその手を払い、振り返ることなくホールをあとにした。

13

準備は万端整っていた。照明がともり、撮影機にはフィルムが入っている。道具はすべて所定の位置にあり、注射の用意もできている。すべて揃っている。自分で整えたものをひとつひとつ確かめるうち、急に激しいめまいに襲われ、鳩尾が空っぽになり膝の力が抜けた。普段は夢の中でしか知らないこの空虚。最悪だ。中身がないなんて。

ここでやるしかない。

今やるしかない。

そうすれば彼女は生きつづける。

まだめまいがしている。すっかり忘れたと思っていたある光景が蘇る。何年も前に海に投げ捨て、それっきり浮かんでこなかったあの光景。だが目を閉じて、ゆっくりと体をねじり、旋回すると、あの光景がまた浮かぶ。あらゆる角度からその光景が見える。目を閉じていても見える……

目を閉じていてもアンナが見える。

アンナの顔、彼女の顔の輪郭、明るい窓に映る美しい横顔。

彼女の口が穏やかに動く。

大丈夫よ、その口がいう。

彼女の手が彼をさする。彼はびくっとして、体を起こし、背を向ける。

愛してる、なんとかなるわよ。彼女がいった。

無理に決まってる。

挫折のあとの最初の言葉。

無理に決まってる。

わかっていたことなのに。彼は奇跡を望んだ。愛を、アンナを心から欲した。彼は病気を甘く見た。あの病に勝てるものはなにもない。彼は打ち勝てなかった。どうして打ち勝ったなどと思い込んだのだろう。未来永劫打ち勝てはしない。病気だということを、ほんのひととき忘れられるだけなのだ。

あの病が彼を破壊した。彼は男でも女でもない中性。無に等しい存在、居場所なき彷徨者《ほうこうしゃ》。だれにも救うことのできない、性と無縁な者。

なんとかなるわよ。時間はあるわ。たっぷりあるんだから。あなたといっしょに人生を分かち合いたいのよ。アンナはそういった。

無理だ。ぼくは普通じゃない。普通にはなれっこないんだ。

普通の人なんているかしら。いるはずないわ。わたしたちは医学生なんだから、そのことを一番よく知っているはずでしょう。

無駄だよ。ぼくはまともな男にはなれない。絶対になれないんだ。

あなたって、みんなの憧れの的なのよ。あたしのことを、みんながうらやんでいるのを知ってるかしら。看護婦たちだけじゃないのよ。

彼女は笑った。なぜ笑うのだろう。

ぼくはまやかしの存在だ。中身が空っぽの抜け殻。男じゃない。

彼女が抱こうとすると、彼は彼女を突き放した。

悲鳴。彼女はナイトテーブルの角に頭をぶつけた。手についた血糊を彼女は唖然として見つめ、閉じた目から涙をあふれさせた。

そんなひどいことをするつもりはなかった。彼女を傷つけるつもりなんてなかった。金輪際なかった。けれども彼女とうまくやることも、慰めることも、許しを請うこともできなかった。ただ茫然とすわったまま彼女を見つめ、そして目をそむけた。

彼は、彼女が服を着るところを見なかった。部屋を出ていくときドアを乱暴に閉める音が聞こえただけだった。

彼女の愕然とした顔、額に触れた手についた血を見据えるまなざし……彼女を見るのはこれが最後だろう。

彼は大学に戻らなかった。

二度と女との逢瀬を楽しむことはなかった。

数日後、最初の映画館を買った。

自分の居場所がどこにあるか今は知っている。あの病が教えてくれたのだ。果てしなく映像を写しだす映画館こそ楽園だ。そこでなら夢に見たイメージも、そのイメージの中で聞こえる声も歌も味わうことができる。音の鳴り響くイメージ。それは郷愁を静めるように見えるがそうではない。闇雲に彼方《かなた》を焦がれる心を静めてくれるのだ。

一九三〇年三月二日　日曜日

14

デーモンがまたぞろやってきた。

またぞろやってきたのに、はじめはそれとわからなかった。

ベッドの中で心臓が激しい鼓動を打っていた。自分がどこにいるのかすぐにはわからなかった。薄闇の中、すこしずつ慣れ親しんだものがうっすら浮かび上がる。自分の寝室だ。ずっしり重いカーテンのせいで、光がほとんど遮られていた。

デーモンがまたぞろやってきた。だがいつもと様子が違う。すべてがいつもと違った。だが恐怖の度合いが減ることはなかった。

荒い息をして額にびっしょり汗をかいていた。ベッドに横たわったまま天井を見つめる。夢の光景がまるで銀幕でもあるかのようにくっきりとそこに浮かんでいた。

森の光景。異様に大きな木々。ろうそくのごとく屹立《きつりつ》し、てっぺんが見えない。黒い苔の生えた幹は、しだいに濃さを増す白い霞の向こうに消えていた。地面も霧に覆われている。あたかも木々が霧からにょっきり突きだし、ふたたび霧に飲み込まれていくかのようだ。

彼は森の中で道に迷い、なにかを探しているのに、それがなにか思いだせずにいた。そのとき黒々した幹の中に一ヶ所、他と違うところを発見した。モノクロの世界のまっただ中に赤い染みがひとつ。だれかが立っている。赤いコートの女だ。

磁石に引きつけられるようにその女に近づいていく。女はラートに背を向けているが、カティに違いない。あの赤いのは彼女のコートだ。

「カティ」ラートはいった。「会えてよかった。きみに話がある」

女は振り返った。まるで粘液の中にいるかのようにゆるゆると。顔を見たが、はっきり見分けられない。そこだけ空気の密度が濃いのか、顔が粥の中にでもあるかのようにかすんで見える。そのときなにか黒いものが開いた。口だ。女が喋った。カティの声だ。

「バウムガルト」女はいった。「ここでなにをしているの？」カティに間違いなかった。声だけじゃない。コートの下の容姿、胸、左右にすこし膨らんだ腰。

ラートはいい返そうとした。自分の名をいおうとしたが、声が出なかった。あえぎ声すら出ない。代わりに右腕が動いた。意に反して動く。カティらしき女が目を見開いて、彼の腕を見つめた。自分の右手が刃渡りの長いナイフをつかんでいる。腕の動きを止めようとした。それがだめなら、せめて動く方向を変えたいと思った。けれども腕はいうことを聞かない。じわじわと突きだされる。

「やめて！」カティが声を張り上げた。やはりカティだ。顔がだんだんはっきり見えるようになった。粥が溶けて透明になった。「助けて！　助けて！」

ナイフは迷うことなく進んでいく。ゆっくりとだが、着々と。カティの胸をゆっくりえぐる。ぐしゃりといやな音が尾を引く。最初の一刺しで彼女は息を詰まらせた。カティの悲鳴がぴたっと消えた。だがまだ終わりではなかった。ナイフが繰り返し彼女の体に突き刺さる。耐えがたいほどスローなテンポで。だが容赦なく。ラートはようやく止めることができた。手にした刃を見ると、途中で折れていた。血を噴きだすカティの体が幹をすべるようにしてゆっくりと沈んだ。樹皮が黒々した血に染まった。

ラートはさらに森を彷徨《さまよ》った。突然、ジージーと電気音を立てながら投光器がともされ、森を照らしだした。そのときはじめて、自分が着ている大尉の軍服が真っ赤に血で染まっていることに気づいた。しかしナイフは跡形もなく消えている。彼は心底ほっとした。

「あたしを捜しているの？」女の声にはっとして、ラートは身を翻《ひるがえ》す。

ヴィヴィアン・フランクが目の前に立っていた。〈ヴィーナスケラー〉のときと同じように微笑みかけてきた。ラートを誘惑したあのときの微笑みだ。

「ねえ、遊びましょうよ」ヴィヴィアンはいった。「早く。あまり時間がないの！」

そういうなり、彼女は服を脱ぎ、美しい胸をあらわにした。人差し指でこっちへおいでと招き、きびすを返した。

彼女が背を向けたとき、その背中にナイフが突き刺さっているのが見えた。かわいらしいダンス用ドレスの背中部分が血に染まっている。ラートはナイフの握りを見て、さっき自分が手にしていたものだと気づいた。ラートはヴィヴィアンを追って、ナイフを背中から抜こうとした。ところが急に身動きできなくなった。一ミリも動けないのだ。ヴィヴィアンはふらっとよろめき、かろうじて数歩進んだのち、どさっと地面に倒れ込んだ。ラートはただ茫然と見ているしかなかった。

黒い影がいくつも地面の上を過った。霧が漂っていたので、はっきり見ることはできなかった。黒い影は屍体に飛びつき、引き裂いた。ラートはやめさせようとしたが、足が金縛りにあったかのように動かなかった。

「心配しないで！　あいつらはあの女にしか興味ないから！　すべてうまくいくわ」

向き直る前から、声の主がだれかわかった。においがしたのだ。

彼女が戻ってきた。

チャーリーが木に寄りかかって微笑みかけていた。雪のように白く、血のように赤く、黒檀のように黒い。チャーリー。心なしか恥じらうように首を傾げている。

突然不安が消えた、死んだヴィヴィアンもカティも、そして自分が犯した罪も心配事も、もうどうでもよくなった。

「すべてうまくいくわ」彼女はそういった。そしてそのとおりになった。

チャーリーがそこにいれば、すべて丸く収まる。

「帰ってきたんだな」ラートはゆっくりと彼女の顔に近づいた。チャーリーはこっくり頷いた。

彼女のいいにおいがする！

「今でも愛してる?」チャーリーはラートの方に顔を向けた。

ラートは答えようとしたが、異様な顔が自分を見据えていることに気づき、愕然として後ずさった。それまで見えなかった彼女の顔の半分は、ひどい火傷をしていた。髪がすっかり抜け落ち、面影すら残っていない。

ラートが目を覚ましたのはその瞬間だった。心臓がどきどきし、息が上がっていた。彼女の残り香も感じられるが、それは寝室がはっきり見えるようになると消えてなくなった。そして夢の光景も、風に吹かれた煙のように消えた。

電話が鳴った。

ラートはナイトテーブルを見た。目覚まし時計がひっくり返っていて、時間がわからない。電話がまた鳴った。

だめだ。今は出られたものじゃない。

電話はもう二回鳴って静かになった。ラートは体を起こした。頭がすこしずきずきする。右手の指関節も痛い。椅子に大尉の軍服がのっている。ちゃんとたたんでいない。プロイセンの兵舎だったらありえないことだ。右手で体を支えようとして、激痛が走った。くそっ! すこしずつ記憶が戻った。ブレナーの鳩尾と顔に拳骨を一発ずつお見舞いしたのだ。

ダンスフロアにはチャーリーの愕然とした顔。ラートを見ていた。

そして彼女と並んで立っているカウボーイ。

また刺すような痛みを覚えた。昨夜も感じた耐えがたい痛み。

くそっ！

彼女が他の男といっしょにいるところを見たのははじめてだ。まさかこんなに衝撃を受けるなんて。

ふたりのロマンスは数ヶ月前に終わった。なにもかも台無しにしてしまうとは。彼女を騙し、利用したのはラートだ。そんなつもりはなかった。しかし結果はそうなった。彼女はそれを許すことができず、ラート自身もそんな自分が許せなかった。

もちろん会うのをやめても、慰めにはならなかった。むしろその反対だった。

夏が終わらないうちによりを戻そうとしたが、ものの見事に失敗した。チャーリーは口をきいてくれた。やさしくもあった。けれども、友だち付き合いという感じにとどまり、ふられたという事実は変わらない。異論を差し挟む余地はなかった。

彼女と顔を合わせないようにするのは簡単ではなかった。チャーリーは法学を学びながら速記タイピストとしてアレックスで働いていたからだ。しかも殺人課で。だからどうしても会わないわけにいかない。たいていは落ち着いてそつなくこなした。ただ、一度だけ口論になった。ラートが毛嫌いしているヴィルヘルム・ベームのことをチャーリーが神のごとく崇《あが》めていたからだ。

ラートは〈お城〉で彼女がさまざまな男といっしょにいるところを見かけた。むろん仕事なのだから当然だ。だが昨夜はそれとは違った。

彼女はかつてラートを見つめたときと同じようなまなざしをその男に向けていた。そんな彼女を見るのははじめてだ。あのまなざしにもう一度見つめられたい。

今さら彼女のことを考えてもはじまらないのに！

冷たい床を裸足で歩いて、浴室に入った。小便をして、風呂に火をつけると、居間に行ってレコードをかけた。コニャックグラスがまだテーブルにのっていたので、台所に持っていってすすいだ。台所の時計は九時半を指していた。コーヒーをいれたとき、大ベルリンタクシー協会のレターヘッドが印刷されたメモ用紙を両手に取った。タクシー運転手の住所がメモしてある。昨日、軍服を脱ぎ捨てる前に食卓に置いたものだ。軍服も返さなくてはならない。今日も出かける用事がいろいろある！

コーヒーを飲み終わると、浴室に戻って歯をみがき、シャワーの栓をひねった。ちゃんとした湯が出たためしがない。いつも冷たいので、一気に眠気が覚める。


タクシー運転手の名はフリートヘルム・ツィールケ。住んでいるのはシェーネベルク地区のガスタンクの陰だ。ラートがそこに辿り着いたときには昼になっていた。先に愚にもつかない軍服を返すためにバーベルスベルク撮影所に回ったのだが、思ったより時間がかかってしまった。行楽客の車で道路が渋滞していたのだ。だが帰りはすいていた。ツィールケの家族が住むアパートの前の通りは死んだようにひっそりしていた。階段室にはキャベツを煮るにおいが立ち込めていた。ラートは五階まで上がって、ベルを鳴らした。すこしして染みだらけのエプロンをつけた女がなにか口に入れて嚙みながらドアを開けた。タマネギとレバーを炒めたにおいがした。キャベツのにおいをだしているのは別のだれからしい。ラートはレバーが嫌いだった。

女は突き放すような目付きでラートを見据えた。「なんの用？　食事中なんだけど！」

ラートは警察章を呈示した。

女は目を丸くして警察章を見つめた。「あのろくでなし。ミーツェと映画を観にいったとかいっといて！」女は住まいの奥に顔を向けた。「エーリヒ、おまわりだよ。あんたまたなにかやらかしたのかい？」

ラートは慌てて両手を挙げた。「どうか興奮しないで。ご主人に訊きたいことがあるだけなんだ。いるのかね？」

「うちの人？」女が目を丸くした。だが女がなにかいう前に、若者が廊下に顔をだした。十七、八歳くらいだ。ポケットに両手を突っ込んで、挑みかかるようにラートと母を見た。「俺は映画館に行ってたんだ！　なんだっていうんだよ？」

「もういいよ」小声でそういうと、女はうさんくさそうにラートを見た。「父さんに用があるんだってさ」

女は悪夢が現実になったような顔をした。エーリヒが顔をしかめた。

「たいしたことじゃない」ラートは急いで説明した。「二、三質問がある。ご主人はタクシー運転手だろう」

女の顔が明るくなった。「もちろんよ。入ってくださいな！」

ラートは住まいに入ると、帽子を取った。ナイフやフォークの当たる音がする。レバーのにおいで鼻が曲がりそうだ。広めの居間兼台所で一家は食事をしていた。一家の主人に長男のエーリヒ、さらに息子が三人いた。フリートヘルム・ツィールケはひとりだけ、皿の横にビール瓶を置いていた。

「あんた」妻がいった。「警察の人が……」

ツィールケはズボン吊りを肩にかけて立ち上がった。

「日曜日の昼に押しかけてくるのが、警察の新しいやり方ですかい？」

「間が悪くてすまない」ラートはいった。「しかし急ぎなんだ。二、三質問に答えてくれたらお暇《いとま》する」

「俺で役に立つのかどうか知らないが、どういうことです？」

「静かに話せるところはないかな……」

ツィールケは肩をすくめ、ドアを開けると、ラートを寝室に案内した。ベッドが三つ。大きいのが一台に小さいのが二台。さらに大きな洋服簞笥《だんす》があって、立つ場所もないほどだ。それでも椅子が二脚あり、ひとつは窓辺のテーブルの前にあった。においは台所と大差なかった。

「どうぞ」といって、ツィールケはラートに椅子をすすめた。「ここで我慢してください」

「ありがとう」ラートは立ち止まってポケットからメモをだした。

「あんたのタクシー番号は二四八二だね？」

「そのとおりです。なにか問題がありますか？」

「いいや、そうじゃないんだ。二月八日にあんたが乗せた客のことで二、三訊きたいことがある。有名な女優で……」

「そんなの、この街にはごろごろしてますよ！」

「ヴィヴィアン・フランク」

「あのフランク！　ええ、覚えてます。あれは八日でしたっけ？」

「あんたが彼女をどこへ運んだか知りたい」

「たしかヴィルマースドルフ地区でしたよ……待っててください！　全部メモしてあるんで」

洋服簞笥から運転手の制服をだしてくると、ツィールケは内ポケットに手を入れた。

「これです！」ツィールケはラートに茶色い小ぶりの手帳を見せた。「ええと」と手帳をめくりながらいった。「二月八日土曜日九時半、シャルロッテンブルク、カイザーダム通り出発。行き先はヴィルマースドルフ地区、ホーエンツォレルンダム通りとルール通りの角」

「それから？」

「それからって？」

「彼女はそこであんたを待たせたんだろう？　そのあとは？　駅か空港へ向かったんじゃないのか？」

ツィールケはかぶりを振った。「そこに迎えの男が立っていて、それで……」

「迎え？」

「ええ。通りの角で待っていましたよ。豪華な花束を持ってました。俳優みたいでした」

「男に見覚えは？」

「ないですね。一度も見たことがないです」

「じゃあ、どうして映画俳優だと思ったんだ？」

ツィールケは肩をすくめた。「ただそう見えたんですよ。スタイルがよくて、上品な服を着ていました。ヴィヴィアン・フランクも女優ですからね、たしか」

ラートはポケットからルードルフ・チェルニーの写真をだした。「それはこの男か？」

「チェルニー？　この人なら知ってますよ。迎えの男は、俺がまだ映画館で見たことのない奴でした」

ラートは写真をしまった。「ふたりがどっちへ歩いていったか覚えているかね？」

「見てません。俺はすぐ近場のタクシー乗り場に行って次の客を待ったんで」ツィールケはもう一度手帳を確かめた。「ライニケンドルフ地区。十一時四十五分。そうそう、ずいぶん待ったっけ。しょうがないから、そこで昼食のサンドイッチを食いました」

「ヴィヴィアン・フランクのことはそれっきり見ていないんだね。もう一度通りに立ったとか。彼女の連れでもいいんだが」

「映画のポスターでなら何度も見てますけどね。あれっきり本物には会ってないです。なにがあったんです？　ずいぶん根掘り葉掘り訊くんですね。ひょっとして麻薬ですか？　俺はそういうものをタクシーで運びはしないですよ。本当です！」

ラートはいわくありげににやりとすると、別れを告げた。

ヒェルスカー通りに出てから、ラートは煙草に火をつけて車に乗り、窓を下ろした。とにかくさっきのにおいを鼻から消し去らなければ。子ども時代、母がしょっちゅうレバーを焼いたのがいけなかった。元はといえば長男アンノーの好物だったからだが、彼が名誉の戦死を遂げたあとでも、母はレバーを食卓にのせるのをやめなかった……

ラートはエンジンをかけて、車を発進させた。

日曜日の昼は、それほど交通量がない。ホーエンツォレルンダム通りのワイン専門店の前でビュイックを止めた。ルール通りとの角のビルに中華料理店と紳士服店が入っている。あとはごく普通の集合住宅が建ち並んでいた。ラートは車から降りると、あたりを見た。ヴィヴィアン・フランクはいったいだれを訪ねたのだろう。住宅には弁護士や医者や税理士の看板があるが、映画プロデューサーはいない。ポストの名前をざっと見てまわったが、どれも心当たりがなかった。しかし映画人が郵便受けに本名をだしているとは考えづらい。それに旅行会社もこの界隈にはない。アメリカ行きのチケットを引き取りにきたという線もなさそうだ。とくに目を引くのは食堂くらいのものだ。さっきの中華料理店。電飾に〈楊桃《ヤンタオ》〉とある。それが店の名らしい。

探している答えは見つからなかった。どうしてヴィヴィアン・フランクは二月八日にタクシーでホーエンツォレルンダム通りへ向かったのだろう。アンハルト駅でルードルフ・チェルニーが待っていたのに。そしてタクシーを降りたあと、彼女はなにをしたのだろう。

この街角で彼女がなにをしようとしたのか、突き止めなければ。写真を見せて歩いても、人通りの少ない日曜日ではたいして成果は期待できない。この住所になにか心当たりがあるかオッペンベルクにたずねた方が早そうだ。もしこの近辺に映画プロデューサーが住んでいたりすれば、飛躍的な前進になるに違いない。

ラートは車に戻って乗り込んだ。時計を見ると、一時半。さすがに腹が減ってきた。といっても、食欲はない。タクシー運転手の家を訪ねたせいだ。

腹が立ってきて、ラートは拳骨でハンドルを叩いた。くそっ！　やっと彼女を忘れかけていたのに、すくなくともまる一日彼女のことを考えずに済む日がたまにはあったのに。

あの男はいったいどこのどいつだ。くそ野郎！　カーニバルでカウボーイに扮するなんて滑稽だ！　どうせ気取り屋の法学者だろう。

チャーリーのことで頭がいっぱいになるのは不本意だが、どうにもならない。

立ち止まるな。動け！　走れ、走れ、走れ。ラートは車を発進させた。

あてもなく街をぐるぐる走り回り、気分で道を曲がった。そのうちにモアビート地区に入っていた。シュペナー通りのすぐそばだ。

彼女の家の前をゆっくり通りすぎた。なにか見えると思った。なにを期待し、なにを恐れているのか。

そのブロックをぐるっと一回りすると、ラートは彼女のアパートの前の道の反対側でエンジンを止め、煙草に火をつけた。最後の一本だった。昨日まで禁煙していたというのに、戻るのは簡単だ。

煙草をくゆらしながら車の中にすわり、だれも出てこないアパートの玄関を観察し、ときどき彼女の住まいの窓を見上げた。だが人影が映ることはなかった。それでも窓の奥にうっすら明かりがともっているようだ。いっそ道路を横切って、ベルを鳴らそうかと思った。

だがそれからどうする?

もしカウボーイがドアを開けたら、殴りかかるか。

ラートは煙草の吸い殻を窓から捨ててエンジンをかけた。

三十分後、ラートは新しいオーバーシュトルツをポケットに入れて警視庁の石の階段を上がった。車をクロスター通りに止め、〈お城〉まで歩いた。ライトコートにビュイックを止めようものなら、ベームやあいつの提灯持ちにすぐ気づかれてしまう。アレクサンダー広場の巨大な建設現場は混乱の一途を辿っていて、車で横断することはほぼできなくなっていた。〈アシンガー〉をはじめ警視庁前の数棟の建物がまだ解体されずに残っているが、死刑宣告を受けたも同然だった。それでも〈アシンガー〉は恩赦を受けて、広場の改造後も居場所を確保しているという。レーザー&ヴォルフ(ベルリンにあった煙草や葉巻の製造販売会社)がどうなるかはだれも知らないが、今のところまだそこで煙草の補給ができた。警視総監が葉巻を吸うかぎり、アレクサンダー広場から煙草屋がなくなることはないだろう。

日曜日の〈お城〉は閑散としていた。ほとんどの捜査課では常夜灯がついているだけだ。だれとも挨拶を交わさずに済みそうだ。だが階段から廊下に出た瞬間、殺人課のフロアに通じる大きなガラス扉を開ける者がいた。

「やあ、ランゲ」そういって、ラートは帽子のつばに手をかけた。

ランゲは驚いてラートの顔を見た。

「警部！　週末勤務には当たっていなかったはずですけど」

「きみは当たっているようだな」

ランゲは頷いた。「ブレナーと組んでたんですけど、あの人は病欠です」

「そうかい」

ランゲは一瞬立ち止まり、すこしためらってからいった。「あの人の話では……その……本当ですか……警部があの人をのしたっていうのは？」

ラートは肩をすくめた。「ちょっとお仕置きをしたといっておこう。大げさに考えるな」

「でも、大げさなことになっていますよ」ランゲは声を潜めた。「昨日なにがあったのか知りませんが、ブレナー警部は大騒ぎしています。規律違反だとかなんとか。面倒なことになりそうですよ、警部。ボスがかんかんでした。どこを捜しても、警部が見つからないものだから」

「警告してくれて感謝する」ラートはいった。ランゲは軽く頷いて立ち去った。

ブレナーの豚野郎！　ベームに泣きついたか。さもありなんだな。かっとしたのはまずかった。だがブレナーが悪い。指の骨がずきずきするし、本当に面倒を背負い込みそうだが、それでも珍しく正しいことをしたという気持ちがしていた。

オフィスは冷え切っていた。通常の勤務時間にはもうすこし頻繁にいるようにしないといけないな、と思った。さもないと暖房をしてもらえない。このところ、ベームを避けるためだけに、〈お城〉のリズムを壊している。勤務時間に個人的な頼まれごとにかかずらい、ようやく勤務時間外に出勤したというしだいだ。欲しかったものはすべてグレーフのデスクにあった。ドクトル・シュヴァルツの司法解剖所見、クローンベルクの部下たちが保全した証拠品についての暫定報告書。グレーフは仕事熱心だ。プリッシュとプルムのこともせっついて、聞き込み捜査の報告書をまとめさせていた。

帽子とコートを身につけたまま、ラートはグレーフの椅子にすわり、司法解剖所見を開いた。シュヴァルツの文体には慣れていたので、どこを飛ばし読みして、どこをしっかり読めばいいか心得ていた。

死因はやはり電気ショックに起因する心拍停止だった。内臓の損傷はないが、頭部と肩に重度の火傷を負い、鎖骨と上腕と尺骨に合計五ヶ所の骨折があった。脊柱《せきちゅう》にも損傷があった。ベティ・ヴィンターは仮に生き延びたとしても、残りの人生は車椅子の生活になっただろう。

シュヴァルツは麻薬の摂取についても調べていた。だがヴィンターはヴィヴィアン・フランクとは違っていた。アヘンもコカインもハシシュも検出されなかった。しかし肝臓の検査で、酒浸りであったことがわかった。

胃の内容物についてはさっと目を通すだけにしようと思ったが、そのときある単語に目が留まって、はっとした。

楊桃《ヤンタオ》。

所見の文章の中でじつに異質な単語だ。繰り返し登場する医学用語よりも異質だ。それでもそのエキゾチックな単語に覚えがあった。

ヴィルマースドルフ地区の中華料理店がそういう名前だった。それともアジアっぽい響きの言葉なので、混同しているのだろうか。

いずれにせよどちらも中国語。ドクトルはこの単語に注をつけている。彼は教養をひけらかすのが好きなのだ。しかも世界の事物に通暁《つうぎょう》している証しとなる教養を。今回はもってこいのものが見つかったのだ。それによると、楊桃《ヤンタオ》（キウイフルーツのこと）は中国産の果物だという。鶏卵くらいの大きさで、褐色の薄い毛羽立った皮に覆われ、果肉は緑色で、固い小さな種子が入っている。ドクトルは、美味だとも付け加えている。消化されかけた胃の内容物を見てもなんともないのだろう。そしてすでに楊桃《ヤンタオ》を食べた経験がある。ヴィンターの胃袋でこのエキゾチックな果物は、ごく普通の茸や米や鶏肉とまざってぐしゃぐしゃになっていたとして、ドクトルはここから興味深い結論を導きだした。つまり屍体は死んだ日に中華料理を食べていたのだ。

ここがまたドクトルらしいところで、司法解剖と事実認定にとどまらず、結論までだすのが好きなのだ。

刑事警察の下に置かれた機関がともに思考するというのを、ラートは基本的に悪いことではないと思っている。だが、ドクトルのコメントはときとして神経に障って仕方がなかった。所見を読むだけで、直接ドクトルの高説を聞かずに済むのは助かるのだが。

鑑識課はすでに投光器の吊り金具を詳細に調べていた。不良品ではないという。ネジはすべて正常で、グレーフが見つけたボルトも問題がなかった。したがって何者かが故意に抜いたとしか考えられない。

その何者かは捜索中だ。

ラートは捜索課に電話をかけた。

成果はゼロだった。クレンピンの足跡《そくせき》は杳《よう》として知れなかった。新聞での呼びかけに対して写真の男を見たという目撃情報が何件か寄せられたが、今のところすべてガセネタだった。

ふたたび鑑識課の報告書を開いてみた。鑑識は被害者の衣服も調べていた。焼け焦げた絹のドレス、靴、ストッキング、下着まで。クローンベルクの部下のこだわり方は半端ではない。その調べ方は微に入り細をうがっていた。服に血痕と数本の毛髪が付着していた。血痕は本人のものだが、毛髪は本人のものではなかった。おそらく衣装部屋のスタッフか、相方の俳優のものだろう。こういう事件でここまで調べてなにか意味があるのだろうか。死亡事故だぞ。しかも映像に収まっているというのに！

それから事情聴取の報告書を手元に引き寄せた。プリッシュとプルムは熱心に仕事をしていた。ラートは報告書をぺらぺらめくった。とくに矛盾はない。ベティ・ヴィンターの死を目撃した人たちの証言はドレスラー監督の場合と同じだった。興味を惹かれるのはむしろ、故人に対する個人的な意見の方だ。そこになんらかの動機が見つかるかもしれない。

個人的な意見がひとつも見つからないかもしれないという危惧は、最初の数人分を読んだだけで杞憂に終わった。むしろ動機がありすぎて困るほどだった。

ベティ・ヴィンターは口うるさい女だったらしい。本人が亡くなった翌日なのですこし控えめにいっているようだが、それでも反感を持たれているのが行間から読み取れる。彼女はみんなから大事にされていたが、好かれてはいなかったのだ。中には自分のことは棚に上げて、だれがベティを憎んでいたか漏らす者もいた。悪口雑言のてんこ盛りだ。とてもではないが真に受けるわけにはいかない。だれがだれのことをどういう言葉で中傷しようとしているか、見極めなければならなかった。しかも誹謗中傷合戦は複雑怪奇な様相を呈していた。ベルマンは自分の会社を小さな家族と呼んでいたが、とんでもない。ラートはもう一度、自分の目で確かめることにした。このままではなんの手掛かりにもならない。

ヘニング刑事助手は被害者の略歴をエーリカ・フォスに口述して、タイプライターで清書させていた。それによると、ベティ・ヴィンターの本名はベッティーナ・ツィーマ。一九〇四年七月十七日フライエンヴァルデ生まれ。俳優養成所には通っていなかった。多くの俳優仲間は天賦《てんぷ》の才があったと評していた。インフレの時代にベルリンへ移ってきて、バラエティショーの舞台でデビューし、いくつかのレビューで成功を収め、まもなくそこそこの劇で端役《はやく》をもらうようになった。一九二五年映画デビュー。当時からすでに四歳年長のヴィクトル・マイスナーの共演相手だった。彼女を映画の世界に引き入れたのはマイスナーで、ベルマンではないな、とラートは思った。マイスナーは当時すでに冒険映画や犯罪映画のヒーローとして人気を博していた。そしてベッティーナ・ツィーマ(デビュー当初からベティ・ヴィンターを名乗った)と組むことで、ロマンチックコメディにも芸の幅を広げた。この五年、ふたりは十二本の映画で共演し、スクリーンの中でもっとも人気のあるカップルだった。ラートはお涙ちょうだいのメロドラマが嫌いなので、まったく観ていなかった。ふたりはプライベートでも、二本目の共演以来恋人同士になった。情報はラ・ベル映画周辺から出たものにかぎらなかった。ヘニングはさまざまな映画雑誌やゴシップ雑誌の記事からまとめている。どうやら隠れ映画ファンらしい。それによると、ベティ・ヴィンターとヴィクトル・マイスナーは一九二七年に結婚した。芸名はそのままだったが、映画業界ではもっとも幸せなおしどり夫婦で通っていた。おそらく結婚して三ヶ月経っても離婚しなかったから、そういわれているのだろう。

ベティ・ヴィンターが死んだことを個人的に嘆き悲しむのはヴィクトル・マイスナーひとりだけということになりそうだ。ベルマンなど、金儲けのネタになるから看板女優の死を悲しんでいるとしか思えない。

事情聴取の名簿には映画俳優で夫のヴィクトル・マイスナーが欠けていた。どうやら昨日はスタジオに顔をだしていなかったようだ。プリッシュとプルムが率先して彼の自宅を訪ねたとしたら、奇跡というしかない。だがそれ以外の関係者にはすべて事情聴取をしてあった。主演女優が死んだというのに、ドレスラー監督は撮影を再開していたようだ。時は金なり。ラートはベルマンの言葉を思いだした。それとも、あれはオッペンベルクのいった言葉だろうか。一日喪に服すこともなく、プロデューサーは今日も撮影に入るようにせっついたのだろう。一日一日が大切。スタジオのレンタル料がかかる。時は金なり……

父親の口癖がラートの脳裏に浮かんだ。知は力なり。こういう単純な格言になんでも還元できるのは素晴らしいことだ。世界に秩序をもたらしてくれる。だがラートにはできないことだし、したくもない。そのうち現実が見えなくなるのではないかと不安になるからだ。彼の仕事はまさにその現実が相手だ。本当に起こったことを明るみにだす。どんなに込み入っていて、無秩序で、理に適わないことであろうとも。そしてたいていの場合現実は、本当に込み入っていて、無秩序で、理に適わない。

ラートは時計を見てファイルをすべてたたむと、きれいに積み上げて、元に戻した。帰る時間だ。

15

男にはわかった。女は今、自分を取り巻く環境に感動している。隠しようがなかった。壁の絵画をはじめとした古色蒼然とした虚飾の数々よりも、単純に部屋の広さや庭園と湖の眺めに圧倒されている。そういうものを見るのははじめてらしい。

映画プロデューサーというのはたいていケチで、露骨だ。女優を家に招くといっても、せいぜい逢瀬を楽しむ穴蔵とでもいわんばかりの薄汚いアパートだ。本当の自宅、本当の生活を見せることはない。

背後に控えているアルベルトがワインを注ぎ、腕によりをかけた料理を一品一品厨房から運んできた。

今日はアルベルト以外の使用人に暇をだしている。彼女のような客を招くときは、いつもそうしていた。

大きな食卓はふたりだけのために用意してあった。

男は杯を上げた。「きみの未来に、ジャネット」

女は微笑んで杯を上げた。「わたしたちの未来に」

「では契約してくれるんだね？」

「だってあんな高額のギャラがもらえるんですもの。芸術的には挑戦し甲斐があるし。トーキーばっかり撮影されるようになった今だからこそ余計にそそられるわ。断るわけがないじゃない」

どうせ金に目が眩《くら》んだだけのくせに。芸術などどうでもいいのだ。彼女の目を見れば本心がわかる。アルベルトがフルーツサラダを給仕すると、女が押し黙った。デザート用のフォークで小さく切り分けた果物を刺し、そっと口に入れて、うっとりした顔をした。

「おいしい！　これはなに？」

「楊桃《ヤンタオ》だ。カント通りにある中国人の店でしか手に入らない」

「とってもおいしいわ」

「それに体にいい」男もフォークを手に取った。「契約をして後悔はさせないよ。自己資金が潤沢にあるから、映画芸術を生みだすことに邁進できる」

「トーキーはあなたにとって芸術じゃないの？」

「芸術になれるはずがない」男はすこし声を荒らげた、女がびっくりした表情を見せたので声を潜めた「トーキーは芸術を台無しにする。絶頂期を迎えた映画をまたしてもきわものに貶《おとし》める技術的な流行《はや》り物だよ。映画がまだ歳の市の出し物でしかなかった初期の時代と同じようね。しかしあなたは芸術家だ。そんなきわものに出演してはいけない。あなたに歳の市はふさわしくない！」

「出るなといわれても。困ったわ。他の監督の作品にも出演したいし。専属契約はできないわ」

「そんなこと、だれも要求してないよ」男は微笑んだ。

「悪く取らないでね。あなたのお誘いには感謝しているし、わたしを芸術家と呼んでくれてうれしいわ。でも、進歩に乗り遅れるわけにもいかないの。わかってくださらないと。歳の市の出し物といっても……どうかしら。すこし大げさすぎないかしら」

男は意に介さなかった。金に目が眩んだ彼女の顔を見る前から、そういう答えが返ってくることを予想していた。

「とてもよくわかるよ。他の映画にも出演したいのは当然だ。こういってよければ、わたし個人は古い映画の方があなたのトーキー映画よりも数段上だと思っている。そういう映画を今一度、あなたと撮りたいんだ」

男は杯を上げ、おもねるように彼女に微笑みかけた。微笑みには自信がある。そして声にも。

「この話題になるとつい興奮してしまう。許してくれるかい。しかし映画……映画はわたしの命なんだ」

ただしこれは真実の半面でしかない。映画がなかったら死んでいただろう。はるか昔に命は尽きていたはずだ。

その日、彼は鏡を粉々に割った……

破片を踏む、じゃりじゃりっという音。母はきらめくガラスの中で立ち止まり、真ん中が空っぽになった鏡の枠を見つめた。尖った破片がまだいくつかくっついている。凍りついた炎の環のようだ。はるか彼方《かなた》から母の声が聞こえた。

急にどうしたの。

彼は答えず、うつろなまなざしで母を見る。そのまなざしに耐えられなくなり、水を入れたグラスで叩き割ったのだ。グラスの破片が鏡の破片とまじり合い、水の滴《しずく》が破片のあいだで輝き、絨毯に吸われていく。

彼は自分と瓜ふたつの亡霊を永遠に部屋から追放したのだ。

それがわかっているのか、母は質問を繰り返さなかった。じゃりじゃり音を立てながら、ベッドの方へやってきた。

夢を見ていたようだ。部屋に入ってきた母に気づかなかった。といっても五時には目が覚め、本を読んでいた。屋外が日中だろうと、彼には意味をなさなくなっていた。日中はもはや彼には意味がない。

こんなに早い時間になんの用だろう。朝食を食べさせようというのだろうか。それはないはずだ。母が食事を持ってくることはない。アルベルトに任せきりで、空腹を抱えた彼がごくわずかの食事しか口にできないことを知らない。

一口ごと唾でどろどろになるまでかみしめ、その生暖かいどろどろの食べ物を、わずかな甘みを味わいながら飲みくだすことを母は知らないのだ。

彼はがつがつ食べてみたり、ゆっくり嚙んでみたり、いろいろ試したが、空腹を消すことはできなかった。永遠の空腹。人生の名に値しない彼の人生の根底をなす感覚。彼は読書や夢想に逃避した。それ以外の時間、息をし、食事を待ち、空腹に耐えるだけの時間は、ひたすら耐え忍び、やり過ごすほかない彼の敵だ。そうした時間の埒外《らちがい》に身を置かなければ、幸せは感じられない。

だからこそ、そういう時間に自分を連れ戻す母が憎かった。

彼は母の声を聞き、目を上げ、手にした本を宝物のようにしっかりつかんだ。母はその本を奪い取った。

おはよう、坊や。今日がどういう日か知っている？　母は手を差しだした。お父様がすごいものを用意なさったのよ！　いらっしゃい！

彼はおずおずと立ち上がる。母はこれまでにも何度か彼を誘惑した。なにかしら約束をして誘いだした。だが結局は罠だった。

けれども抗《あらが》うことはできない。

気をつけろ！

母はガラスの破片で足を切らないように彼に靴をはかせ、それからガウンを肩にかけた。母のあとについていくつもドアを抜ける。永遠の薄闇に沈む、彼の豪華絢爛《けんらん》な牢獄は巨大なのだ。階段を下りて、大広間に入る。母がちっぽけで頼りなく見えてしまうくらいのホールだ。母の靴音がコツコツと石の床に大きく響く。だが彼の足音は聞こえない。まるで幽霊だ。自分はすでに死んでいるとしか感じられない。

母が地下室の扉を開けたので、彼はびっくりした。その扉は開かれたためしがないからだ。株取引で巨万の富を築いた彼の祖父は、ヴァンゼー湖畔に建つ中世の城を模したこの館に居を構えた。陰々滅々としたゴシック建築。戦前に人気を博したものだ。地下室の扉は牢屋の扉を連想させる。母はなにをするつもりだろう。

彼は不安になった。

及び腰になった彼の手を取ると、母は微笑み、ステップを一段一段、闇の中へと導いていく。かび臭くはなかったが、地下室は好きになれない。彼は怯えた。厳格で容赦がない父に対するのと同じように。父は彼を新しい監獄に誘い込もうとしているのだろうか。監視がもっと容易になるように、狭く暗い監獄に放り込もうというのだろうか。彼の苦痛を和らげるために、なにか耳打ちしてくれてもよさそうなものなのに、母にはそんなそぶりはまったくなかった。

恐がらなくていいのよ、と母はいうが、恐怖心は募るばかりだ。

階段を下り切ると、母は扉を開けた。暗い部屋に通じる扉。奥にちらちら揺れる光が見える。母は彼の肩に手を回して、扉の奥に押し入れた。薄暗がりの中、父の顔が目に入った。もう笑うことのかなわない顔。

誕生日おめでとう、坊や、と母はいって、やさしく彼の腕を取った。ご覧なさい。あなたのために用意したのよ。

彼は目を閉じた。ときが経つことを思いだしたくなかった。自分の時間が経っていくことを。誕生日のことなど、両親には忘れてほしかった。ときが経つことを忘れてくれ！

ご覧、おまえへの誕生日プレゼントだ、という父の声。

彼は目を開けた。

闇の中でシュルシュルシュルとかすかな音がした。彼は見た。そしてなぜ生きている方がいいのか悟った。

明るい島が闇の中に浮かぶ。磁石のように彼の目を引きつけた。彼の心を引きつけ、そこに焼きつけられた。陽の光がさんさんと降りそそぐ庭、風に躍る木の枝。そこへ人々がやってきた。庭で過ごす幸せな人々。これからなにが起こるのかわからなかったが、もはや目をそむけることはできない。

映写機の音しか聞こえないのに、人々の話し声や風にそよぐ木の葉の音が耳に入った。

そして生き甲斐というものを知った。どうして苦痛に耐えるのか。苦痛に満ちた人生も、最後には報われるからなのだ。

見つけた。新たな人生を。

16

吹き抜けになった階段室を上っているうちから電話の呼び出し音が聞こえていた。自分の住まいで鳴っているようだ。アパートの裏手で電話を所有しているのは彼しかいない。住まいのドアを開けると、呼び出し音が切れて、黒い電話機は押し黙った。

帽子とコートをフックにかけてから、居間に入り、レコードをかけて、安楽椅子に身を沈めた。コールマン・ホーキンスのサックスが小刻みに空気を震わす。風に揺れる木の葉のように美しい。ラートは目を閉じた、音楽のおかげで、すぐ気が休まった。

ゼヴェリンが送ってくれるレコードがなかったら、彼の生活はどんなだろう。この都会に三週間といられないに違いない。仕事もうまくいかない。欠陥だらけの人生をなんとか立て直そうともがくが、すべて裏目に出る。仕事もうまくいかない。まわし車の中でかけずるハムスターの気分だ。いつか父親のように刑事警察長官まで上りつめることができるだろうか。ラートはあやしいものだと思っていた。私生活はどうだ。ベルリンで友人といえる人間は、〈びしょ濡れの三角〉でときどき酒を飲むラインホルト・グレーフ刑事秘書官と、ときどき食事をともにして情報交換をするベルトルト・ヴァイネルトくらいのものだ。ケルン時代の友だちで、アグネス地区での射殺事件のあとも背を向けなかったのはパウルひとりだけだった。ひどいのは婚約者のドーリスだ。一度はいっしょに家庭を作ろうとまで思った相手なのに、ラートがペストにかかったかのようにそっぽを向いた。

ベルリンに移るのはチャンスだと思った。ここなら人生をやり直せる。そして女性との付き合いも。結果はどうだ。今のままでは永遠に独身をつづけそうだ。仏陀《ブッダ》と同じになる。ブレナーやチェルヴィンスキーのようになるのはごめんだ。〈レジ〉で気送管ポストの世話になるなんて。

オーバーシュトルツに火をつけた。これでまただれにも咎《とが》められず、自宅で煙草が吸える。カティがいなくなっても寂しいという気持ちはなかった。〈レジ〉からいっしょに姿を消したという海賊がお気に召したのなら、それでいい。カティに未練はない。

チャーリーが恋しい。

彼女のあのときのまなざしが脳裏に浮かんだ。昨日のあの愕然とした目付き。気づかれたのだろうか。

かまうものか。今さらなにも変わらない。彼女とは終わったんだ。ものの見事にふられた。何ヶ月も前に。チャーリーといっしょなら、人生の風向きが変わるかもしれない、とラートは何度も思った。めったに訪れることのない、そして訪れたときはしっかりつかんで放してはいけない、そういう絶好のチャンスだった。それなのにどうだ。とんでもない嘘をついてその機会を逸し、まわし車の中でかけずる人生に逆戻り。いくらもがこうと、一歩も先へ進めない。いや、ブレナーに拳骨をお見舞いしたことで、多少の波風は立ちそうだ。むろん悪い方向に。

電話がまた鳴った。

受話器を取るべきか迷った。だれだろう。カティに、終わりにしたいといわれるのか。ブレナーに、決闘を申し込まれるのか。それともベームに、捜査の担当を降ろされるのか。

ラートは黒い受話器を取って「もしもし?」といった。

「やっと出たか! おまえは家に帰ることがないのかと思ったぞ」

「父さん?」

「いいか、よく聞け。あまり時間がない。母さんとわしはこれから、画商のクレフィッシュのところに呼ばれているんだ。明日、市長に会う。カーニバルの行列の観覧席だ。知っているな。なにか市長に報告できることはあるか?」

しまった! アデナウアーから依頼された件は、まだなにも手をつけていない。

「今日は日曜日。フォード工場は休みです。それに明日も時間がない」

「まだなにもやっていないのか?」父親は唖然としていった。「急ぎだってことはわかっているんだろうな? 重要なんだぞ。わしの名声にかけて、我らが町と市長の名誉に傷がつくことを阻止したいんだ!」

どうしてあんたの名声がかかっているんだ、とラートは思った。

「明後日にはフォード工場を覗いてみます。恐喝者はたぶんあそこで働いている」

「たしかか?」

「フォードをなんとしてもベルリンにとどまらせたいと思う奴なんて、他に考えられません」

「恐喝は陽動作戦かもしれん。目くらましということもありうる。コンラートの政敵は、わしらの政党の腕利きの政治家を政界から追い払おうと躍起になっている。そうやってカトリックの利益を大いに損なおうとしているのかもしれん」

「いくらなんでもそこまでするかな」

「いいか、支配人でも経営者でもない一介の労働者がドイツ銀行の秘密情報に触れられると思うのか？　もっと別のだれかが絡んでいるはずだ」

「かもしれません。まずどこから情報が漏れたか突き止めないと。アデナウアーは、銀行との秘密の取り決めを知っている人間をリストアップしてもよさそうなのに」

「もちろんしたさ。全員の名が挙がっている」

当然か！

「名簿があるってことですか？」

「こういう事件を捜査するときにはまずすべきことだ」

「それをこっちに送ってくれませんか？」

「いいとも。すぐに送らせる。しかし事件が決着を見るように心がけろよ。できるだけ早くやれ」

「もし黒幕が政敵だったら、どうやって喋るのをとめたら？」

「名前さえわかれば、あとはこっちでなんとかする。蛇の道は蛇だ」

ラートは受話器を置いた。父が警官である前に政治家だということをつい忘れてしまう。どうしてだろう。

しかし父のいうことにも一理ある。恐喝者はドイツ銀行とつながりがあるはずだ。偶然か、故意かはともかく、だれかが秘密を漏らしたのだ。

電話がまた鳴った。

ラートは受話器をつかんだ。

「まだなにか？」

父親ではなかった。

受話器の向こうからは、かすかな息づかいしか聞こえない。

しばらくして声がした。男の声だ。「ラート警部？」

知らない声だ。「そうだが」ラートはいった。

「ヴィンター事件を担当している警部だよな？」

「それがなにか？」

「新聞にのっている、俺は……」

「なんの用だ？」ラートは口をはさんだ。本題に入らずだらだら喋るのは嫌いだ。仕事を自宅に持ち込まれることも。

「ヴィンター事件のことだよ、いっただろ」電話口の男が咳払いをしてからいった。「警部、あんたは捜す相手を間違えている」

「クレンピン、おまえだな？」

一呼吸置いて、受話器から返事が聞こえた。「俺のいうことを信じろ。信じられないというなら話すのをやめる」

「俺に電話をくれてよかった。あんたは重要参考人だ」

「馬鹿をいっちゃ困る！　重要参考人なものか、容疑者だろ」

こいつ、馬鹿ではないな。ラートは受話器を持ちながら、どういうふうにクレンピンをいいくるめたらいいか必死に考えた。ともかく引き延ばすことだ。

「それで」クレンピンはつづけた。「俺のことを信じるかい？」

「どういう話かわからないのに、信じろといわれてもな」

「あんたが俺を信用するかどうか知りたい。そしてあんたが信用できるかどうかもな」

「約束できることはひとつだけだ。あんたが無実なら、なにも恐れることはない。あんたの力になる」

クレンピンはすこし間を置いてからいいたした。

「俺はベティをやっちゃいない。それが一番肝心なことさ。そこを信じてもらわなくちゃな！　あれは間が悪かっただけなんだ。だれも彼女が死ぬことを望んじゃいなかった！」

「ではなぜ事故のあと行方をくらましたんだ？」

「そこが違うんだよ！　俺がずらかったのは事故のあとじゃなくて、事故の前だった。事故が起きたときには、とっくに家に帰っていた」

「では事故のことをどうして知った？」

「新聞で読んだ。当たり前だろ。さもなけりゃ、あんたが捜査を担当していることだってわかるわけないじゃないか。俺が追われているってことも知りようがない」

「われわれがあんたを捜索しているんで驚いたか。どうして雲隠れしたんだ？」

一呼吸置いて、クレンピンは答えた。

「計画がうまくいかなかったからさ。遅かれ早かれ消えることになっていたんだ。だけど、俺は待ちすぎてしまった。偽名を……」

クレンピンがまた押し黙った。

「クレンピン、すべて話していいんだ。オッペンベルクと話した。わかっている。おまえは……」

「マンフレートと話したのか？」ほっとしたような声だった。「撮影の邪魔をするために潜り込んでいたって知ってるんだな。投光器が落ちるように細工したのもそのためだった。カメラは保険がかかっているから、壊れても新しいのが買える。だけどすぐには手に入らないんだ。新しい完全密閉式の特製撮影機は納品まで時間がかかるのさ。今は注文が殺到しているからな。撮影は一、二週間遅れる。それで充分だった。そのうちにヴィヴィアンが姿をあらわすだろうってね」

オッペンベルク、あのドブネズミめ！　やっぱり嘘をついていたな！　投光器に細工をしてトーキー用カメラを壊すことで撮影を妨害しようとしていたとは。

ラートは電話で話しているどころではなくなった。さまざまな考えが頭を駆け巡って気持ちが乱れた。「それでなにがいいたいんだね？」なにかいわねばと思ってたずねた。

「隠しごとはしない。俺はいけないことをした。その責任は取る。だけど人殺しじゃない！」

「では、なぜ身を隠す？」

「あんたが追いかけてるからだよ」

ラートはすこし考えた。もっともらしく聞こえる。殺人犯として指名手配されれば、身を隠すのは当然だ。これもあのくだらない新聞報道のおかげだ！「投光器で人が死んだのは故殺ではなく、ただの過失致死だったかもしれない。だが人の死を招いた。その責任は取ってもらわないとな」

「だけど、スタジオから抜けだすときに、ワイヤーをはずして、投光器が落ちないようにした。だからあんなことにはならなかったはずなんだ！　不思議でならない」

「それなら警視庁に来てくれ！　ゆっくり話して、その謎を解こうじゃないか」

クレンピンが鼻で笑った。「馬鹿にしてんのか？　あんたのところへ行ったら、そのまま牢屋行きだろう。あんたはそうするしかない。だから俺のアパートを見張らせてるんじゃないか」

「あんた、前にも電話をかけただろう。昨日、俺がゲーリケ通りにいたときに」

「ご名答、警部！　いい勘してるね！　だからって俺がアレックスに行くと思うなよ。俺だって勘は鋭いんだ」

「では、あんたがなにをしたか、今話してもらおうか？　投光器にどんな仕掛けをしたんだ？それはいつ……」

ガチャッという音とともにツーツーと不通のシグナル音が鳴った。フェーリクス・クレンピンが電話を切ったのだ。

ラートはそのまま受話器を持つと、手のへりで受話器受けを軽く叩き、マンフレート・オッペンベルクの名刺にあった個人宅の電話番号にかけた。小間使いが、主《あるじ》は不在だといった。今夜は大切な会合があって帰りが遅くなるという。ラートは怒りをぐっと飲み込んで、うまいことその会合場所と時間を聞きだした。

すこし時間ができた。ラートはもう一度ゲーリケ通りへ行くことにした。緑色のパトカーがいまだにアパートの玄関の前に止まっていた。見張り役の顔ぶれは変わっていた。今回の担当、プリッシュとプルムは退屈し切っていた。

「ここでなにをしているんだ」ラートは驚いた。「おまえたち、うちの捜査班のはずだが」

「警部の捜査班はなくなったんですよ」チェルヴィンスキーはいった。「ベームの指揮下に入りました。おかげで週末が台無しです。ところで警部がどこにもいないんで、ベームがかんかんに怒っていますよ」

「サボってなんかいない。それに、ちゃんとここにいるじゃないか」

「手抜きをしているとはいえませんね」チェルヴィンスキーはラートを蔑《さげす》むように見据えた。

「いったいどうしたんです。ブレナー警部を唇から血が出るほど殴るなんて」

ラートは肩をすくめた。「仕方ないさ。挑発されたんだ」

「俺の聞いた話じゃ、警部がいきなり殴りかかったことになってますけど」とヘニング。

「でっちあげだ」

「でもめちゃくちゃ怒ってましたよ!」

「もう落ち着いたんじゃないのか?」

「どうですかね。こてんぱんにのしてやる、とかいって、警部を捜してましたけど」

「まだ捕まっていないな」

「警部」チェルヴィンスキーはかぶりを振った。「〈お城〉にはあまり友だちがいないんでしょ。こんなことをしてると、どんどんやりづらくなりますよ。ブレナー警部は警部が血を流すところを見たがってます。ベームという強い味方がいるから、やろうと思えばできますしね」

「俺には警視総監という強い味方がいる」

「いったでしょう。警部には〈お城〉にあまり友だちがいない! こういっちゃ悪いですが、もっと協調しないと」

ラートは肩をすくめた。「協調性はあるさ。だからここに顔をだしているじゃないか。それにいいものを持ってきた」そしてカティが作り置きした煮込み料理の入ったブリキのコッヘルをデブのチェルヴィンスキーに差しだし、「ほら」といって、スプーンをふたつ取りだした。

「シレジア風レンズ豆の煮込みだ。二人前入ってるはずだ。ちゃんと分けて食べればな」

「わかってますよ」チェルヴィンスキーはいった。「階級順ていうんでしょ」

「それをいうなら体重の差じゃないか」車の中からヘニングがいった。「警部は食料の配給に来たんですか?」

「いいや、ちょっと考えがあってな。それを食べながらしっかり見張っていろ。すぐ戻る」

対象になるアパートは二軒だ。左のアパートから試すことにした。まず一階からだ。半白の髪の男がドアを開けて、うさんくさそうに彼を見た。

「刑事警察の」そういいかけて、ラートは言葉を遮られた。

「なんの用だい？　わしはなにも見とらん。もういったはずだぞ！　向かいのアパートを日がな覗くような暇人じゃない！」

ラートは親しげにいった。「向かいのアパートのことではないんですよ。このアパートのことなんですがね、なにか様子が変なところはないですか？　この二日くらいのあいだですが？」

男はラートの頭のてっぺんからつま先までじろじろ見た。

「ないね」といって、バタンとドアを閉めた。

他の住まいでも、はかばかしい成果は得られなかった。最初の男よりも親切だったが、情報はほとんど入手できなかった。フェーリクス・クレンピンがこのアパートに潜伏していると思っている者はひとりもいなかった。

「このアパートに隠れているかもしれないっていうんですか？」灰色のカーディガンを着て、眼鏡をかけている四階の小男が、ラートが鳴らしたベルで出てきていった。「無駄なことはやめるんですね。そんな間抜けなことをする奴はここにはいませんよ。訪ねるんなら、隣のアパートにしたらいいでしょう」

ラートはそうした。ふたたび一階から上の階へとゆっくり訪ね、前のアパートのときと同じような返事を聞かされた。

三階の住まいはベルが壊れているようだった。ノックをしたが、返事がない。もう一度ノックした。

「いくらノックしたって、だれも開けやしないよ」

ラートは振り返った。向かいの住まいのドアのところに、しもぶくれの顔をした目ざとそうな女が立っていた。

「どうしてですか？」

「空き家だからさ」

ラートは聞き耳を立てた。「だれも住んでいないんですか？　いつからです？」

女は肩をすくめた。「二、三週間前かねえ、おまわりが来て、ザイフリートの家族を追いだしたのさ。何ヶ月も家賃を滞納してたからね」

「そのあと借り手がないんですか？」

「こんなぼろアパートなのに、オッペンベルクさんは馬鹿高い家賃を取るんだから、無理もないさね」

「オッペンベルク……」

「貸し主さ」

ラートは頷いた。

「この数日、なにか気になることはなかったですか？　そこの空き家にだれかいたとか」

「さあねえ。なんでそんなことを訊くんだい？」

ラートは警察章を呈示した。

女は驚いて見た。「例の指名手配の男？　それはいくらなんでもふざけてないかね？　向かいのアパートに隠れるなんて。それにどうやって中に入ったっていうのさ？」

ラートはドアノブに手をかけた。返事は不要だった。ドアは鍵がかかっていなかった。

女はまだ好奇の目でうかがっている。

「ありがとう」ラートはいった。「助かりました」

なにをいわれたのか理解するまですこし時間がかかったが、女は自分の住まいに入り、ゆっくりドアを閉めた。

ラートはドアをいっぱいに開けて中に入った。たしかに家具ひとつない。電話機だけが廊下の床に置きっぱなしになっていた。もともと家具が置かれていた跡が黄ばんだ壁紙にくっきり残っていて、煙草のにおいがした。

居間はちょうど往来に面していた。窓から外をうかがって、ラートは大当たりだと思った。すこし身を乗りだすと、道端に止まっている緑色のパトカーが見えた。昨日ラートが覗いた、向かいの住まいの居間もよく見える。電話まではっきり見分けることができた。

寝室に手掛かりがあった。といってもたいして遺留品はない。空き缶の中にもみ消した煙草が数本。だが鑑識課にはそれで充分だろう。ラートにとっても充分だった。家宅捜索がはじまれば、ヴィルヘルム・ベームまであらわれるかもしれない。その前に姿を消さねば。

ラートは道路に出ると、パトカーの屋根を叩いた。チェルヴィンスキーが窓ガラスを下ろした。

「旨かったか？」ラートはたずねた。

「ごちそうさまでした」チェルヴィンスキーは空っぽになったコッヘルをラートに渡した。

「取っといてくれ」ラートはいった。「今はいらないから。明日、オフィスに持ってきてくればいい」

「わかりました」チェルヴィンスキーはにやりとした。「ところで本当に旨かったですよ。だれに作ってもらったんです？」

「秘密だ。それよりいいことを教えてやろう」ラートはヘニングにも聞こえるように身をかがめた。「点数を稼ぎたかったら、〈お城〉に電話を入れて、鑑識課を呼べ。そこのアパートの三階、ザイフリートという家族が住んでいた部屋だ」

チェルヴィンスキーがきょとんとした。

「クレンピンだよ」ラートはいった。「あいつ、この二日ほど、向かいのアパートに隠れて様子をうかがっていたらしい」

この時間にポツダム広場で駐車スペースを見つけるのは難しい。駅のすぐそばとなれば、尚更だ。ラートは〈ハウス・ファーターラント〉の前を通りすぎ、道路をすこし直進してから〈オイローパハウス〉（一九二六年から三一年にかけてベルリンに建設された表現主義的高層建築）の真向かいの、道路名が二重に表示されている標識の下に車を止めた。ケーニヒグレッツ通りという古い名前には線が引かれ、その下に真新しい道路標識がネジ止めしてあった。シュトレーゼマン通り。ラートはシュトレーゼマン（ドイツの政治家でノーベル平和賞受賞者。一九二九年十月三日に脳卒中で亡くなる）急死のニュースが駆け巡ったどんよりした秋の日を今でも思いだす。あれはショックだった。政治にほとんど関心のないラートでも、なにかが壊れたのを感じた。彼の死はただ外務大臣が死んだというだけにとどまらないものだった。シュトレーゼマンはドイツにとって、厳格だが、慈愛に満ちた父親だったのだ。ラートの目から見ると、どこを探しても、彼の代わりになるような、本気で国を愛する強い政治家はいなかった。劣等感まるだしのドイツ国民党のように中身のない感情論に訴えることもしなければ、ナチ党のように愛国心にすり替えた大言壮語もなかった。

ポツダム広場に駆け戻りながら、今頃ゲーリケ通りは大変な騒ぎになっているだろうとラートは思った。結局、鑑識の到着を待たず、すぐにプリッシュとプルムと別れたのだった。ベームは怒るだろう。第一に、クレンピンの隠れ家を自分で見つけられなかったことに。そして第二に、またしてもラートを取り逃がしたことで。取り逃がしたのはクレンピンも同じだ。今さら隠れ家を見つけてももう遅い。クレンピンがいつ隠れ家を引き払ったか、ラートには想像がついた。昨日のはずだ。メルテンスとグラボフスキーが食事に行き、代わったゲレオン・ラート警部が持ち場を離れて指名手配中のクレンピンの部屋に入り込むのを見たときだ。そのあいだあいつはすべてを観察していた。道路に見張りがひとりもいないことを確かめるため、自分の家に電話をかけ、玄関先に見張りがいたため出るに出られなかった隠れ家からとんずらしたのだ。ラートは失態を演じたことになる。だれも知らないことだし、知られてはならないことだ。同じ間違いは二度と繰り返さないと心に誓った。

ポツダム広場駅の前を横切ったとき、ちょうど小型のＢＭＷが駐車スペースから走りでた。ビュイックを止めるのにちょうどいい隙間だった。ビアホールの〈プショル＝ハウス〉はポツダム広場に面していて、ラートはよく車でその前を通りすぎるが、中に入るのははじめてだった。暗色系の腰板を巡らした店内に充満する煙草の煙とビールのにおいが彼を出迎えた。ビールジョッキを運ぶ給仕人を捕まえて、今日の会合のことをたずねた。

「映画館協会の会合ですか？」

ラートは頷いた。

「あの奥です」給仕人は顎をしゃくった。「カウンターの奥の右手にある大きな扉です。宴会はもうはじまってますよ」

「かまわないさ」ラートはいった。「大事なことはいつも最後だからな」

ラートは二枚扉の一枚を開けた。中程度の広間にたくさんの後頭部が並んでいた。奥の壇上でだれかが演説し、みんながじっと耳を傾けている。ラートが中に入ると、数人が首を回し、顔に好意や不快の色を浮かべた。ラートはすぐに扉を閉めた。話し声やグラスの当たる音など酒場の騒音がほとんど聞こえなくなった。扉は分厚い樫材だった。

聴衆の注意がふたたび演説者に向けられ、だれもそれ以上侵入者に関心を示さなかった。ラートは会場に視線を泳がせた。オッペンベルクの姿はどこにもない。

ラートは、聴衆の視界を遮って人目につくことのないように気をつけながら席のあいだを歩いた。みんな、演説者を見ているので問題はなかった。演説の話題は映画芸術についてだった。トーキーは映画芸術を破壊する、つまり映画芸術の死を意味するという趣旨だった。ラートは演説のテーマにさして興味を覚えなかった。それまで見慣れた映画が好きだった。伴奏がオルガン奏者やピアニストだけではなく、ちゃんとしたオーケストラ付きならなおいい。しかし音付きの新しい映画は、まったく別物だ。マイクを通して喧伝される反トーキー論にはなんら得るものがなかったが、少々粗削りで、それでいて耳に心地よいその声に惹かれるものがあった。この男が政治スローガンではなく、攻撃の矛先《ほこさき》をトーキーに絞っていてよかった、とラートは思った。

ホールは人で埋まっていた。これほど多くの映画館経営者が反トーキーでスクラムを組んでいることに、ラートは驚きを禁じ得なかった。トーキーは進歩ではないのか。歓迎すべきことではないのか。壁にはポスターがかかっている。どこかの映画館でガラスケースに貼られているのを見かけたものもある。

トーキー映画は映画芸術の死
映画が話すことになれば、光が彩《あや》なす劇場は死ぬ

ポスターにはそう書かれていた。

ラートはようやくオッペンベルクを発見した。演壇に一番近い最前列のテーブルにすわり、頬杖をついて考え込んでいる。

　壇上の男は演説を終え、聴衆の拍手に迎えられた。ラートはその機会にオッペンベルクの席へと向かった。だが辿り着く前に、オッペンベルクは立ち上がり、演壇から下りてきた演説者と握手して登壇した。

　ラートはため息をついた。どうやらまた演説を聞かされそうだ。

「こんばんは！」だれかに声をかけられた。

　ラートは振り返った。先ほどの演説者が手を差しだしていた。背が高く、ほっそりしていて、年齢は二十代半ばぐらいだろう。近くで見ると、男のオーラがさらに強く感じられる。登場するなり、みんなの注目の的になる、そういう類の人間だ。

「ずいぶん遅いお着きですが、来てくださってありがとうございます」温かいが、少ししわがれた声だ。「ひとりでも多くの支持者が必要なのです。しかし……どちらの映画館の方でしょうか、顔に見覚えがないのですが……」

「アレックスだ」そういって、ラートは警察章を呈示した。「オッペンベルク氏と話があって来た。個人的な話だが」けげんな顔をしている相手を見つめながらいった。

「ではオッペンベルクさんの演説が終わるまですわってお待ちください」そういうと、男は二列目のテーブルの空いている席を指差した。「飲み物はいかがですか？」

「ありがとう。ビール一杯なら差し支えない」

　ラートは腰を下ろし、給仕人が運んできたビールをもらい、演説に耳を傾けた。

オッペンベルクはもちろんトーキーを弁護した。トーキー映画を製作しているのだから当然だ。常に最新の高価な技術を導入しつづけるのは映画産業にとっても簡単なことではない。だがそれは避けて通れないことでもある。列車に乗り遅れたものは駅で足止めを食う。聴衆が不平を鳴らしていることに気づくと、オッペンベルクは巧妙に論調を変えた。「モンタナ映画はそれでも、当然、価値のある無声映画芸術の製作をつづけ、みなさんの映画館に供給する所存です。わたしはトーキーと無声映画が競合するとは考えていません。それぞれに存在価値があり、それぞれにお客を勝ちえるでしょう。みなさんの映画館もそうです」それから彼はトーキー映画の技術や権利関係について踏み込んだ。ラートにはまるで理解できなかった。「ご存じのように」オッペンベルクはいった。「サウンド・オン・ディスク方式かサウンド・オン・フィルム方式かという違いは技術面だけでなく、特許の問題でもあるのです。そこでは特許取得と使用許諾の闘いが繰り広げられているのです。それはまさしく市場支配と独占の闘いなのです。その勝敗はわれわれ映画製作者、映画館経営者、そして観客の肩にかかっているのです！」オッペンベルクは水を一口含んで自分の言葉がどのくらい聴衆に響いたかうかがった。「みなさんが逡巡しているのは、どちらの技術に投資したらいいか迷っているからでしょう。みなさんの窮状はわたしにもよくわかります。同じ悩みを抱えているからです。ウェスタン・エレクトリックの技術を映画館に採用すれば、国内の映画が上映できなくなります。しかし音響同期装置を選択すれば、アメリカ映画の興行をあきらめなければならない。高額の特許使用料も問題です。トーキーに付随して派生するさまざまな経費も馬鹿になりません。しかも正直いいまして、音響面はまだ満足に足る水準ではないのです！　映画館経営者であるみなさんも、映画製作に携わるわたしにとっても、トーキーは満足のいくものではなく、われわれが提供する相手である観客にとってもまったくもって受け入れがたいものなのです！」

　さっきまでは一部でブーイングまであったのに、最後にはほとんどの映画館経営者が拍手を送った。わずかに手を叩かない者がいるが、まずまずだ。オッペンベルクは大きくカーブを切ったという寸法だ。会釈して演壇から下りると、ラートに目を留めて顔をニコニコさせ、逃げ腰になるでもなく、つかつかとテーブルへやってきた。

「ラートさん！　これは驚いた！　いいニュースを持ってきてくれたんでしょうな！」

　ラートが答える前に、オッペンベルクの前に演説をした人物が手を差しだし、礼をいった。

「当然のことですよ、マルクヴァートさん」オッペンベルクは答えた。「映画館経営者もプロデューサーも同じ船に乗っているんですから！」

「ただし、もうすこし芸術性についても踏み込んでいただきたかったですね」マルクヴァートはいった。「映画の作り手であるあなたが、よもやそのことに関心をお持ちでないとは思えないのですが」

　印象に残る声だ。不満を表明しているのに、それでも温かく穏やかに響く。

「まあ、そうおっしゃらず……」オッペンベルクはすこし弱っていた。「それぞれに意見があるのですからな、マルクヴァートさん。しかしトーキーの挑戦に対してともに手を携えて闘わねばならないことには変わりないでしょう。現像所と配給会社をお持ちのあなたの関心もそこにあるのではないですかな。われわれはウーファーのいいなりになってはいけないのです」

「わたしの関心はいつも芸術にあります。芸術であるからこそ映画に関わっているのです。しかし幸いにもあなたは、われわれに映画を提供する側にいらっしゃる。残念ながらわたしにはない才能です」

「これまでの映画芸術は大輪の花を咲かせました。それは疑う余地がありません。しかしトーキーもまた独自の芸術を生みだすに違いないと思っています。そのために仕事をしているのでありまして」

「しかし今後も本当の映画でわれわれを喜ばせてくれるよう切望します」

「観客こそが神様です、マルクヴァートさん」

　オッペンベルクはラートを指した。「すこし失礼します。ラートさんは、わたしに話があってこられたので」

「ラート？」マルクヴァートは眉を吊り上げた。「ベティ・ヴィンターの事故を捜査しているのではありませんか？」

　ラートは頷いた。

「あの事故は殺人だったという話ですね。なにか手掛かりがつかめたのですか？」

　ラートはかぶりを振った。「捜査はまだはじまったばかりでして」

「失礼する、マルクヴァートさん」オッペンベルクはラートを引っ張ってクロークに向かった。第三者には聞かれたくないらしい。

「こんなところまで押しかけてくる以上、なにか新しい情報があるんだろうね」コートをだしてもらうのを待ちながらオッペンベルクはいった。

「まあな。俺には新しいが、あんたには新しいことじゃない」

オッペンベルクはラートの言葉に首をひねったが、襟に毛皮をあしらったずっしりしたコートが革手袋や帽子といっしょに出てきたので、思考が途中で途切れた。

「エスプラナーデホテルに行こう」オッペンベルクはコートを着た。「あそこならだれにも邪魔されずに話ができる」

ラートは待てなかった。

「クレンピンと話した」ポツダム通りを横切っていたとき、ラートがいった。

「ほう、見つけたのか！」

「いいや、見つけたのはあっちだ」ラートはオッペンベルクの顔を見たが、なんの反応もない。

「あいつから電話があった」

「どこに隠れているんだ？」

「わからない。いずれにせよ、あんたが貸しだしているアパートじゃない」

「なんだって？」

「ゲーリケ通りのアパートが空いている。知らんぷりはよせ！」

「ラートさん、誓っていうが、なにも知らない。わたしはあの通りに何軒もアパートを持っているんだ。フェーリクスの住まいだってわたしの所有だ」

「やめろ！　あいつはあんたの指示で投光器に細工をした。そのときに隠れ家を提供したんだろ」

「なんのことかさっぱりわからん。本当だ」

「オッペンベルクさん、あんたは一度嘘をついた。信用できなければ協力は無理だ！」ラートが声を荒らげたので、通行人が数人、振り返った。

「落ち着いてくれ。ホテルのバーで腹を割って話そう。こんな路上ではまずい」ラートの腕をつかむと、オッペンベルクはベルビュー通りへ向かった。「来たまえ。すぐそこだ。なにか飲んで、それから静かに話し合おう」

エスプラナーデホテルのバーに入るとすぐ、オッペンベルクはワインをボトルで注文した。どうやら常連らしい。

「さて」オッペンベルクは元気を取り戻した。「それではクレンピンがなんといったかすべて話してもらおう。それから、あんたがなんで怒っているのかもね」

「あんたが嘘をついたからだ！　あの男に妨害工作をさせようとしたのはあんただろ。撮影作業を遅らせる手はずになっていたといっていたぞ」

「撮影を遅らせるだけなら、妨害工作に当たらない」

「重い投光器を高価なトーキー用撮影機に落とすのは妨害工作じゃないのか？」

オッペンベルクは驚いてラートを見た。「そんなことをしようとしていたのかね？」

「知らないふりはするな！　あんたの指示であいつはベルマンのところで働いていた。あんたもそういったじゃないか！」

「しかしそんな計画は聞いていない。フェーリクスが勝手に考えたことだ。彼は撮影を遅らせることになっていた。だが方法は任せていた」オッペンベルクはかぶりを振った。「フェーリクスはあらゆる手を尽くしてヴィンターに言い寄っていたが……」

「それがうまくいかなかったので、撮影機を壊すことを考えたんだろう！　あんたには伝わっていなかったのか？」

「知らなかった。どうせ手遅れだった。ベルマンはきな臭く感じたんだろう、ヴィクトル・マイスナー主演の新しい冒険映画をお蔵入りにして、あの冬のメロドラマの撮影を開始したんだ」

「それを止めたかったのか……」

「うちの映画を先に封切りする。それが目的だった。《雷に打たれて》はまったく新しい映画だ。神々《こうごう》しいラブコメディ。そして本当に神々《かみがみ》が登場する。台本は一年前に買って、去年の秋、トーキー用の台本に書き直させた。ベルマンはどこかでそのことを小耳にはさんだらしく、先に映画を完成させようとしたのさ……そこへヴィヴィアンの失踪だ……絶望的だよ！」

「女優の命を奪うほど追い詰められていたわけか！　警告したはずだ。もし殺人に関わっていたら、友情もへったくれもないとな。あんたが俺たちの友情を世間にばらすといってもだ」

「たいした想像力だ。フェーリクスがなにを計画したか知らないが、人を殺すはずがない」

「過失による人殺しを故殺という」

「新聞記事を読むかぎり、ヴィクトル・マイスナーの方があやしいじゃないか」

「話をすり替えるな！　投光器が落ちなかったら、あんなことにならなかった。投光器には細工が施《ほどこ》されていた。それははっきりしている」

「ありえない」オッペンベルクはかぶりを振った。「彼がそんなことをするはずがない」

「なんだと？」

「フェーリクスが人の命を危険に曝《さら》すはずがない。もしも投光器に細工をしたのなら、完璧にやったはずだ」

「完璧だったから、ベティ・ヴィンターは今、法医学研究所にいるんだ」

「なんでそうなったかは知らない」オッペンベルクは肩をすくめた。「突き止めてくれ。捜査を担当しているのはあんただろう！」

給仕人は赤ワインを持ってきて、グラスに注いだ。

オッペンベルクはグラスを上げた。「信じてくれ。ちゃんと協力するから」

「一度嘘をつかれているんだ。信じられるか」給仕人が立ち去ってからラートはいった。

「嘘なんてついていない。真実をすべていわなかったことは認めるが」

「じゃあ、ゲーリケ通りに貸家を持っているとどうしていわなかった？」

「重要だとは思わなかったのでね」

「それで空き家は？　クレンピンをあそこに隠すというのは、あんたの思いつきじゃないのか？」

「彼の住まいを監視する警官が目の前にいるのにかね？　それはあまりに冒険だ」

「わかった」ラートは譲歩した。オッペンベルクのいうとおりかもしれない。「次からは重要と思えないことも教えてもらおう。さもなければ協力はできない。俺をいいように操れると思ったら大間違いだ！」

オッペンベルクは両手を挙げた。「ラートさん、機嫌を損ねたのなら謝る。事件を解決するために手を尽くすよ。だから約束の件もよろしく頼む。ヴィヴィアンの居所についてなにかわかったかね？」

オッペンベルクがあっけらかんとして自分の話題に持っていったので、ラートは呆れた。

「約束の件ならいろいろわかったことがある」

オッペンベルクは頷いて、内ポケットに手を突っ込んだ。「ああ、そういうことか」というと、紙幣を二十五マルク分数えてテーブルに置いた。「これは手付けだ」

ラートは紙幣を見つめた。金があるのは助かる。車の維持費も馬鹿にならない。昨年の九月に郵便受けに届いた封筒入りの札束の大部分は車の購入に使った。だが金さえだせば問題は解決すると思っているオッペンベルクがなぜか気に食わなかった。ラートは紙幣を突っ返した。

「友だちじゃないのか？」

オッペンベルクは肩をすくめ、紙幣をしまった。「それならそれでいい。じゃあ、突き止めたことを聞かせてもらおう」

「ヴィヴィアンが最後に使ったタクシーのことだ」

「旅に出た日か？」

「山には行かなかった。駅にも向かわなかった。トランクをタクシーに積んだんだがな」

そこまで話したところで、ラートはタクシー運転手のツィールケにトランクをどうしたかたずねなかったことに気づいた。だから話題は彼女が路上で出迎えを受けたことだけにした。

「どこだって？」オッペンベルクはたずねた。

「ヴィルマースドルフ地区ホーエンツォレルンダム通り。なにか心当たりがあるのか？　ヴィヴィアンの知り合いが住んでいるのか？　映画俳優、あるいはプロデューサーとか」

オッペンベルクは肩をすくめた。「あのあたりにかね？　さあ、知らない」

「だれかが彼女を出迎えた。ヴィヴィアンの知り合いの写真をまとめてくれたら、もう一度タクシー運転手を訪ねてみる。見覚えのある顔に気づくかもしれない」

「わかった」

「よし、それじゃまた連絡する」

ラートはグラスの酒を飲み干すことなく席を立った。

一九三〇年三月三日　月曜日

17

デーモンどもが消えた。

いつ消えたのだろう。静かに眠れた。だがそれでもナイトテーブルにのせた目覚まし時計が鳴る前に起きた。ラートはベルが鳴らないようにして起き上がった。六時半には食卓でコーヒーを飲みながら考えた。居間からデューク・エリントンのピアノがかすかに聞こえてくる。手帳を広げ、今日やることをメモした。やるべきことが山積みだ。今日は薔薇の月曜日（カーニバルのパレードが行われる日）だというのに。「ケルンが一番《ケレ・アラーフ》」と叫ぶ日だ。

ベルリンで迎える最初の薔薇の月曜日。ラートは仕事がたくさんあってかえってうれしかった。二杯目のコーヒーを飲み、煙草を吸ってから出発した。シェーネベルク地区へ向かう途中、ヨルク通りのガソリンスタンドに寄り満タンにした。

七時半、ヒェルスカー通りに着いた。こんな朝早くベルを鳴らしていいものか考えたが、タクシー運転手のおかみ以外は、すでにみんな出払っていた。

「うちは早起きでね」おかみはいった。「うちのフリートヘルムはとっくに仕事に出ているよ」

ラートは名刺を渡して、連絡をくれるように頼んだ。「これから書く電話番号にかけるようにいってくれ」といって個人電話番号を書き加えた。「夕方六時以降がいい」

おかみは名刺に書かれた文字と数字をヒエログリフでもあるかのように見つめた。

「あのねえ、うちに電話を引いてると思ってんですか。下のヘアサロンでかけると、二十ペニヒかかるんだ。ブルームの奴はけちん坊でね」

ラートは財布の小銭をかき回して五十ペニヒをつまみだし、おかみの手に渡した。「かけ間違えるかもしれないから。だけどあんたがついていれば大丈夫だな。これは大事なことなんだ」

「わかってるともさ、警部」

おかみはドアを閉めた。見かけが荒っぽい人は心がやさしいなんていう諺《ことわざ》は嘘だ。だが、おかみは頼りになりそうだった。

タクシー運転手に見せるつもりの写真はまだ手に入っていないが、荷物がどこへ行ってしまったかという疑問が脳裏を離れなかった。重たいトランクが二個。どこかへ運んだはずだ。ヴィヴィアン・フランクがホーエンツォレルンダム通りで降りたときに、そのまま荷物を降ろしたとは考えにくい。

マリーエンフェルデ地区に着くのも早かった。この時間なら、クレンピンが話していたワイヤーをひとりでゆっくり探せそうだ。だが、そううまくはいかなかった。このあいだ来たときには巡査が警備に当たったが、今回はバーベルスベルクのときと同様、番犬がいた。もちろん警察の犬ではない。けれど人なつこかった。男は人差し指を唇にあてて、扉の上の赤色灯を指した。ラートは頷いてなにもいわなかった。ガラス張りのスタジオでは防音が完全にはできないことくらい先刻承知だ。ラートが警察章を呈示すると、警備員は頷いた。ラートは男にオーバーシュトルツを一本差しだし、いっしょに黙って煙草をくゆらせた。

まだ煙草を吸っているあいだに赤色灯が消えた。それまで一言も喋らなかった男が急に口を開いたので、ラートはかなりびっくりした。

「入っていいですよ。だけどその前に煙草を消してください。火事になる危険があるので」

ラートはもう一回吸ってから、吸い殻をコンクリートの床で踏み消して中に入った。

不気味だった。暖炉の間のセットはそのままだが、すべて片付いていて、重たい投光器の落ちたところの床もきれいに修繕してあった。

なによりラートを面食らわせたのは、ふたりの人間が暖炉のそばに立ち、お喋りをしていたことだ。男優は三日前のヴィクトル・マイスナーと同じ衣装で、女優の方の緑色のイヴニングドレスもベティ・ヴィンターが死んだときに着ていたものと瓜ふたつだ。

そっちへ近づいたとき、耳慣れない言葉が聞こえたので、ラートは耳をそばだてた。ふたりの俳優は英語を喋っていた。

「これは、これは！　警察の方がこんなに早起きだとは知りませんでした」

ラートは振り返った。ハインリヒ・ベルマンが投光器の陰から出てきて、ラートの方にやってきた。ベルマンはラートと握手した。「なにかわかりましたか？　やはりわたしのいったとおりだったでしょう。オッペンベルクが裏で汚いことをしていたに決まってるんです」

「ヴィヴィアン・フランクを知っているかね？」

「オッペンベルクの女でしょう？　それがどうかしました？」

「知っているんだな。彼女が今どこにいるか知っているかね？」

「オッペンベルクがなにかいったんですな？　あんな三流女優をわたしが引き抜いたとでもいうんですか？　ごめんですよ！　あんな身持ちの悪い女に用はないです！」

「だが破廉恥《はれんち》なところがかなり受けていた……」

「肌を露出させればいいってもんじゃないです。低俗だ！　ベティはそんなことをする必要がなかった！　うちの女優はだれもそんなことをしません！　オッペンベルクの女がいなくなったからって、うちを捜しても無駄です！」

ラートは頷いた。ベルマンはたしかにヴィヴィアンの消息を知らないようだ。話題を変えることにした。「ここへ来たのは別の用件があるからだ。リューデンバッハともう一度話がしたい。それから投光器の吊り具を詳しく見てみたい」

「照明ブリッジを？　撮影中は無理です」

「わかっている。だから小休止をしてもらいたい」

「どのくらいですか？　ご存じでしょうが……」

「……時は金なり、だろう」ラートがあとを引き取った。「それは俺にとっても同じだ。それじゃさっそくはじめさせてもらう。主任照明係はどこだ？」

ベルマンはあきらめて、音響技師と打ち合わせをしていた監督のドレスラーを手招きした。

「撮影を中断する。警部がリューデンバッハといっしょにもう一度照明ブリッジに上がる」

ドレスラーは口を尖らせたが、なにもいわずラートの顔を見て、ぷいと投光器の陰に姿を消した。ふたりの俳優がセットから離れ、好奇心をそそられたらしく近づいてきた。

「どうしたんです?」《ワッツ・ゴー・オン》男優がたずねた。

「小休止だ」《ショート・ブレイク》そういうと、ベルマンはラートを指した。「プロイセン警察だ」彼はひどいドイツ語訛《なま》りの英語を話した。ラートがけげんな顔をしていることに気づいて、男優を紹介した。

「キース・ウィルキンス。《サンダー・オブ・ラブ》の主演男優です」

「お会いできてうれしいです」《ナイス・トゥ・ミート・ユー》そういって、ウィルキンスは警部と軽く握手して、楽屋に姿を消した。

思いがけない休憩をもらえてコカインでもやるつもりだろう。

ラートは女優とも握手したが、なんだかふわふわした女だった。ベティ・ヴィンターのそっくりさんとまではいえないが、驚くほど似たタイプだ。しかもずっと若く美しい。ラートは挨拶をするために、ほこりをかぶった英語の知識を掘り返そうとしたが、女優は流暢《りゅうちょう》なドイツ語で挨拶してきた。

「エーファ・クレーガーです」

ラートはびっくりして女優を見つめた。

エーファは笑った。「あたし、バイリンガルなの。父はハンブルクの商人で、母はボストン出身のミュージックホールの芸人です」

「エーファは国際的スターになる器でして」ベルマンはいった。「もちろん名前は変えないといけないと思ってます。今、いろいろ考えているところなんですよ。《サンダー・オブ・ラブ》でデビューします」

「英語の映画も製作しているのか?」

「《サンダー・オブ・ラブ》は《愛の嵐》の英語版なんです」ベルマンはいった。それでもラートがきょとんとしていたので、ベルマンは肩をすくめて説明した。「トーキーで世界市場を狙うなら、さまざまな言語のバージョンを作る必要があるんです。すくなくとも英語版は必ずね。これでアメリカとイギリスの市場が狙えるわけで、いわば一石二鳥ってわけです」

女優はきびすを返し、男優を追って楽屋に向かった。後ろ姿はベティと見間違えそうだ。ラートの考えていることがわかったのか、ベルマンはいった。「エーファはベティの代役として契約したんです。《愛の嵐》を完成させるのは……」

「……大女優ベティ・ヴィンターへの追悼ということか」ラートはいった。ベルマンはラートの皮肉に気づいたが、無視して頷いた。

「週末に撮影をつづけたので、当初の計画どおりにいけそうです。今日の午後には編集作業に入ります。時間がないんですよ。配給会社が早く完成させろとうるさくて。映画館もフィルムの取り合いになっています」ベルマンはため息をついた。「ベティにこれを体験させてやりたかったです!」

ベティの衝撃的な死と、ベルマンが演出した記者会見がなかったら、この映画にそれほどの需要はなかっただろう。だが、口にだすのは控え、代わりにラートはこういった。

「エーファのおかげで一石三鳥だな」

「どういうことでしょうか？」

「彼女にベティの代役がうまく務まったら、オリジナルをすべてリメイクできるし、ついでに英語版も作れる」

「まあそうです」ベルマンはすこしむっとしていった。「バイリンガルなのは、エーファの長所ですから」

「それに新人なら、ヴィンターよりギャラも低く抑えられる。いい商売をしているな！」

「なにをおっしゃりたいのですか、警部？」ベルマンは顔を紅潮させた。それでも声は抑え気味だ。怒りを爆発させるだけの自信がまだないようだ。「あてこすりをするなら、こちらにも考えがあります。わたしにはいい弁護士がついているんですよ」

それはそうだろう、とラートは思った。肩をすくめ、悪気のなさそうな顔を取りつくろっていった。「あてこすりなどしていないさ。本当のことをいったまでだ。ギャラのことが根も葉もないというなら、契約書を見せてもらおう」

「うちを嗅ぎ回るよりも先に、オッペンベルクを調べていただきたいですな！」さすがに怒りを抑えられなくなったようだ。「あのユダヤ野郎は、妨害工作や人殺しをするような奴を潜り込ませたのにお咎《とが》めなしで、こっちは犯人扱いされるって変じゃないですか！」

「ユダヤ人すなわち犯罪者だと見なせっていうのかね？」

「はぐらかすな！　被害者はこっちだ。犯人を野放しにしているのはあんただ。あんたにも上司はいるんだろう、ラートさん！　このままにはしないからな！　限度を知れ！」

「限度は知っているさ。よくそれを超えているけどな」

ラートはまっすぐベルマンの目を見つめた。彼はうまい具合に我を忘れてくれた。だがあいにく邪魔が入った。

「俺に話があるとか、警部？」

いつのまにかそばにあらわれた主任照明係のリューデンバッハは、今にも嚙みつかんばかりの形相をしたボスに面食らっていた。ベルマンは頭のどこかにあるスイッチを切り替えた。

「では、警部、三十分だけですぞ。それ以上邪魔をしたら、あんたの上司に苦情をいう。そもそもなにを探そうっていうんです？」

「それはいえない」ラートは親しげに微笑んだ。「協力してくれて感謝する。では悪いが主任とふたりだけで話をさせてもらう」

ラートは華奢《きゃしゃ》な主任照明係の肩に手を回してその場を離れた。ベルマンはむっとした表情でふたりを見送ると、同じようにその場を離れた。きっと弁護士に電話をかけるのだろう。

「照明設備を元どおりにしたようだね」ラートはいった。「あれからなにか気づいたことはないかね？」

主任は肩をすくめた。「どういうことでしょうか？」

「ほら、ネジ付きボルトのほかにもなにかなくなっていたとか。あるいは、あるはずのないところに部品があったとか。棒でもワイヤーでもなんでもいいんだが……」

「ワイヤー?」

「なんだね?」

「投光器に引っかかっていたわけじゃなくて、ブリッジのグレーチングにあったんですよ。目につかないくらい細いワイヤーでして。昨日、下で効果音のレバーをチェックしていたときに気づいたんです。そのワイヤーは雷鳴をだすためのものなんですが、はずれていたんですよ。なにかに引っかかって、照明ブリッジまではじき飛ばされたようなんです。どうしてそうなったか、ちょっと不思議で」

　ラートは聞き耳を立てた。

「そのレバーを見せてくれないか?　それからワイヤーも」

「まさか……」主任照明係はかぶりを振った。「それはないですよ!　ワイヤーがどんなに激しくライトに当たったとしても、吊り金具が壊れるはずがないです。ありえないです!」

「とにかく見せてくれ」ラートは歯を食いしばった。癇癪《かんしゃく》を起こす寸前だった。

「どうぞ」

　主任照明係はきびすを返し、鉄道の転轍機《てんてつき》か信号機についているような大きなレバーのところへラートを案内した。

「マックス、ちょっと来てくれ」リューデンバッハが裏手に声をかけた。がっしりした体格の男があらわれた。主任照明係と同じような作業服を着ているが、一見すると肉屋のようだ。

「こんちは」男はいった。デュイスブルク訛りだ。めったにないことだが、母が怒ったり、酔っぱらったりすると、お国訛りが出るのでよくわかる。

「昨日の朝、上のグレーチングでワイヤーを見つけたのはおまえだったな。警部が関心を持ってる。詳しく教えてやってくれ。俺は仕事に戻るから」

マックスと呼ばれた男は頷いて、主任照明係がいなくなったあと、ラートに手を差しだした。

「クリークです」

「えっ？（クリークはドイツ語で「戦争」という意味）」

「そういう名前なんです。マックス・クリーク」

「よろしくな、クリーク」ラートは壁面の構造物を指した。「そこのレバーから説明してもらおうか。それが問題のワイヤーか？」

「いえ、こっちの細い方で」クリークはレバーから小さな金属環やパイプを通してスタジオの天井につづいているワイヤーを指差した。だがグレーチングや垂れ下がった暗幕に遮られて、そのワイヤーがどこにつながっているのかまではわからなかった。

「これで雷鳴を起こすんです」クリークはいった。「《愛の嵐》では鳴らす機会が多いんです。よくある映画撮影用の雷鳴発生機で、鉄球を薄板の上で転がすんですよ。映画の中では本物の雷鳴と区別がつきません」

「そういう効果音はあとから録音するのかと思っていた」

「あとから録音することもできますけど、金と時間がかかるんです。ベルマンさんは元が演劇人だから、同時にできることはやれとうるさくて。雷鳴はまだいいんです。銃声なんかもっと難しくてね。マイクでうまく拾えないことがあって」

「その雷鳴発生機を見せてくれないか？」

クリークはラートを裏手にある木の箱に案内した。高さは十メートル近くあり、照明ブリッジまで届きそうだった。その箱の前にマイクが二本立ててある。

「迫力あるでしょう？」クリークはいった。「もう五十年は使われているものです。ベルマンさんの昔の劇場にあったもので。ここに運び込むのが大変でした」

ラートは頷いた。

「この怪物はちゃんと機能するのか？」

「構造は簡単なんです」クリークは箱の上の方を指差した。「上に鉄球が入ってましてね。それを転がすとごろごろって鳴るんですよ」

「それをあっちのレバーで操作するってわけか……」

「そのとおりです」

「なんでレバーは雷鳴発生機のそばにないんだ？」

「いつ雷鳴を起こしたらいいか、シーンを見ていないといけないからです。鳴るタイミングが秒単位で台本に指定されているんです」

「なぜ？」

「雷鳴が大きな役割を果たすからですよ。主演男優が、まあ、なんていうか、こんなことをいうとおかしいかもしれませんが……」

「おかしな話なら聞き慣れている」

「俺の思いつきじゃないですから。トアヴァルト伯爵の正体は雷神トールなんですよ。ひとりの女に惚れちゃって、現代のベルリンにやってきたっていう設定です。当然いろいろともめごとが起こるわけです。そして伯爵、つまりトールがその女に特別な感情を抱くと、雷が鳴るんですよ。たとえば彼女に声をかけたときとか、彼女に見つめられたときとか、彼女に頰を張られたときとか。これが笑えるんです。ラストシーンでふたりがキスをするとき、観客はみんな雷鳴を期待するでしょう。でもそのときは鳴らないんです。トールが人間になっちゃったから」

「たしかにいかれてる」

「ロマンチックコメディなんです。ファンタジーの味付けの入ったね。ベルマンさんは、当たるって確信してますよ。だから《愛の嵐》を早く映画館にかけたいんです。モンタナ映画がゼウスの話を公開する前にね……」

「《雷に打たれて》か。あっちはゼウスの話なのか?」

クリークは頷いた。「そういう噂です。台本作家は同じなんです。基本の発想は同じで、それぞれストーリーは別ってことです。だから今回は本当に早いもの勝ちなんです」

「というよりも、遅い方が馬鹿を見るってことだな」

クリークは頷いた。「ベティがああなったとき、最初に思ったのは、新しい職探しをしなくちゃいけないってことでした。だけどドレスラー監督は残りのシーンをエーファで撮り終わりました。マスターフィルムをまだ見ていないですけど、声までベティそっくりで気味悪いくらいでしたよ。ヴィクトルはかわいそうなことをしましたけどね。彼は俳優です。心を鬼にして役に徹しましたから」

「マイスナーの撮影はしたのか？」

「昨日です」

「で、今日は？」

「撮り終わったので、暇をもらってます。警視庁に出頭するんじゃなかったですか？　そう聞きましたけど」

ラートは頷いた。ベルマンもオッペンベルクも嘘をついていた。ヴィクトル・マイスナーはどうだろう？　あいつの出頭は今日の予定だ。撮影ができるなら、証言もできるはずだ。

「よし」ラートはクリークにいった。「それじゃ、ワイヤーのところへ連れていってくれ」

ふたりは梯子を上った。クリークは主任照明係より図体が大きかったので、照明ブリッジがグラグラ揺れた。クリークがしゃがんでグレーチングが錆びている箇所を指した。「このあたりに引っかかっていました。四つんばいになってみないとわからないくらいでしたよ」

「あんたはどうやって見つけたんだ？」

「簡単です。昨日の朝、ヴィクトルとエーファの撮影をしたときレバーが引っかかって、雷が鳴らなかったんです。それで、ベティの最後のシーンで鳴らなかったことを思いだしまして。

雷鳴発生機を調べたらワイヤーがはずれていたんです。そこでレバーの方からワイヤーを辿りましてね、それでわかったんですよ」

そこは投光器が落ちた場所からそれほど離れていなかった。

「どうしてこんなところにワイヤーが来たのかな？」

クリークは肩をすくめた。「なにかに引っかかってはずれたんでしょうね。ワイヤーが切れるときはかなり遠くまで飛びますから。止めるのに使う小さな留め金がまだついています」

「つまり普通ならこのグレーチングまで跳ねることはないんだな？」

「ええ。数メートルにわたってグレーチングが並行して走っているでしょう。これは天井から吊るした暗幕のせいなんです。雷鳴発生機はあっちですし」

ラートは錆びている箇所を調べていて、はっとした。「なんでブリッジにワイヤーを通す金属環があるんだ？」

ラートはその場所を指した。ワイヤーを通す金属環が照明ブリッジの外側についていた。

クリークはそれを見てびっくりした。「なんてこった！　今まで気づかなかった」

さらに調べると、ブリッジの角にはワイヤーの方向を変えるための金属環も取りつけてある。金属環は結局、三日前に投光器がはずれたところまでつづいていた。

「技術的なことはよくわからないが」ラートはいった。「これは……」

「なにをいいたいかわかります」クリークはいった。「ええ。投光器が落ちたのは、雷が鳴るタイミングでした」

「レバーを握っていたのは?」

クリークはうなだれた。

「あいにくなことに、俺です」

18

電話の呼び出し音が聞こえた。ラートは今朝、グレーフ刑事秘書官をすっぽかしたことに気づいていたが、もう手遅れだった。

「ようやく連絡をくれましたか」グレーフがいった。「たしか報告書作成を手伝ってくれるはずじゃなかったでしたっけ?」

「すまない。予定が狂ってしまった……」

「警部」グレーフがささやいた。「どうかしてるんじゃないですか? いったいなにをやってるんです? こっちは大変な騒ぎになってるんですよ!」

ラートにも充分想像がついた。

「今朝、ちょっと思いついたことがあってな。それでマリーエンフェルデのスタジオに足を延ばしてたんだ」

「先に警視庁に寄って、その思いつきをみんなに伝える時間がなかったということですか?

ベームはお冠ですよ。ヴィンター事件の捜査会議の日程を決める段になって、警部は行方不明ときてますからね。捜査はベームの担当になりました。俺たちは彼の捜査班に組み込まれました。持ち場に戻れっていう指令です。ただその命令を警部に伝える方法はなかったですけど」

「知らなければ気にすることもない」

「火のないところに煙は立たないといいますけどね」

「もうちょっとで謎が解けるのに、ベームに全部横からかっさらわれて、納得できるか？」

「納得できるかどうかは問題じゃないです。俺は刑事秘書官、ベームは上級警部。あなたはただの警部」

「ありがとう、序列は知っている」

「でも、そういうことでしょ」

「刑事秘書官が警部に命令するのか？　序列がなんだっていうんだ？」

「冗談はなしですよ、警部。本当にまずいことになってるんですから。〈お城〉にあんまり友だちがいないのに、同僚を叩きのめすなんて。とにかくこっちに顔をだした方がいいです」

「もう噂になってるのか？」

「当たり前でしょう」

「叩きのめすというのは大げさだな。何発かお見舞いした。それだけだ。ブレナーが悪い」

「あいつのことは俺も好きじゃないです。でも殴るのはやりすぎでしょう。しかも衆目の中で！　最悪の話がささやかれていますよ！」

「それを言い触らしているのはチェルヴィンスキーだな？　あいつとヘニングに昨日差し入れをしたっていうのに！」

「いいえ、あのデブは警部の肩を持ってます。ブレナーとは仲がいいっていうのに」

「自分よりも上の人間みんなにいい顔を振りまきたいだけさ。そういう奴が多くてかなわない」

「あいつを貶《けな》すのはよくないですよ。あいつも、困った立場に立たされているんだから。それより、なんでブレナーに付け入る隙を与えたんですか？　あのくそ野郎はいつもベームに取り入って、俺たちの足を引っ張ろうとしているじゃないですか。今回はここぞとばかりに、警部がどんなにひどいことをしたか言い触らしていますよ」

　なんで隙を与えたのかという問いに、ラートは答えを見つけられなかった。すくなくとも、グレーフにいえるような答えはない。

「警部、とにかく顔をだしてください。ぜんぜん顔をださないのはよくないです。本当にまずい状況なんです」

「俺は捜査しているんだ」

「私立探偵じゃあるまいし！　俺たちは公務員なんですよ。刑事警察に勤めている。思いだしてもらわないと。俺たちはみんな、大きな組織の小さな歯車なんです。みんな、組織で動いているんです。そして命令を下していいのはトップなんです」

「そうなのか？」

「警部、軽く考えるのはよくないですよ。早く戻らないと、ベームに首を引きちぎられます。

あと十分で捜査会議です。警部がどこをうろついていたかも知らないのに、俺はなにをいったらいいんですか?」

「簡単だ。よくわからないといえ。だが鑑識班をもう一度マリーエンフェルデに差し向ける件をいってもいいぞ」

「鑑識課に出動要請をするなら、ベームが出張《でば》るのを止められないですけど」

「来ればいいさ。おまえがいっしょなら、それでいい。なにを探したらいいか、おまえには教えておく」

「十一時にヴィクトル・マイスナーが来ることになっています。電話があって、時間の確認をしました。来るのを渋っていましたが、有無をいわせませんでした」

「まだ二時間ある。そっちは俺に任せろ」

「スタジオで待たないってことですか?」

「警視庁に戻れといったのは、おまえだぞ」

「なんだか警部に避けられているような気になりますね」

「そんなことあるか」

ラートは照明ブリッジで発見したことを説明した。だがクレンピンから電話があったことは話さずにおいた。

警察がスタジオをもう一度数時間にわたって占拠すると聞いて、ハインリヒ・ベルマンはいい顔をしなかった。

「あんたなら大丈夫だ」ラートはいった。「なんでも手回しがいいからな。それとあんたのカメラマンに一時間ほど付き合ってもらう」

二十分後、ラートはハラルド・ヴィンクラーとヨー・ドレスラーのふたりといっしょにテンペルホーフ現像所の低いカウンターの前に立って、現像ができあがるのを待っていた。ドレスラー監督は、「ついでに残りのマスターテープを見てくる」とベルマンに断ってついてきたのだ。カメラマンのヴィンクラーとドレスラー監督は、不機嫌なベルマンから逃げられてほっとしていた。

テンペルホーフ地区への短いドライブのあいだ、三人の会話ははずまなかった。三人は今も、白い作業着の男が依頼書を持って急いで入っていったドアを黙って見ていた。だれも軽口を叩く気になれなかった。これから見るのがベティ・ヴィンター最後の数分間であることを知っていたからだ。人が本当に死ぬところをスクリーンで見るのは、ラートもはじめてだ。だが、きっと映画館でいつも見ている光景とたいして変わらないだろう。

現像所の人間がフィルムケースを十本小脇に抱えて戻ってきた。ヴィンクラーはブリキ缶をざっと見て、そのうちの一本を抜いた。「これのはずです」

「試写室を使いたい」ドレスラーはいった。

白衣の男は頷いた。「承知しました」

しばらくして三人は小さな暗室にすわった。ラートは監督の横の席につき、肘掛けに灰皿が組み込まれているのを見つけて、オーバーシュトルツに火をつけた。喫煙の習慣はすっかり元に戻っていた。ヴィンクラーが自分で映写機を動かすといって、現像所の人間を外にだした。映像を見られたくなかったのだ。映写機がジーッと音を立て、一本の光線が闇を切り裂き、その中で煙草の煙が躍った。リールが回り、スクリーンにカチンコが映った。ヴィンクラーが絞りを調整し、カチンコが消えた。絹のドレスを着たベティ・ヴィンターがあらわれた。肩で息をしている。背後ではタキシード姿のヴィクトル・マイスナーが暖炉の枠に寄りかかっている。彼の口が動いているが、なにも聞こえない。

「トーキーだと思ったが」ラートはいった。

「音声は別のリールなんですよ」ドレスラーが説明した。

「撮影と録音は別々のテープに行われて、別々に現像されるんです。最終的なカットが終わってから、一本にまとめます。なんなら音声テープを同時に回してもいいですが」

ラートはそうしてくれと頼んだ。カメラマンは映像をカチンコが叩かれたところまで戻し、もう一本のリールを取りだして、トーキー用音声再生機と書いてある機械に取りつけた。

「だいたいシンクロするはずです」そういって、ヴィンクラーは映写を再開した。

「音量を上げてくれ」ドレスラーはいった。

ヴィンクラーはダイヤルを回した。カチカチと音がして、ドレスラーの声がした。そのとき、遠くから聞こえるような声がスピーカーから響いた。「ようし……はじめ！」

ベティの息づかいが激しくなった。

「今の、聞き違いかしら？」彼女がマイスナーにいった。

ふたりの言い争いがしばらくつづいて、ベティがなにかいった。だが声が小さくて、ラートには聞き取れなかった。そして突然、彼女が手を振り上げ、ドレスラーが怒鳴った。すべての動きが止まり、画面が暗くなってまたカチンコがスクリーンに映った。

「最初のリハーサルです」ドレスラーはそうささやくと、折りたたみ椅子の上で腰をそわそわ動かした。「これから来ます」

ラートはさっきと同じシーンを見た。だがベティの怒り方がずっとさまになっている。ラートは本気で怒っているなと思った。

怒ったベティは、暖炉のそばでにやにやしているマイスナーに近づく。撮影機がそれを追う。彼女の言葉は完璧に聞き取れる。まるで彼女が試写室に立っているかのようだ。

彼女がまた手を上げ、今度は本当に平手打ちした。叩かれたマイスナーはほんのすこし頭をそらした。ラートはその瞬間、プチンという音が聞こえたような気がした。ベティは目を閉じて、絶望的な表情をした。とそのとき、ドシンという大きな音がして、彼女の顔に影が差した。なにか黒く大きなものが彼女を画面の外にはじき飛ばした。悲鳴が上がった。現実のものとは思えない金切り声だ。撮影機が下に首を振り、悲鳴を上げているベティを写した。彼女は床に横たわり、投光器はまだ明るく輝いていた。皮膚や髪や絹が高熱を発するガラス面と金属部分に触れて煙が上がった。そのとき彼女の悲鳴にバシャッという水の音が重なった。ジュッと音がして、一瞬にして闇に包まれた。

そのまま撮影するとは。ラートは映写機のそばにじっと立っているヴィンクラーの方を振り返った。ヴィンクラーはかつて報道カメラマンでもあったかのように平然としている。報道写真家。あるいはのぞき見の趣味でもあるのか。

ラートはドレスラーを見た。監督も同じことを考えているようだ。安楽椅子に身を沈め、片方の肘掛けに体重をかけながら前を見つめている。今見たものに相当衝撃を受けているようだ。

「上映終了」ヴィンクラーがいった。暗室の中では映写機の動作音とスピーカーの雑音しか聞こえなかった。「もう一度見ますか?」

ラートは頷いた。「すこしゆっくり回してくれないか? 平手打ちのところでいい」

ヴィンクラーは暖炉へ近づくベティを撮影機が追うところまでフィルムを戻し、映像と音をスローテンポで再生した。ベティの声が異様に低く聞こえ、動きが緩慢だった。コミカルに見えたが、そこにいる三人は、笑える状況でないことを知っていた。

平手打ちの場面が来た。ベティに叩かれてマイスナーの顔が後ろに引いたとき、またしても金属音が聞こえた。今回はポンという音だった。そして平手打ちの音がつづいた。まるでブーツを泥の中から抜くときのような音だ。ベティが目を閉じた。

「雷が鳴らなかったんです」ドレスラーはささやいた。「彼女は完璧だったのに、雷が鳴らなかったので、怒っているのです」

「しかも目をつむった」ラートはいった。「だからなにが起きたか気づかなかったんだ」

投光器が画面にあらわれた。再生速度を落としていても充分な速さだった。投光器がぶつかったときのベティの顔。目を開けるまもなく画面から消えた。

撮影機が白目をむいたベティを捉えるまでしばらくかかった。彼女は床に転がって悲鳴を上げていた。実際よりはるかに低い、魔物が吠えるような声。ラートは耐えられず耳を塞ぎそうになった。ドレスラーは実際、耳を塞いだ。

「やめろ、ハリー」ドレスラーがカメラマンにいった。「耐えられない！」

ヴィンクラーは肩をすくめた。「警部が見たいといってますので」

「もういい、止めてくれ」ラートはいった。「ひとまず充分だ。マイスナーがなにをしたか見えないのは残念だ。どういう反応をして、どうやってバケツを運んできたか見たかったのだが」

「二カメの映像がどこかにあるはずです」ドレスラーはいった。「そっちに写っているかもしれませんよ」

「二カメ？」

「別の撮影機でマイスナーを中心に撮っているんです。そっちなら彼がもっと写っているはずです」

「どうでしょうね」ヴィンクラーが口をはさんだ。「二カメのヘルマンがはたして撮りつづけたかどうか」

「そっちを見てみよう」ラートはいった。

ヴィンクラーはフィルムリールを替えた。同じシーンが別の角度から撮られていた。今回はヴィンクラーは音声を再生しなかった。マイスナーの唇は動いても、声はしなかった。彼はずっと顔を正面に向け、大写しになっていた。手が彼の頬を叩く。ベティの平手打ち。マイスナーがはっとして一歩下がる。そのときなにか黒い影が画面を縦に通過した。男優は信じられないというようなぎょっとした表情を見せ、前屈みになってから姿を消した。こちらの撮影機も回っていたが、画面は動かなかった。一瞬の間があいて真剣な表情のマイスナーが画面にあわれた。なにをしているかわからないが、バケツをひっくり返したところのようだ。ほんの一瞬、ペンキを塗ったブリキのバケツがちらっと見え、画面が暗転した。

「こっちもスローモーションにしますか？」ヴィンクラーがたずねた。

「えっ？」

「映像をゆっくり再生することをそういうんです」ドレスラーが説明した。

ラートは頷いた。「スローモーションで頼む」

映像がもう一度、再生された。ラートはマイスナーの表情を読もうとその目を見つめた。自分の妻に重い投光器がぶつかるのを間近で見たとき、なにが彼の脳裏に去来しただろう。平手打ちのあとの愕然とした表情。あれは芝居だろうか、それとも本当に驚いたのだろうか。驚いた理由はなんだ。ベティに本気で叩かれたからか。彼はその瞬間、落ちてくる投光器に気づいた。だから本能的に一歩下がったのだろうか。妻の方は気づかなかった。目を閉じていたからだ。マイスナーは体当たりでもして、妻を安全なところへ突き飛ばすこともできただろう。彼が落ち込むのも無理はない。

「もう一度、普通の速度で頼む」ラートはいった。

腕時計の秒針を見て、マイスナーが姿を消し、バケツを持ってくるまでの時間を計った。五秒とかかっていない。明らかに咄嗟《とっさ》の行動だ。

「よし。二本とも預からせてもらう。手間をかけさせて悪かった」

ドレスラーは、ラートが主役を演じたいといいだしたかのように啞然とした。

「えっ？」

「フィルムを持ってかえる。アレックスにも映写機はあるんでね」

「だけど……これ、必要なんだが」ドレスラーが抗議した。「いくつかのシーンでエーファが代役を務めたとはいえ、ベティの映像はできるだけたくさんいるんだ。不運な事故に見舞われたけど、ベルマンとしてはできるだけ早く封切りたいといってる。今日の午後にも編集作業をはじめる予定なんだ」

「ではコピーを取ったらどうかな？」ラートはいった。「ここは現像所なんだろ」

「その経費はだれが払うんです？」

「納税者さ。プロイセン自由州が費用をもつ」

ドレスラーは頷いた。「わかりました。手配してくれるか、ハリー？　一本は警察が使うから急げといってくれ」

カメラマンは頷くと、二本のフィルムをブリキ缶に戻して姿を消した。

「そのあいだに俺は他のマスターフィルムを見てみたいんだが、いいかね」ドレスラーはいった。

彼はカメラマン同様、映写機の扱いに慣れていた。すぐに映像がスクリーンに映った。すべて音付き。ドレスラーは音声や映像をメモに取った。ラートはただ漫然と見て、映画館にいる気分になろうと努めた。暖炉の間で繰り広げられる別のシーンもあった。ラートの見たかぎりにおいてだが、ベティ・ヴィンターの演技はうまかった。夫よりも断然よかった。マイスナーの演技は、かつて映画館で冒険好きの探偵役を観たことがあるが、そのときもあまり感心しなかった。マイスナーとヴィンターが夢のカップルだとするなら、「夢」の部分はベティ・ヴィンターに負うところが大なようだ。

突然、はっとした。ドアのシーンだった。マイスナーはベティのためにドアを開け、そこで口論になった。ラートが面食らったのはもちろん別のことだ。

アングル。

撮影機はベティが床に倒れたまさにその場所にあるはずだ。

「どこだ?」ラートの叫び声に、ドレスラーが唖然とした。今日はこれで二度目だ。

「セットはご存じでしょう」

「撮影機の位置だよ。ベティが死んだ場所じゃないか? 暖炉のすぐ手前か?」

その瞬間、スピーカーからものすごい雷鳴が轟《とどろ》き、ラートはびくっとした。

19

フィルムケース二箱と台本一冊と撮影プランを小脇に抱えて、ラートは十時四十五分にアレクサンダー広場に着いた。車を都市高速鉄道のアーチに止め、一般用の玄関から入った。ここにいるのは一般人ばかりで、警官はほとんどいない。階段にはいつものにおいが漂っていた。汗とインクと血と革と紙のにおい。たまに射撃練習場から流れてくる火薬のにおいもする。南棟の留置場に近づくと、尿と不安がかもす異臭も感じられる。無骨で存在感のある〈お城〉、この巨大で見渡しの利かない警察機構に、ラートはまた飲み込まれた。外で捜査に当たっているときの自由な感覚が失われ、すぐにまた息が詰まるだろう。ベームはまだグレーフといっしょにマリーエンフェルデにいるはずだ。照明ブリッジの証拠調べにはかなり時間を要するとわかっていてもだめだ。どうせワイヤーと金属環以外には、なにも出てこないだろう。それでもベームはしばらくそこに足止めされる。それに、すべて鮮明に写真に撮っておくのも悪くはない。いずれ鑑識の専門家が、ベティ・ヴィンターの命を奪った仕掛けを再現できるかもしれない。

クレンピンがこしらえたものであることは間違いない。ベルマンの撮影を妨害するための仕掛けだ。

雷鳴が轟いた瞬間、ラートはすべてを直感したが、それでもドレスラーとカメラマンの説明を聞いた。金曜日の朝、第一撮影機はヴィンターが数時間後に命を落とすことになるその場所に立ててあった。寄せ木張りの床には×印がつけてあり、ドレスラーはベティにその場所を教えたという。「シーン四十九ではそこに撮影機を立てることになっていたんです。そしてシーン五十三ではベティがそこに立つという印でした」

シーン五十三とは、彼女が最後まで演技することのできなかったシーン、そしてマイスナーがエーファ・クレーガーと撮り直したシーンだ。

十一時にマイスナーは警視庁を訪れることになっている。あと十分だ。ラートは、マイスナーを取調室Bに連れてくるよう守衛に指示した。普段事情聴取のときに使う部屋よりも取調室の方が、ああいう手合いには効き目があるだろう。それにラートはA課の廊下を通りたくなかった。

グレーフと電話で話したあと、ベームに会ったとき、どう言い逃れするか思案した。結果をだすのが一番だ。ヴィンター事件のこれまでの捜査をまとめて報告することにした。ベームの叱責をおとなしく聞いてから、黙ってブルドッグにファイルを渡す。今夜、タイプライターを家に持ってかえって、コニャックグラスを傾け、好きなレコードを聞きながら書類作成に勤《いそ》しむことにした。同僚にも上司にも邪魔されず、家で仕事をする。なかなかいい考えだ。

ラートは取調室に辿り着いた。A課の連中とも、他の部署の連中ともすれ違わずに済んだ。たとえばブレナー警部。

あのドブネズミ野郎！　二回しか殴っていないのに、まるで同僚に虐待された、無辜《むこ》の被害者を装《よそお》うとは。たしかにあそこでかっとするべきではなかった。だが……あのくそ野郎のチャーリーに対する言い草。ブレナーはあのくらいで済んだことを喜ぶべきなのだ！

ラートは持ってきたものを机に広げて腰を下ろすと、灰皿を手元に引き寄せて、煙草に火をつけた。待っている時間を使って、台本にざっと目を通した。興味があるのは二、三ページくらいのものだ。シーン五十三とシーン四十九。どちらもフィルムを持ち帰ったシーンだ。

効果音の指示は台本にきっちり書き込まれていて、どこで雷鳴が轟くかわかるようになっていた。撮影プランを知っている者ならだれでも、いつだれがどこに立つかわかるというわけだ。

クレンピンはそれを利用したということだろうか。ではなぜ彼の仕掛けは午前中ではなく午後に作動したのだろう。シーン四十九でもレバーを動かし、雷鳴を発生させる。つまり、そのシーンのあとにワイヤーは投光器とつながれたことになる。クレンピンがスタジオから姿をくらましたのはいつだ。プリッシュとプルムが行った事情聴取にはぶれがあるが、十時以降だれもクレンピンを見かけていない。ちょうどその頃、ドレスラーはシーン四十九を撮り終えている。そのときは雷が鳴った。ということは、投光器が落ちる仕掛けはそのあとセットされたのだ。本人は否定しているが、クレンピンはやはりその時間までスタジオにいて、ベティ・ヴィンターを狙ってワイヤーを投光器につなげたのか、それとも彼の仕掛けに気づいただれかが、クレンピンがいなくなったあと、自分の目的のために利用したのか。たとえばハインリヒ・ベルマン。あいつはベティの死からすぐに立ち直り、苦境を好機に変えたではないか。

クレンピンが今ここにいれば、突っ込んだ質問がいくらでもできるのだが。相手がマイスナーでは、なにを訊いたらいいかもわからない。いずれにせよ突っ込んだ質問はできないだろう。ただひとつ気になることがある。直接捜査と関係ないことだが、自分の妻が死ぬところを目撃したあのシーンを、代役を相手に撮り直せるものだろうか。あの悲劇からわずか二日。あのシーンは愉快な場面で、悲劇のかけらすらない。あれだけのショックを受けたあとで、どうして演じられたのだろう。

ノックの音がした。ラートは時計を見た。十一時五分すぎ。

「どうぞ」ラートはいった。女がドアから顔を覗かせた。金曜日にマイスナーに付き添っていた女だ。

「おはようございます。ラート警部さんはあなたですか?」女は顔を覚えるのが苦手なようだ。すくなくとも、ラートの顔を覚えていなかった。

ラートは頷いた。ドアが開いてマイスナーの姿が見えた。三日前と同じで顔が蒼白い。サングラスをかけているせいか、余計に顔が白く見える。女が彼の手を引いて中に入ってきた。

サングラスをかけていると、まるで目の不自由な人のような印象を受ける。

「おはよう、マイスナーさん」ラートはいった。「ええと、あなたは……」

「ベルマン、コーラ・ベルマンです」女はいった。「辛い話になるでしょうから、よろしければマイスナーさんのそばに付き添っていたいのですが」

「あまりしないことだが。しかしまあ、状況が状況なので目をつぶろう。ついでだから、あなたにも二、三質問させてもらう。あなたはハインリヒ・ベルマンさんの……」

「……娘です」

「お父さんからは聞いていなかったが……」

「ことさら話題にしたがらないんです。あたしは下積みの仕事から覚えるように父からいわれていまして。父は他の従業員と区別しません。もっと厳しいくらいです」

「どうぞすわって」

コーラは、いまだに挨拶もせず、あらぬ方に視線を泳がせているマイスナーに椅子をすすめ、自分ももうひとつの椅子にすわった。

「マイスナーさん」ラートははじめた。「わざわざ来てくれてありがとう。眼鏡は取ってもらいたい。わたしは話す相手の目を見たいので」

「どうしてもというのでしたら」マイスナーの声はかすれていた。声をだすことにすこしずつ慣れようとしているかのようなしわがれ声だ。サングラスを取る。泣きはらしたように目が真っ赤だ。若々しいヒーローにはとても見えない。こんな状態で、よくエーファ・クレーガーと共演できたものだ。しかもコメディを！　そのくらい嘘がうまいということか。まあ、俳優として成功するには、そのくらいできなくてはしょうがないのだろう。あるいはベルマンのような厚顔無恥なボスを持つかだ。

「奥さんを亡くしてお気の毒なことでした、マイスナーさん……」

マイスナーはガラス越しにラートを見ているような目付きをした。焦点が定まらず、どこか遠くを見ているようだ。

「……辛いのはわかるが」ラートはつづけた。「いくつか質問しなければならない」

マイスナーは頷いた。

「あの悲劇はあなたからはどう見えたかね？　正確な経過を話してもらいたい」

マイスナーが目を大きく見開いた。生々しい記憶と向かい合うことに怯えているようだ。

「わたしたちは演技をしていました」と小声でいった。「そのシーンのやり直しでした。今度はドレスラーも納得するだろうと思いました。そのくらい順調だったんです。ベティの演技は素晴らしかった。やりおおせたと思ったとき、技術的なミスが起きました。雷鳴が轟かなかったんです。わたしは、かまわないと思いました。音は後でのせればいいんです。そういうことができますから」

ラートは頷いた。懺悔を聞いている神父のような気分だった。

「そのときです」マイスナーはつづけた。「光が揺れたんです。そして……」そこで言葉を途切らせた。「ああ！　なにが起こったのかわかりませんでした。そして彼女が横たわっていることに気づいて……」

「どうして照明から引き離そうとしなかったのかな？　なぜ防火用バケツを取ってきたんだ？」

「引き離す？　無理でした。なんでバケツを取ってきたのかわかりません。自分でもわからないんです！　大変だ、ベティが燃えてしまう、とそれしか頭にありませんでした！　彼女の悲鳴といったら！　バケツはセットのすぐ裏にありました。数メートルのところでした。ボスは、防火用バケツがどんなに大事か、いつも口を酸っぱくしていっていました。月に一度、消防訓練をしていたくらいです。だから咄嗟に近くのバケツをつかんだんです。ああ、彼女の悲鳴が！　目を閉じると、悲鳴が今でも聞こえるんです」

そしてマイスナーは目を閉じた。

ラートには、マイスナーが嘆き悲しむ男やもめを演じているとしか思えなかった。彼の人生はさまざまな役どころからできあがっているようだ。

「エーファ・クレーガーはどうだった？」ラートは静寂を破った。

「はい？」マイスナーが目を開けて、ラートを見つめた。

「彼女ともう一度そのシーンを撮り直したんだろう。どうだった？」

「なんでそんなことを訊くんですか？」コーラは椅子から立ち上がった。「この数日、ヴィクトルがどんな思いで過ごしていたかわかってるんですか？　今だって辛い思いをしているんですよ。プロとして、心を鬼にしてやったことを非難するんですか？　ヴィクトルは映画俳優なんです。映画俳優には、自分を完全に消すことが求められるんです。そして撮影機が回ると、さっと気持ちを切り替えるものなんです！」

マイスナーはコーラを引っ張って椅子にすわらせた。「いいんだ、コーラ。警部は正しい。昨日、撮影機の前に立ったのがだれだったのか、自分でもわからない。セリフを喋る自動機械。あれはわたしじゃなかった」

セリフを喋る自動機械か、いつもと同じだ、とラートは以前観たマイスナーの冒険映画を思いだしていた。

「奥さんが死んで、これからどうするつもりかね？」ラートはたずねた。

「時間を戻したいと思わない日はないです。映画のように時間を巻き戻して、妻が生き返ってくれたらどんなにいいか」マイスナーはそこで声を詰まらせた。「ああ、もう妻がこの世にいないなんて」声がかすれていた。マイスナーは顔をゆがめて、さめざめと泣きだした。

ラートは途方に暮れて彼を見ているほかなかった。

「わたしは人殺しです、警部」突然そう叫ぶと、マイスナーはぱっと立ち上がった。椅子が後ろに倒れて大きな音を立てた。「自分の妻を殺したんだ！」彼はラートに両手の手首を合わせて差しだした。「ベティを殺した。彼女が死んだのはわたしのせいだ。悪いのはわたしだ！逮捕してください！」

「落ち着きたまえ！　だれもあなたを非難してはいない。自分からそんなことをいうものではない！　何者かが投光器に細工をして、あなたの奥さんの上に落ちるようにしたんだ。奥さんが死んだらいいと望んだのは、その何者かだ。あなたじゃない！」

「でもなにも変わらないでしょう？　わたしがいなければ、妻は生きていられた！」

「……しかし重傷を負って慈善病院に入院していただろう！　仮にあなたが責任を問われることがあっても」ラートはまたコーラ・ベルマンににらまれた。「それは過失致死だ。それを理由に、喪に服している男やもめを糾弾する裁判官などベルリンにはいない。信じていい！」

「それでも、妻は生き返らない」マイスナーが声を荒らげた。「わからないんですか？　彼女は死んだんです。わたしがベティを殺したんです！　裁判官がなにをいおうが関係ない！」

彼は両手で顔をおおい隠し、横を向いた。コーラ・ベルマンがすかさず横に立って彼の腕を取り、さすりながら耳元でなにかささやいている。落ち着かない競走馬をなだめているかのようだ。ラートはマイスナーとふたりだけでなくてよかったと思った。ほとんど虚脱状態の絶望した男やもめと較べたら、思いっきり絞り上げられた雑巾野郎の方がはるかにましだ。

マイスナーは顔を両手で覆ったままますすり泣き、ときどき体を激しく震わせた。コーラはラートをにらんだ。まったくなんて人非人なのこの警部は、とでもいうように。

「お帰り願った方がよさそうだな」ラートはいった。コーラは泣き濡れた神経過敏男を外に連れだした。廊下に出るとき、マイスナーが虚脱状態になったのはラートのせいだといわんばかりにじろっとにらみつけると、マイスナーにサングラスをかけさせた。アレクサンダー広場で見とがめられないようにするためだろう。これでもうすこしみすぼらしい恰好をしていたら、ヴァイデンダム橋でマッチや靴紐を売ったり、ただ帽子を差しだしたりするだけで、かなりの金が稼げるに違いない。ラートは首を横に振った。映画人というのは本当にわけがわからない。撮影機の前ではあれほど恥知らずなのに、現実の生活ではなにもできないとは。

壁かけ電話の受話器を取ると、ラートはエーリカ・フォスにかけた。彼女もグレーフと同じようなことをいった。

「警部、やっと電話をかけてくれたんですね！　どこにいるんですか？　ベーム上級警部がもう百回は警部のことを問い合わせてきていますよ……」

「エーリカ、頼みがある。今日の午後までにヴィンター事件簿を最新のものにしておいてくれ。俺は……」

「事件簿はベーム上級警部のところです。警部、わたし……」

「それなら取り返してきてくれ」

「あの事件の捜査を今指揮しているのはベーム上級警部です。早く警視庁に来てください。ゲナート警視まであなたのことを問い合わせてきました。秘書のシュタイナーさんがじきじきにここへ来たんですよ……」

「もしもし、もしもし？」

「はい？」

「なんていったんだ？　よく聞こえない。こっちの声が聞こえるか？　もしもし？」

ラートは人差し指で受話器受けを何度も叩いてから、受話器を置いた。

どうやらハゲワシが頭上を飛び回り、しだいに間合いを詰めているようだ。タイプライターは欲しいが、オフィスには当面顔をださない方が無難だ。だが取調室Bを一時まで占拠しているのがだれかわかるのは時間の問題だ。

ラートは自分の持ち物をまとめて、〈アシンガー〉で今後のことを思案することに決めた。ただしライプツィヒ通り店だ。あそこなら同僚と出くわす確率はそう高くない。

廊下ではだれにも出会わなかったが、ライトコートでブレナーと鉢合わせしそうになり、慌てて警察車両の陰に隠れた。よりによってブレナーと！　顔を知らない数人の保安警察官がけげんな顔でラートの方をうかがった。ラートは黙っているように手で合図した。ブレナーは足を引きずり、片方の腕を包帯で吊っている。ラートには、骨が折れるほどのことをした覚えがなかった。今からブレナーの診断書を見るのが楽しみだ。ブレナーは、付き合いのある医者にあることないことを書いてもらって、なにかというと病欠する奴だ。ブレナーが階段に姿を消すのを待ち、ラートは最短コースで警視庁の外に出て、車に乗り込んで走り去った。

ライプツィヒ通りとアレクサンダー広場では〈アシンガー〉の客層が違う。ライプツィヒ通りにはチンピラも警官もいない。総じて事務員や新聞社街のジャーナリストだ。それ以外は店から店へ移動がてら休憩に入る買い物客だ。まず間違いなく知り合いのいない店の中で、ラートはほっと息をついてグーラシュスープを注文して台本をぺらぺらめくった。雷鳴の指示は都合十二回あった。シーンの通し番号と撮影プランを比較してみる。雷鳴のシーンはすべて撮り終わっていて、途中はなにごともなく進み、事件は最後のシーンで起こっていた。

「これはどうも」だれかがいった。「ラート警部ですよね?」

ラートが顔を上げた。そばに小柄な男が立っていた。ナイフを使わせたらかなりの腕前のようだ。だがそういう状況に立ち至ることはまずなさそうだ。相手は悪党ではない、ましてや同僚でもない。それでもなんだかうさんくさそうな奴だ。ラートは本能的に用心した。

「そういうあんたは?」

小男はスープ皿の横に名刺を置いた。「フィンク、B《ベー》・Z《ツエット》・アム・ミッターク紙の者です。すわってもいいですか?」

返事も聞かずに男は椅子を引き寄せて、腰を下ろした。ラートは相手にせず、スープを飲みつづけた。どこかで会ったような気がしたが、思いだした。ベルマンの記者会見でラートにしつこく質問してきた奴だ。

「ヴィンター事件についてあれっきりなにも新しい情報が入らないんです。妙ですね」フィンクはいった。「容疑者は妨害工作だったと自供したんですか？　あなたのお仲間はみんな、口が堅くて、ベーム警部に訊けっていうんですが、あの人はなにかというと怒鳴るばっかりで」

「ベーム上級警部だ」そういい直して、ラートはスープの残りを、半分残っているパンでぬぐって食べた。

「捜査の指揮を執っているのはあの人ですか？」

ラートは肩をすくめた。「いつでも責任を担うのはひとりで、実際に仕事をするのは他の連中だ」

「やっぱりあなたに声をかけて正解でした！」フィンクは本当にうれしそうな顔をした。「男がひとり指名手配されていますね。犯人の目星はついてるんですか？」

「先入観は持たないでもらおう。重要参考人を捜しているだけだ。ただひとついえることは、ベティ・ヴィンターの死は事故ではなかったということだ。あとはすべて臆測でしかない。そのあとどう考えるかはあんたに任せる」

「事実をうかがいたいですね」

「今のところなにもわかっていない」

「ベティの死はその台本と関係があるんですか?」フィンクは台本を指した。「《愛の嵐》。それって、彼女の最後の映画ですよね? そこに事件を解く鍵があるんでしょうか?」

「ただのルーティンワークさ」他にごまかす言葉を思いつかなかった。

フィンクはラートをしばらく見つめ、一瞬鋭い目付きをすると、肩をすくめて立ち上がった。

「名刺は差し上げました。なにかわかったら電話をください。損はさせません」

ラートは頷いた。最近、そういう物言いを聞く機会が多い。だが結局、貧乏くじを引かされることの方が多い気がしていた。

こいつに電話をすることはないなと思いつつ、ラートは名刺をしまった。

薄暗く、紫煙の立ち込める店の時計が一時すこし前を指した。ラートは煙草に火をつけてコーヒーを注文した。あとはなんとかしてタイプライターを調達しなければ。〈アシンガー〉はうるさかったので、コーヒーを飲み干して小銭をだすと、街角の公衆電話を探した。ティーツ百貨店のあるデーンホフ広場にひとつ見つけた。電話番号は頭に入っていた。交換手が回線をつなぐと、まもなくだれかが受話器を取った。

「ベーンケです」女の声だった。

「ヴァイネルトさんをお願いします」ラートは名を告げずにいった。

「どちら様でしょうか?」

「友人です」

カタッと音がした。受話器をテーブルに置いた音だ。ラートは電話用のテーブルを目に浮かべることができた。エリーザベト・ベーンケは声に気づいただろうか。どうでもいい。肝心なのはヴァイネルトが電話に出てくれることだ。

ヴァイネルトの声がした。「もしもし？」

「ゲレオンだ」

「ずいぶん変な電話のかけ方をするな。まあ、無理もないか。ベーンケが興味津々だぞ。情報屋からの電話だとごまかしておいた」

「嘘じゃない。そういう場合もけっこうあるからな」

「どうかしたのか。スクープはいつでも歓迎さ。独占ならなお結構。家賃を払う時期に来ていてね」

「どう料理するかによる」

「ヴィンター事件を担当しているんだろう？　面白そうじゃないか」

「興味があるのか？」

「人が噂することはなんでも興味があるさ」

「たいして情報はない。電話をしたのは他に用があるからなんだ」

「冗談じゃない」

そのとき耳元でカチカチという音がして、ラートは驚いて首を回した。だれかがガラスを叩いている。ベームでもブレナーでもない。女だ。ものすごい形相の女。それでもかつて、そう帝政時代には若く美しかったのだろう。その女が傘の柄で、公衆電話ボックスのガラスを叩いて、電話機の上の標語を指差した。「通話は簡潔に、待っている人のことを考えよう」ラートは鬼女に頷いて、もうすこし待ってくれるように手で合図した。

「ゲレオン？」

「単刀直入にいう。きみのタイプライターが欲しい」

「冗談だろう？　なにをいいだすかと思ったら。タイプライターは俺の商売道具だぞ。なくなったらおまんまの食い上げだ！」

「買い取るといってるんじゃないんだ。一日だけ貸してほしい」

「いつだい？」

「今日だ」

「アレックスにタイプライターはないのか？　それとも警視庁に立ち入り禁止になったか？」

「まあ、そんなところだ」

「ではこうしてはどうかな。タイプライターと車を交換しよう」

ラートは逡巡しなかった。このあとはビュイックがなくてもなんとかなる。西港まで一走りして、フォード工場を覗いてみたくはあったが、ケルンから容疑者リストが届かないうちは闇雲に動いても仕方がない。ボックスの外でまた女がガラスを叩いた。「いいだろう」ラートはいった。「だが明日の朝八時には返してくれよ。使うから」

「素晴らしい！　これでタイプライターの担保が確保できた！」

「ヴィッテンベルク広場で落ち合おう」

「タイプライターを担いでこいっていうのか。そのあときみはどうやって運ぶ？」

「そっちはたったの一駅じゃないか」

ヴァイネルトは笑った。「まあその方がいいかもな。ベーンケの機嫌がせっかくいいのに、きみがニュルンベルク通りに来ては雲行きがあやしくなる」

女がまたガラスを叩いた。ラートは受話器を置いて扉を開けると、警察章を呈示した。「おい、あんた、刑事警察の捜査を邪魔するのか？」ラートはいきなり毒づいた。「近くの警察分署に連行するぞ！」

女は明らかにひるんだ。「でもあなた！　そんなことわかるわけないでしょう！　話がまだあるなら、どうぞ、どうぞ」

懇願するような仕草に、ラートは笑いそうになったが、しかつめらしい顔をしていった。

「わかればよろしい。これからは警察の仕事に敬意を払うように」

「ええ、もちろんです！　当然です！」女は傘とハンドバッグを抱きしめて、きびすを返した。逮捕されずに済んでほっとしているようだった。

20

ヴァイネルトは時間どおりに来た。ヴィッテンベルク広場の地下鉄駅の前に立っている。すごい人混みなのにすぐ目についた。タイプライターを小脇に抱えていたのは彼だけだったからだ。かなり風変わりな光景のはずなのに、通行人はだれひとり一瞥《いちべつ》もしない。身長三メートルの五本足男がタウエンツィーン通りをぶらついていても、それなりに速く歩いていれば、ベルリンの人間は眉をひそめることしかしないだろう。せわしなく街を闊歩《かっぽ》するベルリン市民に水を差し、不興を買う者がいるとすればそれは、なんにでも驚くお上《のぼ》りさんくらいだ。そういう連中は街をゆっくり歩き、頻繁に立ち止まる。いつ車にひかれ、人にぶつかられても不思議ではない。この街はよそ者にやさしくない。ラートが身をもって体験したことだ。この街に飲み込まれ、有機体のような巨大な街の一部になるか、外に吐きだされるか、数週間後にはわかる。

ラートはタウエンツィーン通りで車を方向転換し、ＫａＤｅＷｅ《カーデーヴェー》百貨店前の赤信号で停車して、クラクションを鳴らした。十人以上の通行人が振り返った。ヴァイネルトは車に気づいて、歩きだした。

ヴァイネルトが助手席に乗り込むなり、ラートはアクセルを踏んだ。

「やあ、久しぶり」そういって、ヴァイネルトはダッシュボードをなでた。「こいつはおまえをかわいがってくれてるかな」

「なんだそれは！　おまえの車を買ったことで、俺はふたりの仲を裂いたっていうのか……」

「俺がどれだけ涙を流したか知らないくせに」

「おまえにとっては女よりも車の方が大事みたいだな」

「かもしれない」ヴァイネルトは肩をすくめた。「だけど、女を売ったことはないがな」

ヴァイネルトは笑った。ラートも付き合いでにやにやした。

「後悔しているのか？」ラートはたずねた。「俺はおまえの役に立ったと思っていたんだが」

ヴァイネルトはクリスマスを目前にして株取引で大損をし、そのあと新聞社の職も失ったのだ。ラートは運に見放された友の車を自分へのクリスマスプレゼントにし、金に困っていた友の苦境を救った。じつは昨年の九月のある美しい日に郵便受けに五千ライヒスマルクが放り込まれていて、ラートはその一部を使ったのだ。

「ビュイックをきみに買ってもらえてよかった。こうやってときどき会えるんだから」ラートがビューロウボーゲンのカーブを高速で走り抜けたので、ヴァイネルトは取っ手をつかんだ。

「タイプライターをなにに使うんだい？」ヴァイネルトがしばらくしてたずねた。

「家でちょっと仕事をする」

「またなにかやらかしたのか？　警視庁に顔をだせないんだな？」

ヴァイネルトは見かけによらず勘が鋭い。

「おまえだって家で仕事をしているじゃないか」ラートはいった。

「ああ、俺を常勤で雇うのは高くつくからさ。以前よりもたくさん記事を書いているのに、実入りが少ないんだぞ。社は俺が使う暖房費まで節約できるっていうのにさ」

「せちがらい世の中だ」

「いわれるまでもない。だからまた手が組めないかなと期待しているのさ」ヴァイネルトは後部座席を指した。タイプライターの横でフィルムケースが二箱、かたかた音を立てていた。

「事件絡みのものかい？」

「ああ、物的証拠だ。ヴィンターが死ぬ瞬間が写っている」

「撮影したのか⁉」

「撮影中に起こったからな」

「ぜひ話してくれ」

「いつものとおりにやろう。知っていることはすべて話す。その代わり俺が青信号をともすまで、公にするのは待ってもらう」

「これで暮らしていける」

「受けのいいところで俺の名前をだしてくれ。ただしおまえに漏らしたのが俺だってことは、わからないようにすること……」

「これがはじめてじゃないから心得ているよ」

給水塔広場に到着した。ラートは〈びしょ濡れの三角〉の真ん前でビュイックを止めた。

「ビールを一杯どうだい？」ラートはたずねた。

ヴァイネルトは頷いた。それからまもなく、ふたりはカウンターに並んだ。時間が早いせいか店には他に客の姿がなかった。店主のショルシュが注文を聞いてくれたのは常連になっていたおかげだ。ショルシュはテーブル席の椅子をまだ下ろしてもいなかったし、ストーブにも火が入っていなかった。幸い店はそれほど広くないので、すぐに暖かくなった。

ラートは荷物を車から降ろし、タイプライター、フィルムケース、台本と撮影プランを次々とカウンターにのせた。ショルシュはそれをちらっと見ただけでなにも訊かず、早い時間に来たふたりの客にビールをだし、グラスを拭いた。

　ふたりは乾杯して、ビールを飲んだ。

「おかしな店だな」ヴァイネルトはいった。「よく来るのか？」

ラートは頷いた。「こっちに引っ越してからな。ツィレ（ハインリヒ・ツィレ、一八五八－一九二九年。ベルリンで人気があった風俗画家）が常連だったのは知ってるか？」

「だけどもう来ようがないな」ヴァイネルトはビールのグラスを上げた。「冥福を祈る」

「フィンクっていうジャーナリストを知っているか？」ラートはたずねた。「B・Z《ベーツェット》・アム・ミッターク紙の人間だ？」

「あいつが接触してきたのか？」ヴァイネルトはかぶりを振った。「くわばら、くわばら。あいつとはこんな待ち合わせをしない方がいいぞ。抜け目のない奴だからな。真実よりもセンセーションを優先する奴だ」

「それってジャーナリストのモットーじゃないのか？」

　ヴァイネルトは笑った。「ジャーナリズムに対する考えがちょっと偏っていないかね。フィンクの場合は当たっているけどさ。それよりベティ・ヴィンターを殺した犯人は？」

「そこまでは判明していない。だがいろいろわかってきたことがある。その情報で記事になるか考えてみてくれ」

　ラートは、ベームに明日提出する報告書の内容をすべてヴァイネルトに話した。ただしクレンピンから電話があったことは内緒にした。そのことについては、まだだれにもいうつもりがなかった。〈お城〉の同僚にも秘密だ。

ヴァイネルトは話にじっと耳を傾けた。

「その台本はどうするつもりだい？」

「雷の音響効果がいつどのシーンで使われるか、ここに出ている。殺人犯はこの台本を知っていて、ヴィンターが投光器の下に来るタイミングを正確に予測できたと思われる」

ヴァイネルトは台本を手に取ってしみじみと見た。「罪のない台本が殺人のタイムスケジュールとして使われたのか」

「タイムスケジュールは撮影プランに従うが、まあ、基本的にそういっていいだろう」

ヴァイネルトは表紙に印刷された名前を見てはっとした。

「ハイヤーの原稿か」そういって、ヴァイネルトは頷いた。「あいつなら悪くない」

「知っているのか？」

「ヴィリ・ハイヤーはジャーナリストだったんだ。ときどき会っていた。俺の初の映画台本にいろいろアドバイスをもらった」

「台本を書くのか？」

「このままでいたくないんでね。けれどまだ一篇も売れていない。いくつかプロデューサーのデスクで見いだされるのを待っている。問題は名前を知られていないと、読んでもらえないことだ。だけど台本が映画にならないと名前は知られない。この悪循環を断ち切るのが難しい」

「プロデューサーを紹介しようか」ラートはいった。

「本当か？」

「ベルマンは俺をよく思っていないが、マンフレート・オッペンベルクなら口がきける。彼がおまえを使えば、ベルマンも目をつけるだろう」

「ちょっといい話だね」ヴァイネルトはいった。

「その代わり、このハイヤーって奴を紹介してくれないか？」

「台本で殺人の手助けをしたっていうのかい？」

「意図的ではないだろう。だがベルマンとオッペンベルクがいがみ合っている背景について、すこし話してもらえるんじゃないかと思ってね」

ヴァイネルトは頷いた。「話をしてみる。次は俺のおごりだ」ヴァイネルトは指をパチンと鳴らした。そういう注文のされ方に慣れていないのか、ショルシュはいやな顔をした。だがヴァイネルトは有頂天になっていて、そのことに気づかなかった。

そこからラートの住まいまではそう遠くない。十字路を一つ渡るだけだ。二、三分後、不恰好なタイプライターを胸に抱き、その上に台本と撮影プランとフィルムケース二箱をのせ、バランスを取りながらルイーゼ河岸《かし》通りのアパートの中庭を横切った。裏手の棟に辿り着くと、郵便受けになにか入っていた。まず住まいに荷物を置くしかない。コートのポケットからやっとのことで鍵をだし、ドアを開けた。

荷物を食卓にのせると、ラートはまた一階に下りて、郵便受けを開けた。切手の貼っていない封筒が二通入っていた。ラートは昨年九月に五千ライヒスマルクを受け取ったことを思いだし、階段を上りながら一通目を切り裂いた。入っていたのは金ではなく、ニコニコ笑っている男たちの写真だった。オッペンベルクが写真を工面してきたのだ。五十ライヒスマルク紙幣が同封されていた。心ばかりだがというわけだ。

二通目は公文書だった。ラートは台所で開けると、警視庁のレターヘッドが印刷された便箋が出てきた。

ベームからの手紙だ！

通常勤務で会えそうもないので、このような手段を取ることにする。ベティ・ヴィンター事件の捜査はヴィルヘルム・ベーム上級警部の指揮下に置かれる。この通知を受け取ったら、この文書の署名者の元へただちに出頭すること。

署名者はヴィルヘルム・ベームで、その左にエルンスト・ゲナートの署名もある。ブルドッグの奴、仏陀《ブッダ》に告げ口したのだ。

ラートはゲナートに独断専行をはっきり注意されたことがある。だがどこが悪いのだろう。グレーフ、チェルヴィンスキー、ヘニングの三人にはちゃんと捜査の指示をだしたし、捜索課や法医学研究所、鑑識課にも連絡を取った。ベームに連絡を取るだけの才覚がないからといって、自分の責任じゃない！

ラートはとにかく事務職ではない。贅肉のついた尻を錆びつくまで椅子にのせているタイプではないのだ。路上こそが彼の居場所だ。真実は外でしか見つからない。犯罪が行われた現場。ファイルの中ではない。

ラートはベームの手紙をゴミ箱に投げ捨て、コートと帽子を洋服掛けにかけて居間に入ると、レコードをかけ、紙を探した。チェストの引き出しに用紙を見つけると、封を切ったコニャックの瓶を棚からだし、台所に戻って用紙をタイプライターに挿した。

作業は遅々として進まなかった。チャーリーのことが脳裏に浮かんでしまう。ブレナーとことを起こしただけの価値があるだろうか。

むろんそれだけの価値がある。彼女はそれだけの価値がある存在だ。別次元の存在なのだ。

ラートはコニャックを飲んでその考えを振り払い、ふたたび報告書作りに取り組んだ。一語一語紙にタイプしていく。しだいに興が乗ってきた。これでぐうの音も出まい。ベームは、ラート警部がいい仕事をしたと認めるほかないはずだ。ラートは昨日、鑑識班をゲーリケ通りに、そして今日はテラ映画のスタジオに差し向けた。独断専行には見えないはずだ！

電話のベルが何度も鳴ったが、ほったらかしにした。

打ち損じてくしゃくしゃに丸めた紙が床で山をなし、コニャックがどんどん減った。午後から夜半までタイプの打ちどおしだった。中断したのはレコードを替えるときと、軽い夕食をとったときだけだ。分厚い紙の束の上に最後の一枚をのせたときは、大いに満足した。コニャックの瓶は空っぽだった。今夜は悪夢を見ないで済みそうだ。

一九三〇年三月四日　火曜日

21

目覚まし時計を朝早い時間にセットしていたが、先に電話で起こされた。ラートは時計の文字盤を見た。五時四十五分！　こんな時刻に電話をかけてくるなんて、どこのどいつだ。

ラートは寝返りを打ったが、電話の呼び出し音は鳴りやまなかった。しつこい奴だ。

ラートは起き上がり、電話をかけてきた奴をどやしつけるつもりで受話器に手を伸ばした。

だが愛想よくしなければならない相手だった。

「家内から至急電話をするようにいわれたんですけど」

「ツィールケさんか！　連絡をくれて感謝する！」ラートは思ったほど愛想のいい声をだせなかった。「少々早くないかね」

「午後六時以降っていうんでしょ。わかってますよ。でも時間がなかったんです。それで思ったんですよ。フリートヘルム、勤務時間になる前に電話をかけてみろ。デカの旦那なら平気さって」

「いつでもかまわんさ」そういって、ラートは声をださずにあくびをした。「ガレージには電話があるんでね。外に出ると電話をかけづらいんですよ。それで、友だちでありヘルパーであるっていうデカの旦那のどんなお役に立てるんでしょう?」

「今日、警視庁に来られないかね? 写真を何枚か見せたい。ヴィヴィアン・フランクを出迎えた男がそこにいるかもしれないんだ」

「午前中は難しいですね。十二時半、いや、アレクサンダー広場へ行くには街を半分横断しないと行けないから、一時でどうでしょうね」

「一時だな、素晴らしい。〈アシンガー〉で昼食をごちそうしよう」

「昼食のサンドイッチはあるんですがね」

「どっちがいいかは自分で考えたまえ」ラートは懸命に愛想のいい声をだした。「ああ、そうだ、ツィールケさん……質問をひとつ忘れていた。フランクを乗せたとき、荷物はどうしたんだね。たしかトランクをのせたはずだが。ホーエンツォレルンダム通りの歩道に降ろしたわけじゃないだろう?」

「それはないですよ。なにをいいたいかわかります。でも、あいにく正確な住所はいまだに思いだせません。荷物はその前に降ろしたんですよ。そうそう、思いだした。カイザーダム通りを出発したあと、最初に動物園駅に寄ったんです。そこで荷物を預けて、それからヴィルマースドルフ地区へ向かいました」

「荷物を預けたって、ポーターにか?」

「いいえ。手荷物預かり所ですよ」

「引き替え番号を覚えているか？」

「無茶をいわないでください！」ツィールケは笑った。咳払いのようにも聞こえた。「それだけの記憶力があったら、タクシー運転手なんかやめて記憶名人になって、ミュージックホールに出演してますよ！」

「わかった。昼に会おう。仕事を頑張りたまえ！」

「デカの旦那も」

ラートは受話器を置いてから、たしかにここは仕事を頑張るにかぎると考え直し、また受話器を取った。

驚いたことに、ものの数秒で相手が出た。

「ベーンケです」

「ヴァイネルトさんをお願いします」

「またあなた？　昨日も電話してきませんでした？」

ラートは黙った。

「ヴァイネルトさんはまだ眠っていると思いますけど」

「では起こしてください。大事な話なんです」

ヴァイネルトが恋人といっしょにいるところを大家に見つかる心配はないだろう。彼なら、たいていベーンケが熟睡しているか、泥酔している真夜中に彼女を帰しているはずだ。朝早くベーンケに起こさせるくらいのいじわるは許されるだろう。

ヴァイネルトは寝ぼけていた。「もーしもーし?」と気の抜けた声がした。

「計画変更だ」

「ゲレオンか?」

「おい、俺の名前をそんなに大きな声でいうな! ベーンケに嫌われても知らないぞ」

「なんでこんな夜中に起こしたりするんだよ?」

「早朝だ。大家はもう起きていたぞ」

「大家さんは昨夜、俺みたいに夜更かしじゃなかったからな」

「車のことで電話したんだ。約束の時間より三十分遅く戻してくれないかな……」

「素晴らしい。それならまだゆっくり眠れる!」

「……それから俺の家まで車を走らせなくていい。動物園駅で会おう。そっちの方が近いだろう」

「かまわないさ。それでタイプライターは?」

「あんな重たい怪物を地下鉄で運ぶのはごめんだな。あとできみのところへ運ぶのじゃだめか? 今日の夜とか」

「あれは仕事道具なんだ。俺は電車で運んだぞ。俺にできることなら、きみにもできるだろう。さもなかったらタクシーで運ぶんだな」

こうしてラートは朝の七時半、真っ黒なレミントン・タイプライターと褐色の書類鞄を小脇に抱えて動物園駅の手荷物預かり所に立った。なんとも風采が上がらなかった。カウンターの係員に、タイプライターを預けるのかと訊かれて、ラートは首を横に振った。

「なるほどペットを抱えて散歩中ですか」係員はいった。「どうせならひもをつけたらどうです。そうすれば、抱えずに済む」

ラートは表情を変えなかった。「情報が欲しい」というと、タイプライターを下ろして、警察章をだした。

「これは、これは！　刑事さんが移動事務所付きで聞き込みですか？　それでチンピラはどうします？　捕まえたら背中に背負うんですかい？」

「ミュージックホールに出たらどうだ。それだけ立て板に水のごとく喋れるなら……」

「イルゼにもいつもそういわれてますよ」

「……だがプロイセン警察は残念ながら冗談を受けつけない。くだらない戯《ざ》れ言《ごと》は〈ヴィンターガルテン〉（一九四四年までフリードリヒ通り駅そばにあったミュージックホール）のオーディションに取っておくんだな！」

「わかりましたよ。ユーモアはご法度になったってわけですか？」

ラートはヴィヴィアン・フランクの写真を見せた。「この女の顔に覚えはないか？」

「ないわけないでしょう」カウンターの向こうの小さな目が急に光った。「乱痴気騒ぎしているところを見ましたよ！　これ、フランクでしょう？」

「三週間ほど前にトランクをここに預けたはずなんだが。正確には二月八日、午前十時頃。預けたものが引き取られたかどうか知りたい」

「一度にそんなに質問されちゃね。土曜日ですね？　俺の当番じゃなかった。でも調べてみましょう。そんなに長く置きっぱなしになるのは珍しいんで」

「よろしく頼む」

「すこし時間がかかりますよ」

「かまわない」

「デカの旦那はいいだろうけど、お客さんには迷惑だ。十時にならないと相棒が来ないんでね」

「客が来たら知らせる」

「タイプライターがあるからちょうどいいや。申込書に必要事項を打っておいてくださいな」

そういってから、係員はしばし考え込んだ。もっと気の利いたジョークを考えているのだろう。だがそんな雑念を手で払うようにして、ドアの奥の蛍光灯で照らされた窓のない荷物置き場に入っていった。駅はまだ混雑していなかった。行き交うのは通勤者ばかりで、手荷物預かり所にやってくる者はいなかった。五分後、係員が戻ってきた。荷物は手にしていなかったが、申込書のカードを束にして持ち、カウンターの上のタイプライターの横に置いた。

「二週間以上置きっぱなしの預かりものは、これで全部です。見てみましょう」

カードをめくっていくと、たしかに目当ての申込書があった。

「これですね。二月八日。荷物が三個、預かり時間は九時五十四分。番号札は三七〇七。預かり料金はかなりの額になるな」

「荷物を見たい」
「それはだめです！」係員は急に厳格な顔付きをした。「三七〇七の番号札を持ってくるか、裁判所の決定書がないかぎり、ここからはださない決まりでしてね。規則は曲げられない」
「じゃあ、あんたが見てきて、俺に教えてくれるというのは……」
「もっといけない！　客の荷物を勝手にいじることはできないんですよ」恐い顔をしてみせたが、そのあとすぐ相好を崩してラートに目配せをした。「心配しなさんな、警部！　トランクに屍体なんか入っていませんから。そうだったらとっくににおってる」

ラートは係員に礼をいうと、駅構内の食堂に入った。コーヒーを一杯飲むくらいの時間はまだある。

コーヒーはポットしかなかった。だが給仕人はテーブルを占拠したタイプライターにも、ラートがありったけの新聞を抱えて席に陣取ったのにも、文句をいわなかった。客はほとんどいなかった。午前八時前、ほとんどのベルリン市民は活動中で、コーヒーを一杯飲む時間もないからだ。メニューにカップはなく、ポットしかないのでは尚更だ。

動物園内の裸の木立の向こうにゆっくりと太陽が顔をだした。今日はいい天気になりそうだ。

ラートは新聞をめくった。ヴェッセルの葬儀がお粗末な写真付きで記事になっていた。共産党は民族至上主義者《フェルキッシュ》をしつこく挑発したが、それほどひどい騒動にはならなかったようだ。グレーフのおかげで、ラートは現場に足を運ばずに済んだ。グレーフにはこの数日、かなり無理をさせてしまった。ちゃんと労《ねぎら》わないといけない。

プロイセン政府内相グルツェジンスキーの退任は、ベルリンの新聞ではたいした話題ではなくなり、連邦内閣の危機に関する臆測が見出しを賑わせている。大連立は、やはり中央党の古参である父エンゲルベルト・ラートがいっているほど堅固ではなさそうだ。出世に関して社会民主党の人間からいろいろ恩恵を被《こうむ》っている父と違って、他の中央党員は社会民主党員とそれほど理解し合えていなかった。

ヴィンター事件に関しても新聞は臆測を記事にしていた。代表的なのが妨害工作説。だがオッペンベルクの名は表に出ていない。新聞社もそこは慎重に対処しているようだ。というのも、ベルマンが憎きライバルの名をジャーナリスト全員にしっかり刷り込んだはずだからだ。ただし「わたしから聞いたとは書かないでくださいよ」という念押しをして。とにかく噂がはびこるばかりだ。警視庁から一切新しい情報が流れないのだから無理もない。新聞各紙は、捜査を指揮しているベームが記者会見を開かないか、開く気がないかのどちらかだと書いている。さんざんな書かれようだ。ほとんどの記者がベームの肩書きをわざと警部と書いていることに気づいて、ラートはほくそ笑んだ。ブルドッグはかんかんに怒っているだろう。

そのうち約束の時間になった。カップのコーヒーを飲み干し、ポットに残っていたコーヒーをそのままにして、最低限のチップを給仕人に渡した。客が求めている量のコーヒーを持ってこられないような奴にはこれでいい。

ヴァイネルトは時間どおりに来た。駅前広場の時計が八時半を指したとき、ビュイックは停留所の標識のそばに止まった。ヴァイネルトはエンジンをかけたまま降りた。ラートは入れ替わりに急いで運転席に乗らなくてはならなかった。ベルリン市交通公社に優先権がある場所をビュイックが占拠したので、バス運転手が怒って盛大にクラクションを鳴らしたのだ。

「どこへ行く？」ラートはたずねた。

「ニュルンベルク通りで降ろしてくれ」

ヴァイネルトの住まいの前で、ラートは車にすわったまま別れを告げた。玄関が目に留まり、ベーンケの目を避けるためにチャーリーがそこに身を潜めたときのことを思いだした。ずいぶん昔のことだ！

22

九時すこし過ぎにラートは〈お城〉に着いた。褐色の革製書類鞄を持ち、保険会社の外交員にでもなったような気がした。普段、出勤のときは帽子とコートと拳銃以外なにも持たないのだ。

秘書のエーリカ・フォスがラートを待ち構えていた。

「ようやく来ましたか！　警部、大騒ぎになっているのを知らないでしょう！　ベーム上級警部が……」

「それなら、ベームに電話をして、俺が来たことを伝えてくれ。ついでに、これから報告書をファイルにまとめるからすこし待つようにいうんだ」

「胆がすわっていますね！」

「もちろんだ。刑事だからな。グレーフは？」

「もう会議に出かけました。九時から小会議室で捜査会議です。ヴィンター事件の捜査官は全員……」

「ヘニングとチェルヴィンスキーは？」

「ベーム上級警部の命令でゲーリケ通りの張り込みをしています」

「よく知っているな」

「だれかが全体を見渡しておく必要がありますからね、警部」

エーリカがにやりとした。

「それじゃしっかり見渡していてくれ。それと、これをきれいに綴じてくれないか」

ラートはヴァイネルトのタイプライターで打った報告書をポケットからだした。エーリカは素直に頷き、引き出しから新しいフォルダーをだし、大きな黒い穴開け器を手元に引き寄せた。

「ヴィンター事件に関する書類は他にもあるか？」エーリカが紙をきれいに揃えて、穴開け器にかけるのを見ながらラートはたずねた。

エーリカはかぶりを振った。「グレーフさんが全部あっちへ運んでしまいました」

「そうか。それならこの報告書だけで充分だな。こっちにくれ」ラートはフォルダーに綴じた報告書を受け取ると、褐色の革鞄に入れた。

「ではいざ出陣だ」

エーリカは同情するような目をした。「武運をお祈りします、警部」エーリカと組んで数ヶ月になるが、こんな言われ方をするのははじめてだ。すこし胸が熱くなった。

革鞄を小脇に抱えると、すこしは防備を固めた気がした。ラートは小会議室のドアを開けた。会議がはじまってすでに二十分が経過し、それに応じて空中にはニコチンがどんより漂っていた。ラートは自分のオーバーシュトルツをだしたくなる衝動を抑え、一斉に向けられた好奇のまなざしに軽く一礼して応えた。ラートに気づいて数人が肘をつつき合った。ラートはグレーフの隣の席が空いているのを見つけて、そこに腰かけた。

「おはよう」ラートはいった。

「警部！」グレーフはそういっただけで、気をつけるように手で合図した。

壇上では鑑識課の課長クローンベルクが昨日の捜査結果を報告していた。ベームは横に立ち腕組みをして聞きながら、ラートをにらみつけていた。

「……手で取り外すと、投光器は、割ピンで固定されているボルト一個でぶら下がった状態になります」クローンベルクは単調この上ない口調で説明をつづけた。原稿の棒読みなのは明らかだ。捜査官の中にはあくびを堪え切れずにいる者もいる。「その割ピンはくだんのレバーとそこにつないだワイヤーでボルトから抜け、投光器が落下する仕掛けになっていました。二月二十八日に起きたことがまさにそうだといえるでしょう。それによって女優ベティ・ヴィンターの死を引き起こそうとしたのは明らかです。もっとも重傷を負うところまでしか達成できませんでしたが」

プロイセン警察の言葉遣いには毎度呆れる。プロイセン自由州の官僚機構は、人ひとりの苦痛に満ちた死を語っているはずなのに、機械か学校の理科実験の説明を聞いているような感覚を呼び覚ます。

クローンベルクは読書用眼鏡の上から覗くように捜査官たちを見回した。全員が説明についてきているか確認しているようだった。

「発見された仕掛けとその配置から推測するに……」

「きみの推測はいらない、クローンベルク。この先はわれわれに任せてもらおう！」

クローンベルクはブルドッグを手なずけるのに失敗した。ブルドッグは口をはさむタイミングを待っていたのだ。クローンベルクは話の腰を折られてすこしむっとしたが、上級警部に場所を譲るため、演台の片付けをはじめた。

「ご苦労だった、クローンベルク」ブルドッグの口を通すと、感謝の言葉まで罵声に聞こえる。

「ラート警部はどこだ？」ブルドッグはつづけた。「先ほど入ってくるのが見えたが」

全員がラートの方を向いた。椅子の上に濡れたスポンジを見つけた教師が犯人を問いただしたときのようにぴたっと静かになった。

「ラート警部？ああ、そこにいたのか。演壇に上がって、この数日ヴィンター事件の捜査できみがなにをしたか、かいつまんで報告してくれないかね？」

ラートはグレーフに軽く頷くと、立ち上がって前に出た。そして歩きながら鞄から報告書をだした。

「おはよう、みなさん」演壇に立つと、ラートはいった。「おはようございます、上級警部殿」そしてファイルを高く掲げた。「捜査結果を報告書にまとめました……」

「前置きはいい！　本題に入りたまえ！」

ラートはベームを見た。ベームの目が凍ったガラス玉のようにラートをにらみつけていた。それじゃあ集中攻撃だ。あとで吠え面《づら》かくなよ！

「昨日わたしがテラ映画のスタジオで発見した仕掛けについては、クローンベルク課長がある程度説明しました」そういってから、台本と撮影プランを褐色の鞄からだした。「これは撮影プランです。ひとまず妨害工作と呼んでおきますが、その工作はこれに従って行われました。ベティ・ヴィンターの最後の映画となった《愛の嵐》の台本と撮影プラン」

ラートは間を置いて一同を見回した。みな無言で息を詰めている。だが実際には、はぐれ者の警部をベームがどうとっちめるか、そっちの方に興味津々なようだ。

ラートは自分の推理を開陳した。クレンピンはトーキー用撮影機を重たい投光器で破壊しようと企《たくら》んだ。しかし発見されたため、実施直前で仕掛けをはずし、スタジオから姿を消した。だが何者かがこの仕掛けを元に戻し、ふたたび機能するようにしたのだ。

ベームはラートに最後まで話させた。

「どこからそんなくだらないアイデアをひねりだしたんだ？」ベームはたずねた。

ラートは深呼吸してから答えた。「充分に説明したはずですが。シーン四十九は午前十時直

ラートは書類の山を見た。ヴェッセル事件。未整理でまさに混沌の極みだ。検事に提出するために整理して、評価するようにというのがベームの指示だった。これからはすべて書面で伝えるつもりのようだ。葬儀の監視を除けば、この事件をベームから任されるのははじめてのことだ。ただの流れ作業。かったるくて単調。ラートが毛嫌いしている類の仕事だ。

お仕置きというわけだ。

ノックの音がして、エーリカがドアから興味津々な顔を覗かせた。「コーヒー、いりますか？」

「いいや、結構。グレーフはどこだ？　会議で顔を見たが」

「もう出かけました。ランゲさんといっしょにグルーネヴァルト地区へ。家庭菜園のコロニーを虱潰《しらみつぶ》しに捜索するそうです。クレンピンがそこに隠れている可能性があるとベーム上級警部にいわれまして」

ベームはヴェッセルの葬儀に関する報告書もファイルするよう文書で指示していた。だがそれが書けるのは土曜日に監視したグレーフだけだ。

「グレーフから連絡があったら、すぐ俺に回してくれ。それから連絡がつくかどうかも試してもらいたい」

「やってみますけど、うまくいくかどうか。警部だってなかなか捕まらないじゃないですか」

そういって、エーリカはドアを閉めた。

ラートが書類の分類をはじめると、まもなく山がいくつかできた。事情聴取、報告書、事件現場の記録、現場写真、解剖報告書、鑑識報告書、証拠物件のリスト、事件経過の要約、想定される結論。グレーフのデスクが利用できるのはありがたかった。

午後一時に電話が鳴った。グレーフからだという期待ははずれた。立つのが億劫なのか、エーリカが電話をかけてきたのだ。

「警部？　ツィールケという人が訪ねてきていますが」

そうだった！　すっかり忘れていた。

「中に通してくれ」ラートはいった。すぐにノックの音が聞こえた。

フリートヘルム・ツィールケは脱いだ帽子を両手で丸めていた。

「来ましたよ、警部」そういって、部屋を見回した。「なかなかいい部屋ですね」

すわるようにいおうとして、ラートは来客用の椅子にまでヴェッセル事件の書類がのっていることに気づいた。

「外に出よう。すこし散らかっているのでね」

「春の大掃除ですか？」ツィールケは笑った。

「〈アシンガー〉でビールでも引っかけないか？」

「仕事中ですので。でも焼きソーセージなら、いやとはいいません」

アレクサンダー広場はうるさかった。地下鉄はほぼ完成したというが、スチーム杭打ち機はいまだに鉄杭を地面に打ち込み、いたるところで板囲いが行く手を阻んでいた。なんだか毎日、板囲いの位置を変えて、広場に新しい迷路を作っているかのようだ。

「ここに来るのは久しぶりです」ツィールケはいった。「まともなタクシー運転手は、ここには近寄りませんから」

アレクサンダー広場を囲む建物はかなり取り壊されているが、〈アシンガー〉は相変わらず元の場所にあった。古い建物は壊される運命にあるものの、レストランは建築予定の新しいビルで新装開店する、と小さなポスターで告知されていた。〈アシンガー〉のないアレクサンダー広場など、ラートには考えられなかった。警視庁の職員の半数が昼食をとったり、仕事帰りにビールを引っかけたりしている。

昼時で、いつものように超満員だった。ラートはツィールケにソーセージとポテトサラダとレモネードを注文し、自分はローストビーフとポテト団子とミネラルウォーターを頼んだ。ツィールケがレバーのソテーを欲しがらなかったので、ラートはほっとした。

「ごちそうになります」そういって、ツィールケはソーセージを切った。「写真を見せてもらって話でしたね」

ラートは頷いてローストビーフをがぶりと食べた。「ヴィヴィアン・フランクを出迎えた男が写っているかもしれないんだ。だがまず食事をしよう」

「ところで、どうしてフランクを捜しているんですか?」二本のフォークでポテトサラダをはさみながらツィールケがたずねた。「わけを話してくれていませんよね」

「行方不明なんだ」ラートはぽつりといった。

給仕人が食器を片付けると、ラートはオッペンベルクから届いた封筒をポケットからだした。

ポートレート写真が二十枚ほど入っていた。男優だけでなく、ヴィヴィアンと付き合っているとオッペンベルクが考えている人間の顔写真も入っていた。フェーリクス・クレンピンの写真もある。ベルマンのところのクリスマスパーティのスナップ写真よりもはるかによく撮れている。ツィールケは写真を一枚ずつゆっくり見たが、毎回かぶりを振った。ただ二度だけすこし迷ってから、「違いますね」といった。ひとりはクレンピンだ。ツィールケもすこしして気づいて、「新聞で顔を見ましたよ。お尋ね者でしょ?」二人目は黒髪の男優だが、それも否定した。「違いますね。ちょっとタイプが似てますけど」

ラートはタイプが似ているという男優だけ別にして、ツィールケに礼をいった。「映画のポスターでも、あんたのタクシーに乗った客でも、路上で見かけた場合でもいい、問題の男を見かけたら、すぐに電話をくれないか。いつでもかまわない!」

〈お城〉に戻る前に、ラートは公衆電話ボックスを探してオッペンベルクに電話をかけた。そして彼の秘書から、夕食に招待する旨を伝えられた。

エーリカはまだ昼休みから戻っていなかった。ラートはさっそくデスクに向かって、書類の山の仕分けに取りかかった。ときどき書類に目を通し、つい読みふけった。ナチ党が殉教だと喧伝すること自体がおかしい奇妙な事件だった。アパートの管理人をしている女が共産党員の友人に頼んで、住人から滞納している家賃を取り立てようとしたのがことのはじまりだった。あいにくなことに、このアルベルト・ヘーラーという人物は、ヴェッセルと同居していた娼婦のヒモだった。ふたりの口論はエスカレートし、突撃隊中隊指導者《シュトゥルムフューラー》のヴェッセルは玄関で口に一発の銃弾を受けた。

この一発の銃弾が、彼を民族至上主義《フェルキッシュ》の殉教者にしたのだ。なんとも奇妙な殉教者だ。彼は牧師の息子で、フリードリヒスハイン地区の突撃隊で頭角をあらわしていた。その後、娼婦と恋に落ち、突撃隊の活動から遠のいていた。だがゲッベルスはそのことをなんとも思わなかった。ベルリン大管区の指導者を務める彼にとって、突撃隊中隊指導者は恰好の殉教者となったのだ。結局ヴェッセルがそのまま死んだことはナチにとっては幸運だった。生きていたら、ナチ党を脱党するという醜態を演じる恐れもあったからだ。死ぬ前の数ヶ月、ヴェッセルは政治活動に興味を失っていたらしい。ヴェッセル自身、愛人である娼婦のヒモだったともささやかれていた。ただしこれは共産党が流したデマの可能性もある。

くぐもった電話の呼び出し音で、ラートは我に返った。

エーリカのデスクにのっている電話だ。グレーフかもしれない。ラートは自分で電話に出た。

「もしもし?」

面食らったのか、相手の応答がなかった。

「そちらはラート警部の部屋ですか? A課の」女の声だった。

「ラート本人だが。どなたかな?」

「グロイリヒ、ヴァイスの秘書です。副警視総監が三十分後にあなたと話がしたいといっています」

「どのような用件で？」

「それは直接、副警視総監からお聞きください」

ラートは驚いた。副警視総監はこれまで遠くからその姿を拝むばかりで、一、二度挨拶をしたことがあるだけだった。ベルリン警視庁きっての警察官僚ドクトル・ベルンハルト・ヴァイスが一介の警部になんの用だろう。ベームが直訴したのだろうか。いずれにせよ、きな臭い。どうせ呼びだされるなら、父の親友であるツェルギーベル警視総監の方がいいが、警視総監は今、故郷の町マインツに帰ってカーニバルを楽しんでいる。

ラートは三十分間、悶々と過ごし、昼休みから戻ってこないエーリカにメモを残して、副警視総監室へ向かった。

「みなさん、お待ちかねです」と秘書はいった。みなさんというのはどういう意味だろう、とラートは訝《いぶか》しんだ。秘書は受話器を取って、電話で「ラート警部がおいでです」と告げてから、ラートにいった。「お入りください」

ラートはそのまま秘書室を通り抜けた。

ヴァイスはファイルをうずたかく積んだ大きなデスクの向こうにすわっていた。分厚い眼鏡の奥の鋭いまなざし。権威のオーラが自然とにじみでている。ラートはたじたじとなった。

ツェルギーベルには構える必要を感じない。しかしヴァイスは人品が違うようだ。はったりは効きそうにない。とはいえ同席している人物に気づいて、すこし胸をなで下ろした。

エルンスト・ゲナート警視。

仏陀がいっしょなら、それほど悪い話ではなさそうだ。

ラートは、ゲナートに気に入られていることを知っていた。

「こんにちは」そういって入室すると、ラートは階級に準じて手を差しだした。

「着席したまえ」ヴァイスはいった。すこし冷淡でよそよそしい。すわりたまえ、でいいはずだ。着席とは、学校にでもいるような気にさせられる。

ラートはゲナートの隣の安楽椅子に腰を下ろした。一瞬、沈黙に包まれた。クッションの張られたドアを通してかすかに、どこか落ち着かなげなタイプライターの打音が聞こえた。

「すぐに来てくれて感謝する、警部」ヴァイスが口火を切った。「じつはデリケートな話があってね」

ラートはこういう状況に覚えがあった。一年ほど前、殺人の罪を着せられたとき、ゲナートがこういう態度を取った。言い方まで似ている。

「警部。さっそく本題に入ろう」ヴァイスはじっとラートの目を見つめながらいった。「フランク・ブレナー警部との関係をきみはどう思っているかね?」

そういうことか！　ブレナーはちょっとした個人的いざこざを大げさにして職場に持ち込んだのだ。

「仲がいいとはいえません」ラートはいった。「どちらかというと……同僚というだけの付き合いです」

「そうか」ヴァイスは頷いた。「内部告発があった。ブレナー警部は土曜日の夜にダンスホールの〈レジデンツ＝カジノ〉で理由もなくきみに何度も殴られたというのだが」ヴァイスは間を置いたときでも、ラートから目をそらさなかった。「きみの見解は？」

「殴りました」ラートはいった。「しかし理由もなく殴ったわけではありません」

「どのような理由があって、公然と同僚を殴ったのかね？」ヴァイスはたずねた。「警察の評判を落とさないよう常に注意を払う必要があることはわかっているはずだ」

「警官であることはわからなかったはずです。わたしたちは変装していましたので」

「答えになっていないな」

「理由があったのです、副警視総監殿。ただ個人的な理由です」ラートはいった。「ブレナー警部はある婦人の名誉を傷つけたのです」

「ある婦人の名誉？」

「共通の知り合いです」

「警部、婦人を巡って決闘をする時代は終わったのだがね。やりすぎたとは思わんかね？」

「ブレナーに警告しました。口を慎むようにいいました」

「口を慎む？」

「口汚い言葉でした、副警視総監殿。わたしは繰り返したくありません」

「その婦人とはどこのだれだね？」

「すみません、申し上げるわけにいきません」

「なぜだね？」

「こういってはなんですが、これはおふたりには関係がないことですので。ブレナーとの諍《いさか》いは個人的なことです」

「相手が同僚であれ、一般市民であれ、警官がだれかを殴ったら、それはもう個人的なことではない！」

ヴァイスは声を荒らげた。これは穏便に済ませてもらえないぞ、とラートは思った。

「すみません、副警視総監殿、そういうつもりではありませんでした。しかしそれでも、その婦人をこの件に巻き込みたくありません」

「わたしもそこに踏み込むつもりはない、警部」ヴァイスはいった。声のトーンがすこし穏やかになった。「きみの側に立つ証人がいるかどうか訊きたい。ブレナー警部はこの事件の証人としてチェルヴィンスキー刑事秘書官の名を挙げた」

「彼はなんといっていますか？」

「まだ聞いていない」

「多少意見の相違があるようです。わたしとしては、この件を事件とは呼びたくありません」

「過小評価するのはやめたまえ！　ブレナー警部は刑事事件として告発し、懲戒手続きを取るよう申請するつもりだといっている。だがきみにとって幸運なことに、この問題を内部調査で済ますことに同意してくれた。このことを報道機関が嗅ぎつけたら、どういう騒ぎになるかわかるかね？」

「ブレナーはなぜここにいないのでしょうか？　握手を交わして、この件を忘れることに異を唱えるつもりはないのですが」

「ブレナー警部は怪我で仕事を休んでいる」ヴァイスが淡々といった。ラートはぎくっとした。そこまでひどく殴った覚えはない。倒れたときに打ちどころが悪かったのだろうか？　そういえば、腕を包帯で吊っていた。

「それは申し訳ないことをしました」ラートはいった。

「そのとおりだ」ヴァイスは真顔でラートを見た、ラートは鞭毛虫《べんもうちゅう》になって顕微鏡で覗かれているような気分だった。「きみはよく自制心を失うのかね？」

「どういう意味でしょうか、副警視総監殿？」

「質問ははっきりしていると思うが。きみは感情を制御できるのかね」

なにか鎌をかけているのだろうか。副警視総監はケルンでの一件を知っているのか。だがあれは感情とはなんの関係もない。感情が絡んでいるとは思えなかった。

「もちろんです、副警視総監殿。警官としての責任を常に自覚しています」

「今回だけは例外だったというのだな」

「おっしゃるとおりであります、副警視総監殿」

「よろしい。二度とこのようなことを起こさないように。明日この件に関するきみの報告書を提出したまえ」

「かしこまりました、副警視総監殿」

ラートは、これで話は終わりだと思った。ずっと押し黙っているゲナートをちらっと見て、安楽椅子から腰を上げた。

「待ちたまえ、警部」ヴァイスはいった。「まだ話は終わっていない！」

まだなにかあるのか。ラートはあらためて腰を下ろした。

「これについてきみの意見を聞きたい」そういって、ヴァイスはB《ベー》・Z《ツエット》・アム・ミッターク紙の最新版をラートの前のテーブルに置いた。新聞は刷りたてだった。ヴァイスが人差し指で指した記事を、ラートはまだ読んでいなかった。だが執筆者の名前には覚えがある。

シュテファン・フィンク。

ラートはさっと記事に目を通した。フィンクは古い噂を蒸し返し、ベルマンからあることないこと聞きだしていた。しかも要所要所でゲレオン・ラート警部の「言葉」を引用していた。

警察は逃亡中の照明係をいまだに捜索している。「ベティ・ヴィンターの死は事故ではない」とゲレオン・ラート警部は本紙に明かした。捜索中の逃亡者は殺人犯だろうか。ラート警部は「重要参考人」といっているが、警察が容疑者をそう呼ぶのははじめてのことではない。警察の捜査はどこまで進んでいるのだろう。われわれの中に紛れ込んでいる殺人者をいつになったら逮捕できるのだろうか。ヴィンター事件の捜査を指揮しているヴィルヘルム・ベーム上級警部はこの問いに答えることができない。ラート警部によると「いつでも責任を担うのはひとりで、実際に仕事をするのは他の連中だ」

くそっ！　あのドブネズミめ！

「すでにゲナート警視にいったことだが、この記事の内容には重きを置いていない」

ラートはゲナートを見つめた。相変わらず黙りこくっている。表情からはなにも読み取れないが、いつもと違って穏和なところがどこにもなかった。

「これはわたしの承諾なしに引用されています」ラートはいった。

「ではこのフィンクを知らないのかね？　会っていないというのか？」

ヴァイスはすべて先刻承知だというそぶりをした。

「会ったというのは正確ではありません。声をかけられ、質問したいといわれました。しかしわたしは拒否したんです」

「この記事からはそうは読み取れないが。捏造《ねつぞう》されたというのかね？」

「いずれにせよ、まったく違う文脈での発言です」ラートは言葉に気をつける必要があると感じた。ヴァイスはすでに編集部に問い合わせたに違いない。「この記者はでっちあげのフィンクと呼ばれているそうです。真実は二の次で、センセーションばかり追い求めている。そして協力を断った警官をさらし者にする。ベーム上級警部も煮え湯を飲まされています」

「教えてくれて感謝する、警部！」ヴァイスが声を荒らげた。「きみが奉職する機関と上司について意見をいった上に、今度は報道機関にまで意見をいうのかね？」

「そんなつもりはありません！」ラートはうまく語気を強くすることに成功した。実際、腹も立っていた。

「ではこの記事にあるようなことを発言していないというのかね？」

「ですから、まったく違う文脈での発言でした！　フィンクはその発言を記事にしたいとはいいませんでした」

ヴァイスは探るような、ほとんど相手を解剖するようなまなざしでラートをにらみつけた。「わたしもフィンクのことは知っている。きみのいうとおり、新聞記者の風上にも置けない奴だ。さもなかったら、きみの言い分を信じないだろう」ヴァイスは身を乗りだした。「新聞社との付き合い方を、もっと学ばねばいかんな、警部。軽率な発言が命取りになることもある。わかっただろう。われわれ警察は報道機関を必要としている。それは間違いないが、報道機関をうまく操れると思ったら大間違いだ。きみこそいいようにされる！」

「どうしたらいいでしょうか、副警視総監殿？　訂正記事を求めますか？」

ヴァイスは手を振った。「やめておきたまえ！　事態を悪化させる。放っておけばいい。これからはだれになにをいうかもっと気をつけてくれればそれでいい。そうすれば、このようなことは二度と起こらないだろう」ヴァイスは革張りの安楽椅子から立ち上がった。「それと、ベーム上級警部に謝るべきだな」

ラートはゲナートといっしょにA課に戻った。ゲナートはそこでもなにもいわなかった。

「いつまたデュッセルドルフに戻るのですか、警視殿？」ラートは沈黙に耐えられなくなってたずねた。

「こっちのごたごたが済んだらな。機嫌など取ろうとするな！　きみにはほとほとうんざりしている。だが歩きながら話す内容ではない」

それっきり、ゲナートは殺人課に着くまでなにもいわなかった。殺人課までの通路が果てしなく長く感じられた。執務室に着くと、ゲナートは、長年秘書を務めるゲルトルート・シュタイナーに邪魔をするなといって、ラートを招じ入れた。

「二、三分で済む」

秘書に対して、ゲナートは機嫌を損ねた様子を微塵も見せなかった。秘書は紅茶とケーキを持っていこうかと気を利かせたが、ゲナートは断った。秘書は哀れむようなまなざしでラートを見た。ゲナートのところでは、重犯罪者でもケーキがだされるからだ。

仏陀はドアを閉めてデスクに腰を下ろした。ところがいつも客をすわらせ、ケーキをだす古びた応接セットにラートを誘わず、デスクの前の椅子をすすめた。罪人に自供を迫るときによく使うものだ。

ゲナートはしばらく黙ってじっとラートを見つめた。非難がましくはなかった。むしろ問いかけるようなまなざしだった。大学入学資格試験に失敗したひいきの生徒に、どうしてなんだと問いかける教師のまなざしにそっくりだ。その目に見られて居心地が悪かった。

「きみがわからない」ゲナートがようやく口を開いた。「どうして問題ばかり起こす？」

「ブレナーの件は申し訳ないと思っています。しかしさっき聞いたようなひどいものではなかったんです。彼の欠勤は……」

「ブレナーのことなどどうでもいい！　あれはヴァイスに任せておけばいいことだ」

「ではなにを怒っていらっしゃるのかわかりません、警視殿」

「ごまかすな。数日前に話をしたはずだ。きみは一匹狼ではなく、A課の構成員なんだ。きみの得た情報は課内で共有されなければならない」

「お言葉ですが、警視殿、わたしはそうしています！　一昨日発覚したクレンピンの隠れ家にしても、ヘニングとチェルヴィンスキーを通じて連絡しましたし、昨日発見したテラ映画のスタジオのワイヤーに関しても、すぐグレーフ刑事秘書官に電話で伝え、同僚に……」

「……しかしベームが現場に到着したときにはもういなかった」

「それがいけないのですか？　わたしは捜査を進展させる決定的な情報をベーム上級警部に伝えたというのに、上層部に陰口を叩くなんて」

「だれも陰口を叩いてはいない。きみにとっては幸運なことに、ベーム上級警部はその点、信義を持ち合わせている。A課に対して、そして部下に対してもな。それがどんなに手に負えない部下でもだ」

「わたしのことですか、警視殿」

「そう目くじらを立てるな！」ゲナートがほんのすこし声を荒らげた。口答えしない方がいい。

「問題なのはきみの仲間意識の欠如と、警察の仕事に対する考え方だ」ゲナートは身を乗りだして、ラートの目をしっかり見つめた。

「警察機構は複雑な有機体なんだ、ラート君。さまざまな部署が作用し合って全体を形作っている。しかも大きな成果を上げている有機体だ。だから序列が存在する。そしてきみはいわれたことをしなければならない。肝心なのは、上司に敬意を払って協力するということだ。そして部下に対してもな。独断専行ややっかみやライバル意識はわたしの課に必要ない。わかったかね?」

ラートは頷いた。「おっしゃるとおり重要なことだと認識しています、警視殿。そしてこの数日、期待にそむいたこともわかっています。しかし熱心さのあまりということも……」

「熱心さのあまりだと！　馬鹿なことをいうんじゃない！　捜査の指揮をベームが引き継ぐと知って、こそこそしていただけだろう！　彼に呼び戻されたくなかっただけだ。この数日はたしかにうまくいった。だが目先のことしか考えていない。だから今日のような目に遭うんだ。身に染みてわかっただろう。普通に働いていれば、ベームもきみをちゃんと捜査班内で働かせたはずだ。しかしいまや完全にアウトサイダーだ」

「お言葉ですが、警視殿。ベーム上級警部の方こそ短慮ではないでしょうか。この事件のほとんどの情報はわたしが見つけたものです。むしろ……」

「ベーム上級警部はきみの上司だ」ゲナートが言葉を遮った。「彼に命じられたら、トイレの掃除でもするんだ！」ゲナートは大声をだした。めったにないことだ。自分でも驚いたのか、すぐにまた声を潜め、いつもの父親のような穏やかな口調に戻った。「とにかく上司の命令に従え。わかったか?」

ラートは黙って、どういったらいいか考えた。

「わかったのか？」

ゲナートは本気らしい。ラートは頷いた。

ゲナートはまだラートをにらんでいた。どうして多くの人間がこのまなざしにくじけて、極悪人でも自供するのか不思議だったが、ラートもようやくわかったような気がした。

「自業自得というんだ」ゲナートはいった。「きみの独断専行がさっきのような困った状況を生んだ」

「はい、警視殿」

「口だけでいうのはよせ。態度を改めろ。ベーム上級警部はまだ数年はきみにいやがらせをするだろう。慣れることだ！　このことをきみにいうのは、これがはじめてではないはずだ」

「はい」

「では肝に銘じたまえ！　われわれは協力し合わなければならない。個人的な敵愾心《てきがいしん》など無用だ。ベームがきみのよき友人にならないからといって、彼が悪いわけではあるまい。だが過ぎたことを蒸し返すつもりはない……」

「お言葉ですが、警視殿。ベーム上級警部は公私混同しています。彼が警視の代行をしてからというもの、わたしを干そうとしているのです。まともな事件をひとつも……」

「文句をいうな！　警察の仕事など退屈なもので、おまけに呪わしいほどきついものなのだ。そして新聞がまったく興味を示さない地味なものでもある。しかしそのことに頭を悩ますのはきみの役目ではない。与えられた仕事をこなすのだ。そしてそれがどんなに退屈なものでも真摯に取り組まねばならない。そうすれば評価もされる。わたしを信じたまえ。目立とうとしてもなんにもならんぞ。出世をしたいのなら、これからはあまり人を不愉快にさせるようなスタンドプレイは慎め」ゲナートの声がさらに穏やかになった。「きみは有能な捜査官だ、ラート。だが警察組織の一員であることも見せたまえ！　ヴァイスと二度とああいう話題で話をしたくない。喧嘩早い部下に振り回されている暇はないのだ。わかったら、二度とあんなうかつなことはするな！」

「わかりました、警視殿」ラートは最後のあがきをした。「不愉快な思いをさせてしまって本当に申し訳ありませんでした。しかしわたしをヴィンター殺人事件捜査班に加えてくれるよう上級警部に働きかけていただけないでしょうか。この事件について同僚の中で一番よくわかっていますので」

「捜査の采配をわたしからベーム上級警部に指示することはできない。やるべきことはいくらでもあるだろう！　例の女優の事件に報道陣が注目しているからといって、他の仕事を疎《おろそ》かにするわけにはいかない。ベームから与えられた仕事をこなし、彼に詫びを入れるんだ。ヴァイスがいったことを聞いただろう」

それがゲナートの最後の言葉だった。ゲナートは書類の片付けをはじめ、ラートに一瞥《いちべつ》もくれなかった。出る釘は打たれる。今回はまさにそういう状況だった。

23

グレーフ刑事秘書官からはいまだに連絡がなく、連絡を取ることもできなかった。

「出かけたままですね」休みから戻った秘書のエーリカ・フォスがいった。「明日の朝の捜査会議まで警視庁に顔をださないようです。ベーム上級警部がおふたりをわざと分けたんでしょうかね」

ブルドッグ自身も捜査に出ていた。エーリカは申し訳なさそうに肩をすくめた。

「ではベームの秘書に面会時間を設定して折り返し電話で教えてくれるよう頼んでくれ」ラートはエーリカにいった。「とにかく今日、上級警部と話がしたい」

ラートは自分の部屋のドアを力任せに閉めるとデスクに腰かけた。書類の山をそのまま床に払い落としたかったが、ぐっと気持ちを抑えてオーバーシュトルツに火をつけた。

煙草のおかげで、すこしずつ気持ちが落ち着いた。そして煙草をもみ消すと受話器を取った。

「エーリカ、ちょっと鑑識課へ行って、アルベルト・ヘーラーという人物についてわかっていることを片端から調べてきてくれないか」

これでエーリカはしばらく留守をする。電話での会話を盗み聞きされる恐れもなくなる。

ドアが閉まるのを待って、エーリカが本当に出ていったか確かめ、それから電話をかけた。

まずB《ベー》・Z《ツエット》・アム・ミッターク紙の編集部だ。

「フィンク記者は今日、やけに警察に人気があるんですね」編集部の秘書はそういって、回線をつないだ。やはりヴァイスは電話をしていたのだ。

「ラート警部！」フィンクがうれしそうにいった。「話をする気になったんですか？」

ラートはいきなりがなりたてた。「どういうつもりだ？　どうしてあんなことを書いた」

「警部から聞いたことを書いただけですけど」フィンクは動じなかった。おそらくこういう電話が日常茶飯事なのだろう。「あんた方は口をつぐむことで記事になるのを防げるとお思いのようですが、それはとんだ勘違いですよ。書きたくなったら書くまでです。警部が協力してくれなくてもかまわないんです。意図的にいったことや、不用意に口にしたことを、こっちはあとからうまくつなぎあわせればいいんですから。でもちゃんと情報を流してくれるなら、記事の内容をコントロールできるし、新しい友だちができることになります」

「俺が友だちを探しているというのか！」

「いったでしょう。損はさせません」

「だが、貴様に情報を流さなければ損をする。そういいたいのか？」

「記事のことをいっているのでしたら、上級警部の方が明らかにひどい扱いを受けているじゃないですか……」

「俺の言葉を意に反して記事にした！」

「新聞記者と話していることはわかっていたはずですよ！」

「俺のいったことを記事にするとはいっていなかったじゃないか！」

「それがわたしの仕事でして」

「だが俺には公然と同僚をこき下ろす意図はない」

「意図がないなら、口にしないに越したことはないですな」

ああいえばこういうで、こいつを論破するのは、ヒュドラの首を切り落とすのと同じくらい厄介だ。ひとつ切り落としたかと思うと、新しい首が十本は生えてくる。

「内緒の話だといってくれればよかったんですよ」フィンクはつづけた。「そういう取り決めなら守ったんですけどね」

「取り決めなんてなにもしていない！」

「じゃあ、しておいた方がよかったとおわかりいただけましたか」

「なにもいっていないのに、俺は貴様の情報屋だと思われてしまった。どうしてくれるんだ？」

「どうせそう思われたのなら、情報屋になったらいかがですか？」

「なんだと？」

「情報屋になるんですよ。どうせそうなってしまったんだから。……手を組んでくれれば、二度と警部を困らせるようなことは……」

ラートは受話器を置いた。我慢ならなかった。

次の電話では幸運に恵まれた。ヴァイネルトはコートを着ていたが、まだ家にいて、直接電話に出た。

「落ち着けよ」ヴァイネルトはいった。「ベルリナー・ターゲブラット紙から呼ばれているんだ。大連立の危機について分析してほしいらしい」

「編集部にもうひとつ記事を売り込めるか？」

「ヴィンター事件に青信号がともるのか」

「ああ。ただし限定的に頼む。俺の名前もあまりださないでほしい。できれば、まったくださないでくれ。この事件の担当をはずされてしまったからな」

「しかしだれの名前もださないっていうのはなあ。警察機構にいる人間の名前を数人。ひとりでもいい」

「捜査を指揮しているのはベーム上級警部だ」

「あいつは口が堅い」

「じゃあ、ある同僚の個人電話番号を教える。今、病欠してるんだが、普段はベームの捜査班のメンバーだ」

「事情を知っているのか？　病気というんじゃ」

「情報は全部知っている。うまく誘導尋問すれば、答えるさ。ただしどうすればいいかは自分で考えろ」

「じゃあ、電話番号を教えてくれ。試してみる。そうそう、ハイヤーと会う約束が取れたぞ」

「だれだって？」

「ヴィリ・ハイヤー。台本作家。明日午後一時に〈ロマーニッシェス・カフェ〉（ベルリンの文士カフェで、当代きっての作家や俳優が常連だった）だ」

「有名人気取りしている連中のたまり場か？」

「俺もあそこの常連になりたい口だがね」

「わかったよ。おまえに嫌みをいうつもりはない」

「まあ、きみのいうとおりではある。〈ロマーニッシェス・カフェ〉は、うだつの上がらない作家の人口密度がきわめて高い。だが成功した作家も何人かは顔をだす」

ノックの音がして、エーリカの金髪がドアの隙間から覗いた。

「なんだ？」ラートは受話器に手をあててたずねた。「もう鑑識課から戻ったのか？　邪魔しないでくれ！」

「でも急ぎなんです、警部」エーリカは見るからに申し訳なさそうにしていた。「ベーム上級警部です！　今なら話ができるそうです。でもあまり時間がないといっています。急いだ方がいいと思いまして」


ラートがベームの部屋に入ると、グレーフ刑事秘書官とランゲ刑事助手が部屋の中をうろうろしていた。ベームはデスクの向こうにすわり、書類から顔を上げようともしなかった。

「話があるそうだな？」

「は、はい、上級警部殿」ラートは口ごもった。「ふたりで話がしたかったのですが……」

「俺は部下に秘密を作らない。それに時間がない。なんの用だ？」

「謝りたいと思いまして」ヴァイス副警視総監とゲナート警視から謝罪することを要求された。あれは命令だった。無視するわけにはいかない。

ベームは反応しなかった。ラートを見ようともしなかった。

グレーフは部屋を出ていこうとして、ラートを一瞥《いちべつ》した。元ボスのカノッサの屈辱を見るのは、彼にとってでも辛いことのようだ。ラートは親指と小指を立てて、あとで電話をするよう、グレーフに合図を送った。

「どこへ行く?」ベームの声が部屋に響きわたった。

グレーフはびくっとした。「いや、あの、その……」

「気など使わず仕事をしろ」

「かしこまりました」グレーフはすごすごと地図のところへ戻った。彼とランゲはコンパスで特定の地域に円を描き、それぞれ違う種類の縞模様を描き込んだ。グルーネヴァルトだ。エーリカのいうとおり、ベルリン南西部でクレンピンを捜索しているようだ。言い方を換えれば、彼はまだ見つかっていない。

「他にいうことはないのか、警部?」ベームはたずねた。「それだけか?」

「あの、その、新聞記者に誤解を生むような発言をしてしまったことも謝ります。あれでは、なんです、わたしがまるで上級警部殿のことを……」

「おまえの喋っているのはドイツ語か? もっとわかるようにいえ」

ベームがはじめてラートを見た。

その表情から心の内を読み取ろうとしたが、ふさふさの口髭がその邪魔をした。譲歩して捜査班に戻してくれるだろうか。

「ヴェッセル事件簿はどうなった？　おまえの報告書はできあがったのか？　葬儀のときの」

ベームは知っている！　グレーフが白状したとは思えないが、手抜きしたことをなんらかの形で聞き知ったようだ。

「ヴェッセルの葬儀についての報告書はグレーフが作成します。彼に監視するように指示したので……」

「俺の命令を無視したんだな」

「とんでもありません！　無視などしていません、上級警部殿。ただグレーフに命令の遂行を頼んだのです」

「ラート君、この課に欠かせないメンバーになりたいのなら、骨惜しみしてはいかんな」ベームはいった。ラートは反論の言葉が口元まで出かかったが、黙っていた方がいいと心は告げていた。「自分に与えられた命令は自分でこなさなくてはいかん」ベームはつづけた。「いいか、自分で汗をかけ。そして自分の知っている情報を同僚や上司と共有するように心がけろ。報道機関に垂れ流す前にな」

ラートは怒りをぐっと飲み込んだ。ブルドッグには和解する気などさらさらないのだ。ラートが腰を低くしたのをいいことに、いじめにかかり、差しだした手を無視した。

「わかったか？」

「わかりました、上級警部！　ただ……ヴィンター事件……」

「ヴェッセル事件の報告書をまず片付けろ。おまえが葬儀を自分で見なかったのは、俺の責任じゃない。それにグレーフには当面報告書を書いている暇はない。こいつの手が空くのをもうすこし待つんだな」

ヴィンター事件にまだこだわるべきかどうか、ラートは必死に考えた。ブルドッグが彼をのけ者にすることはできないはずだ！　すべての手掛かりはラートの手の内にある！　このままはずされるなんて！

「そこでなにをしている」ベームが唸った。「まだわからないのか？」

「わかりました、上級警部殿」

「ではそんなところに突っ立っているな。出ていけ。邪魔でしょうがない」

これでおしまい。ベームはまた書類に目を落とし、ラートをほったらかしにした。グレーフとランゲはグルーネヴァルトの地図と首っ引きだった。ラートはドアを力任せに閉めそうになったが、ぐっと堪えた。こういういやがらせは無視するにかぎる。

「今のも命令と理解いたします、上級警部殿」そういって、ラートは部屋を出た。

24

女は眠った。

なんと穏やかな寝姿だろう。美しい。男はグラスを片付けながら思った。女のグラスの中身は半分残り、彼のグラスはほとんど減っていなかった。アルベルトには今夜暇をだしていたので、自分で片付けるしかない。グラスの中身をシンクに流し、水ですすいで乾いた布巾で拭く。戻ると、女はさっきと同じ状態で眠っていた。手首を取って脈拍数を測る。女は思ったより飲んでいない。放っておいたら数分で目を覚ましてしまうだろう。だが抜かりはない。注射器を用意してある。これでゆっくり仕事にかかれる。注射針が皮膚に刺さっても反応がない。いい兆候だ。

女を抱き上げる。華奢《きやしや》な金髪の天使は見た目より体重がある。テーブルに横たえたとき、女が目をしばたたいたような気がした。いや、注射の副作用に違いない。

はじめるまえに、彼は両手を丁寧に洗った。それから女の首がテーブルの端から下がるようにした。喉の奥の声門まで管を差し込み、その管が首を押し広げるのを観察した。ランプを引き寄せ、小さな黒い鞄を開けて、器具をテーブルに並べた。彼はもう一度両手を丁寧に洗い、何年も前にこのために特注した刃渡りの長いハサミを手に取った。あれを切り取るために……

断ち切らねば、母の悲鳴を。聞くに堪えない甲高い声。かつては笑い声だった。だが暗い森の奥深くに迷い込み、荒々しい悲鳴へと変化を遂げた。絶えずわめき散らし、空気を切り裂く咆哮《ほうこう》、彷徨《さまよ》い歩く亡霊の咆哮だ。

気が狂っていた。

母は気が狂っていた。気づくのが遅すぎた。

おかげでふたりの命を犠牲にしてしまった。

手遅れだったが、それでも母を黄金の鳥籠に閉じ込めた。奴らが彼を何年にもわたって閉じ込めてきた場所。薄暗い部屋からなる塔。存在しない自由を約束する、美しい湖の眺望が楽しめる高み。男はアルベルトの暗黙の了解を得て母をそこに幽閉した。これ以上禍々《まがまが》しいことに手を染めて、警察に気づかれてはならない。癇癪《かんしゃく》を起こして抵抗するかと思ったが、母はおとなしくすわって笑っただけだった。はじめから笑っていた。母の笑いが人間のそれでなくなってからずっと。やっと笑うのをやめたかと思うと、また笑いだす。笑い声は果てしがなかった。狂気に満ちた笑いは母の人生そのものだ。母の狂気が家中の空気を汚染し、空気感染するのではないかと戦《おのの》いたものだ。

だが自分から行動する段になると、ずっと気が楽になった。長い時間をかけて準備した。特殊なハサミと管を作らせ、解剖学教室でしかるべき技術も習得し、自信を得ていた。

紅茶は自分でいれて母にだした。母はおとなしく飲んだ。なにも気づかずに。

思いの外、簡単だった。彼が部屋に上がったとき、母はまだ熟睡していた。手術用の器具は、数年前に母からもらった、ビロードの裏地が張られた黒い革鞄に入れておいた。摘出自体はすぐに終わった。数ヶ所正確に切るだけだった。

事前に用意しておいた氷水を与えると、反射的に飲み込み、すぐに咳き込んだ。意識を取り戻すのではないかと不安になったが、母はすやすやと寝息をたて、うがいをするように喉をごろごろ鳴らした。

氷水は出血を止め、痛みを抑える。扁桃炎《へんとうえん》ほどの痛みも感じないはずだ。意識が戻っても、なにも感じないいだろう。

すべてが終わり、母が目覚めたときにはすべて片付いていた。使ったものはきれいにし、窓辺に置いた愛用の安楽椅子に母をすわらせ、カラフェに入れた氷水をそばに置いた。飲ませなければならない。ゆっくりと注意しながら飲ませなければ。嚥下《えんげ》の仕方を覚えさせるために。

だが母は水に手を伸ばそうとしなかった。

目をしばたたいてから、母はしばらくぼんやりと前を見つめ、ふっと睡魔に襲われたかと思うと、はっと目を見開いた。

安楽椅子の横にすわっている彼に目を留めた。愛情のこもったまなざしだった。幽閉したのが彼だとわかっていても、母は彼を愛した。ただひとつ母に残されたもの。意味のない愛。そのために母は人を殺《あや》めた。無意味に人を殺したのだ。

母は体を起こしてなにかいおうとした。悲鳴だろうか、それとも笑おうというのか?

しかし喉からは、ごろごろとかすれた音しか出なかった。

母は驚いた。

もう一度声をだそうとして、喉に手をやった。まるで喉をしめようとするかのように。

男は母から声を奪っただけだった。この声、この狂人の声さえなければ、ほとんど常人といっても差し支えない。彼女がまだ彼の母で、気が触れていなかったときとほとんど同じだ。

母さんのためだ、と男はいった。

母が以前使っていたのとそっくり同じ言葉。

驚きの表情が納得の顔付きに変わった。彼を見つめる母のまなざしには愉快そうな感じすらある。母は微笑んだ。理解したようだ。ごろごろとうがいをするような音しかでないことが気に入ったようだ。母の目がすべてを物語っていた。すべてわかっているわ。わたしたちふたりともすべてを知っている。知っているのはわたしたちだけ。おかしいじゃない。死ぬほどおかしい！

声を失ったのに、母はまたぞろ笑おうとした。ごろごろひゅうひゅうと音が漏れる。そして口元からこぼれる唾液と鮮血。

彼は耳を塞いで立ち去った。

塔の中で、声なきかすれたあえぎ声で笑うがいい。ドアを閉めると聞こえなくなった。階段を一歩一歩下りて、彼は狂気から遠ざかった。

25

八時半、ラートがレストランに入ると、オッペンベルクはすでに席についていた。ラートが着ているような粗末な背広では少々場違いな高級レストランだ。

「ワインを頼んでおいた」オッペンベルクはいった。

「ありがとう、しかし俺は結構だ」そういって、ラートはミネラルウォーターを注文した。

「好きにしたまえ。食事のときにはそんな味気ないことをしないでくれよ。この店でそんなことをしたら罰が当たる」

ラートは〈アシンガー〉のこってりした料理の方が好みだが、仕方なくメニューに目を通した。

「魚料理がおすすめだよ」オッペンベルクはいった。ラートはすすめに従って、スズキの切り身、ポテトと季節の野菜添えにした。

「話があるそうだが、なにかわかったのかね？」オッペンベルクはいった。

「まあね。いずれにしても、《雷に打たれて》には別の主演女優を考えた方がいいだろう」

オッペンベルクの顔からすこし血の気が引いた。

「ということは……なにか突き止めたのか？　タクシー運転手は彼女を出迎えた男を見分けたのかね？」

ラートはかぶりを振った。「残念ながらだめだった。正確なところはまだわかっていないが、なにかあって急に計画を変更したようだ」

「どうしてそういえるんだね？」オッペンベルクは落ち着かなげにパン籠へ手を伸ばした。

「タクシーでアパートを出たあと、彼女はヴィルマースドルフ地区でだれかと落ち合う前に、トランクを動物園駅へ運んで預けていた」

「それで？」

「いまだにそこにある」

オッペンベルクはバターをぬった白パンを口に入れ、普通より長く噛んだ。

「その意味するところは？」

「さあね。すでに三週間以上が経っている。そんなに長くトランクを手荷物預かり所に置くはずがない。なにか思いがけないことが起きたんだ」ラートは間を置いた。「どうやらよくないことらしい」

オッペンベルクはなにもいわず、煙草に火をつけた。悪い知らせを予期していなかったようだ。給仕人が前菜を持ってきたが、手をつけず、煙草を吸いつづけた。

「なんてことだ」オッペンベルクがいきなりいった。「あの娘を愛しているんだ。わかるかね？　それが突然、姿を消して、きみはよくないことが起きたかもしれないというのか」

「よくないこととはいっていない。思いがけないこととといったはずだ」

「やめろ！　きみはもうあきらめているんだろう！」

「もうあんたの頼みに応えられそうにない。ヴィヴィアンを連れ戻すことは、俺にはできない」

ラートはテーブル越しに緑色の紙幣を差しだした。「一枚大きすぎるのが封筒に入っていた」

オッペンベルクはためらわず、その五十ライヒスマルク紙幣をしまった。「仕方ないな。だがフェーリクスのことであんたのお仲間にしつこくつきまとわれて弱っているんだ。なんとかならんかね？　ベームという奴に、仕事上問題があって袂《たもと》をわかったといったんだが、わたしが妨害工作と殺人をフェーリクスに強要したというベルマンの主張を信じているようなんだ」

ラートは肩をすくめた。「俺にはなにもしてやれない。捜査班からはずされたんだ。用心するように忠告することしかできない。自分の関わりを隠し通したいなら、それもいいだろう。俺はあんたを裏切ったりしない。だが警察を甘く見るな！　あんたの友だちが捕まるようなことになれば……」

「フェーリクスは自白したりしないさ。わたしの腹心だからな。それに取り調べをするにはまず見つけなくてはいけない」

「まさか新しい隠れ家はグルーネヴァルトだったりしないだろうな？　家庭菜園のコロニーの中だったりするのか？　ねぐらを提供してくれるだれかがそこにいるのか？」

「一度にそんなに質問されては、どれから答えたらいいかわからないじゃないか」

「答えられるものから答えてくれ。あんたは奴を知っている。あんたの助けがいる。そのあたりに潜んでいるらしいんだ。俺の同僚たちはあいつを殺人犯だと見なしている。新聞もそうだ。あいつの無実を信じているのは俺だけだ。同僚よりも先に俺があいつを見つけた方がいい」

オッペンベルクはラートの言葉について考えているようだった。「妨害工作の方は？　そっちが捜査の対象にならなくても、あんたはフェーリクスを見つける必要があるのか？」

ラートは頷いた。「そっちの嫌疑を免れることはできない。殺人の容疑を晴らすには、妨害工作をしたことを自供するほかないからな」

「わたしの名前が出なければいいんだが」

「あんたの友だちの出方次第だな。俺にはなんの力もない。あんたが彼と話し合うしかない」

オッペンベルクは難しい決断を迫られた。クレンピンを捕まる前に見つけた方がいいというラートの意見に納得した。

「取引をしよう」オッペンベルクはいった。「フェーリクスの居場所を探す手伝いをする。その代わりヴィヴィアンの捜索をつづけてくれ」

「形だけでなく、ちゃんとクレンピンを見つけてくれるなら、話に乗ろう」

「あんたもヴィヴィアンを見つけてくれるならな」

「魔法は使えないが、最善を尽くすと約束しよう」

「では手打ちだな」オッペンベルクはそういって笑みを浮かべた。「写真はどうだった？　タクシー運転手の知っている顔があったかね？」

「クレンピンだけだった。しかも手配写真のクレンピン」ラートはポケットから黒髪の男優の写真をだした。「それからこの男の顔に注目していた。ヴィヴィアンを出迎えた男に似ているらしい」

「グレーゴルが？　ヴィヴィアンは歯牙にもかけていなかったが」

「タクシー運転手は似ているといっただけだ。こういうタイプの男を他に知らないか？　プロデューサーでもいい」

オッペンベルクはすこし考えてからかぶりを振った。「いいや、うちの関係者を捜しても時間の無駄だろう。ベルマンのところで働いている奴の写真を見せてみたらどうかね。あいつらのだれかに連れ去られて、あれからずっと地下室に閉じ込められているのかもしれん！」

「まさか、あんたの映画の撮影を邪魔するために？」

「あいつならやりかねない。あいつが誘拐させたのかもしれない。自分の手を汚さないためにな。この街では金のためならなんでもする輩《やから》がいる。そっちの線も調べてくれないか」

ラートはヨハン・マルロウのことを思った。自分ではそんな汚い仕事はしないだろうが、だれならそういう仕事を受けるか知っているかもしれない。マルロウの電話番号はどこかにメモしたはずだ。電話帳にのっていない電話番号。

ラートがビールを二杯とシュナップスを小さなグラス二杯飲み干したとき、ようやくグレーフがドアをくぐって店に入ってきた。〈びしょ濡れの三角〉にはすでに紫煙が立ち込めていた。グレーフとともに流れ込んだ新鮮な外気も店内の空気を入れ替えることはなかった。ラートが軽く頷くと、ショルシュはほとんどわからないくらいに右の眉を上げ、ビールを二杯注ぎはじめた。グレーフはカウンターにやってきて、ラートの隣の空いている席にすわった。

「また煙草を吸うことにしたんですか？」

「いけないかい？」そういって、ラートは口にくわえたオーバーシュトルツに火をつけた。

店主がビールを二杯カウンターにのせ、さらにシュナップスを二杯だした。ふたりはシュナップスを空け、ビールを飲んだ。

「こんな遅くまでベームにこきつかわれていたのか？」ラートはたずねた。

グレーフはかぶりを振ると、「ちょっとすることがありまして」といって、「ヴェッセル葬儀」と書かれた大きな茶封筒をだした。「明日、ファイルに綴じるといいです。ひとついっておきますけど、こういうことは二度とやりません。あれは葬儀じゃない、市街戦でしたよ」

ラートは封を開けると、折りたたんだタイプ用紙をだして、信じられないという顔をした。

「十ページ近くあるじゃないか」

「十二ページですよ。友だちとしてのサービスです」

「なんといったらいいか」そういって、ラートは封筒をしまった。

「いわなくてもわかるでしょう」

「ああ、いいとも」そういって、ラートは笑った。「ここは俺のおごりだ」

「いやあ、今日は喉がからからです」そういって、グレーフはビールを飲み干し、空っぽの杯を上げた。店主はまた新しいグラスにビールを注いだ。

「おかげで、明日で罰則から解放される」

「ベームがヴィンター事件捜査班に戻してくれると思います？　あんまり期待しない方がいいと思いますけど」

ラートは肩をすくめた。「まあ、様子見だな。だめだったら、進捗状況を知らせてくれ」

グレーフは首を傾げた。「勝手なことはしない方がいいですよ」

「進捗状況を知りたいだけさ。あれは俺たちのヤマだった。いい線いっていたのに、ベームにかっさらわれた。それでどうだ？　グルーネヴァルトの家庭菜園を歩き回っているようだな？」

「そういう仕事もこなさないと。警部のところだと、オフィスにすわってベームを追い払うのに精をだしてばかりですからね。容疑者捜しも……悪くないです」

「クレンピンがヴィンターを殺そうとしたと思うのか？」

「そうでしょう。さもなかったら隠れることもないでしょうから」

「あいつがヴィンターを殺そうとした、とみんな思っている。警察。ベルマン。もちろん報道機関も、ベルリンの半数の人間がね」

「ベルマンにあんなくだらない記者会見をさせなければよかったんですよ」

「どっちにしても陰謀説を喧伝しまくったさ。あながち的外れではないし。ただしクレンピンは人を殺しちゃいない」

ラートは、今日の朝、捜査会議でベームに出鼻をくじかれてうまく開陳できなかった説をもう一度グレーフに説明した。

「オッペンベルクのいうことを信じるんですか？」グレーフはたずねた。

ラートは肩をすくめた。「ベルマンと同じくらいにはな。ふたりはふざけた台本作家に同じストーリーを買わされて、先に映画を公開しないと会社の死活問題になる状況に追い込まれている。どんな手だって使うさ」

「ふたりとも、同じ映画を？　そんなむちゃくちゃな。契約書には同じ話を他に売ってはいけないという条項があるはずですけど」

「明日になればもっとわかるだろう。台本作家と会う約束になっている」

「進捗状況を押さえないといけないのは、警部の方なのか、捜査班の方なのか、だんだんわからなくなってきましたよ！」

「俺が探りだしたことは、全部おまえに話しているじゃないか。あとは次の出世のために点数を稼げばいい。ただしベームの手柄にならないようにな。約束しろ」

グレーフはかぶりを振り、「懲りない人ですね、警部」といってグラスを上げた。「酒でも飲まないとやってられないですよ」

一九三〇年三月五日　水曜日

26

灰の水曜日は煤をまき散らしたような灰色の空模様だった。窓から一目空を見ただけで、ラートはくるりときびすを返して、枕に顔を沈め、目を閉じた。

といっても二日酔いではなかった。

たまに一日寝て過ごしたくなることがある。ベッドで寝返りを打ち、十五分ごとに目を開ける。そのうち、夜が白む頃にはすべての問題が雲散霧消しているようにと祈る。

今もそういう願望を抱いた。しかし目を開けると、目覚まし時計の分針はまだ十五分も動いていなかった。わずか七分しか経っていない。しかも一日がはじまるのはこれからだ。窓の外に見える黒々した屋根の向こうには、さっきと同じ灰色にくすんだ空があった。

三月五日は、スキップしたい日でありながら、その一時間一時間を耐えなければならない、そういう日に当たっていた。カレンダーを見るまでもなかった。蒸し暑さで夕立を予感するのと同じような感じだ。それこそ何日も前から感じていた。

ベッドでうだうだしていてもはじまらない。ラートは起き上がった。なんとかこの一日を乗り切ろう。一日は二十四時間以上ないのだから。重たい足を引きずりながら寝室から出て、いつものようにコーヒー用の湯を沸かし、浴室に入る。トイレを済ます前に、蛇口をひねり冷たい水を両手ですくって顔を洗い、それから風呂に火をつけた。

もしかしたら運が味方して、日付を思いだすことなく一日を終わらせることができるかもしれない。〈お城〉では、彼の個人記録を管理する人事課の人間以外、そのことを知る者はいない。寝ぼけながら台所に行き、沸騰した湯をメリタ（コーヒーのペーパードリップを世界で最初に開発したドイツの会社）のフィルターに注いだ。コーヒーが小さな陶器のポットにポタポタと落ち、いい香りが立ちのぼった。すこしずつ気が晴れていく。

せめてもの慰めは、今が一年前ほど悲惨な状況ではないということだ。

あのときはずっと家に閉じ籠もっていた。一年ほどしか経っていないのに、他人の人生、他人の悪夢としか思えないあの日々。玄関に出ることもなく、仮に外出しても、地元の新聞に顔写真がのったため、いじめを受けた犬のようにこそこそと歩いた。帽子を目深《まぶか》にかぶって。

ラートはリング（ケルンの市壁あとに作られた環状道路）にある自分のアパートから引き揚げた。カーニバルの乱痴気騒ぎから逃れるように帰ってきて、騒ぎが一段落する灰の水曜日のあとも、ただなんとなくとどまっている。そんなふうに両親は振る舞った。いや、違う、家族がみんないっしょに一つ屋根の下で暮らしていた頃、つまり戦前のように振る舞ったのだ。

母は毎年、子どもたちのために恒例のケーキを焼いた。ゲレオンにはヘーゼルナッツケーキ。

ケーキは朝の食卓にのぼる。ラートが階段を下りてくると、母は期待に満ちた表情で微笑んだ。父はもちろん警察本部に出勤していた。エンゲルベルト・ラートに朝の挨拶をしたかったら、早起きしなければならない。母がおめでとうのキスを頬にして、紙の包みを差しだしたとき、よき息子としてはいやな顔ひとつせず、プレゼントを開けた。父からは箱入りの葉巻、母からは手編みのマフラー。毎年相も変わらぬ葉巻と編み物。ラートはその葉巻を吸ったためしもなければ、編み物を身につけたこともなかった。もちろん新しいプレゼントをもらったときだけは、母の編み物を試しに身につけ、鏡に向かって、いいねと喜んでみせることを怠らなかった。ラートはどうしても母に本当のことを告げることができなかった。父にいえなかったのはいうまでもない。子どものときからそれができなかった。ゼヴェリンのすべてを察したまなざしに曝《さら》されながら、ラートはみんなが差しだすものを、いいねとつぶやきながら受け取った。だが去年はだれもいなかった。妹のウルズラまで、午後になってから、来られないといってきた。夫が約束どおり帰宅できず、子どもの面倒を見なければならなくなったというのだ。それがケチのつきはじめだった。だれひとり、うんともすんともいってこなかった。ドーリスまで。いや、婚約を解消したのだから当然だが。かつてのクラスメートからもなしのつぶてだった。アグネス地区での撃ち合いが新聞で記事になってからは、月に一度のトランプの夕べも開かれなくなった。電話すらない。だれからも。これで人生はおしまい。みんなから忘れられた、と思ったものだ。

だが、誕生日を祝ってくれるのは両親だけだと観念したその日の夕方、パウルが顔を見せた。

散歩もしなかったラートは、何週間ぶりかで三十分以上家の外に出た。学友であり、トランプ仲間でただひとり友情を示してくれたパウルは、待たせていたタクシーにラートを押し込み、ルードルフ広場へ繰りだし、酒場を梯子して思う存分酒を飲んだ。射殺事件以来はじめてのことだった。パウルには今でも感謝している。穴蔵から明るい外の世界に這いだせたのは彼のおかげだ。夜の飲み歩きで、鬱憤を晴らした。どうして飲んでいるのかも忘れるほど大酒を飲むというのが、あのとき誕生日を祝う唯一の方法だった。

ラートは居間に入ってレコードをかけた。それから煙草に火をつけ、静かにコーヒーを飲みながら音楽に耳を傾けた。

今日は、ヴェッセル事件簿の整理とヴァイス副警視総監宛の始末書の作成ではじまる。なかなか楽しい一日になりそうだ。誕生祝いに〈カフェ・ヨスティ〉で朝食をとることに決め、浴室で髭を剃った。

「誕生日おめでとう」鏡に映った髭面《ひげづら》に向かってそういうと、顔に石鹸を塗った。

三十分後、ポツダム広場が見渡せる席についた。ライプツィヒ通りを覆う灰色の空がすこしずつ明るくなった。さっそくベルリナー・ターゲブラット紙を開いた。ヴァイネルトは政権の危機についてより多くの行を割いていたが、ヴィンター事件の最新情報も取り上げてくれていた。ただし期待していたのとは違っていた。ラートの目はしだいに吊り上がっていった。新聞をたたむと、カフェ内に設置されたマホガニー製の電話ボックスに入り、ニュルンベルク通りに電話をかけた。今回はヴァイネルト自身が出た。まだ眠そうな声だった。

「人がまだまともに起きていないうちから、「あれはなんだ？」ラートは挨拶もせずにたずねた。

「おはよう、ゲレオン」ヴァイネルトはいった。「人がまだまともに起きていないうちから、不快な気分をまき散らすこともないだろう」

「ああ、不快な気分さ。おまえの書いたあれは一体全体なんだ？」

「どうすればいいのさ？　いわれたとおりブレナーに電話をした。なかなか口を開いてくれないし、きみとはまるで違う見解だった。それにプレスリリースがだされたし。例の照明係が殺人容疑で指名手配されたと報道したのは、ベルリナー・ターゲブラット紙だけじゃない」

「犯人はクレンピンの仕掛けを利用した可能性があるといったはずだぞ。そいつは撮影プランと台本を知っていた奴になる……」

「ゲレオン、もう一度話す必要はないさ！　だけど警察が公式見解をだしたんでは、それに従うしかない。そして警察は、フェーリクス・クレンピンをヴィンター事件の容疑者として手配するといっている。しかも懸賞金までつけてだ！　だけど記事をよく読んでみてくれ。事件の真相に別の可能性があることをにおわせているのはベルリナー・ターゲブラット紙だけだ」

「自分が編集長みたいな言い方だな」ラートはそういうと、新聞を広げて読み上げた。「『警察では共有されていない別の推理も存在する。それによれば、指名手配中のフェーリクス・クレンピンは妨害工作をしただけで、何者かがその仕掛けを利用してベティ・ヴィンターを殺したという。真犯人がだれであるかは、クレンピンが逮捕され、どのような自供をするかにかかっているといえるだろう』これじゃ印象に残らないぞ！」

「すまない、ゲレオン、気に入らないかもしれないが、それ以上は書けなかった。きみはちょっと待ちすぎたんだ。きみの説を前面に押しだすわけにはいかなかった。名前をだすなといったのは、きみだしな」

「名前までだされたらたまらん！　あんなお粗末な内容に、名前付きだなんて」

「話をしてるんだろう、ゲレオン？」

「なんのことだ？」

「クレンピンと話をしているだろう。白状しろよ！」

「それを知ってどうするんだ？」

「クレンピンとどういう接触をしているか知らないが、あいつが本当に無実で、話す用意があるなら、俺はその話を聞くよ。情報提供者の保護と秘密保持を百パーセント保証する。あいつは本当にグルーネヴァルトの家庭菜園に潜んでいるのか？」

「俺のことを買いかぶりすぎだ。クレンピンが今どこをうろついているかは知らない」

「いっておきたかっただけだ。信用していい。今度あいつと話をすることがあったら、そう伝えてくれ」

「今日の昼に会おう」

ラートは受話器を置いた。

午前九時頃〈お城〉に着いた。部屋は惨憺《さんたん》たる有様だった。ベームは秘書のエーリカまで引き抜いてしまったのだろうか。ラートはすぐ作業に取りかかった。グレーフの報告書を封筒からだすと、1A課から取り寄せた他の報告書といっしょに綴じた。ベームはこの事件をただの殺人事件と見なし、政治の影を一切排除しようとしたが、報告書でそう主張するのはほぼ不可能に近い。ナチ党は国葬まがいの派手な葬儀を執りおこない、共産党は葬列に野次を飛ばし、被害者をチンピラと罵《ののし》った。いくら真実に近いとはいえ、あまりに品格に欠ける。葬儀の場でそれはないだろう。グレーフも報告書の中で、赤の連中の罵詈雑言《ばりぞうごん》に耐える民族至上主義者《フェルキッシュ》の怒りに一定の理解を示していた。ナチ党は死者を殉教者と呼び、共産党はチンピラと貶《けな》したが、双方とも嘘をついている。

書類を全部綴じるのに、たいして時間を要しなかったが、できあがったヴェッセル事件簿を急いでベームに届ける気にはなれなかった。エーリカが出勤するのを待って、届けさせることにした。つづいてヴァイスから提出を求められている始末書に取りかかった。ブレナー警部との諍《いさか》いについて、その経過をまとめるのは簡単ではなかった。できるだけ公平な表現を探す必要があったからだ。ブレナーを殴らざるをえなかった理由を書くのはとくに難しかった。「ブレナー警部は、わたしの元恋人で殺人課速記タイピストのシャルロッテ・リッターを口汚く侮辱したため、彼女の名誉を守る必要に迫られたのです。侮辱するのをやめるようブレナー警部に警告しましたが、警部は聞き入れず、侮辱をつづけ、わたしは暴力に訴えるほかなかったのです」などと書くわけにいかない。

それでもラートは書いた。真実からはずれないようにしながら、それでもチャーリーの名を明かさないで済むように文章をこねくりまわして。

廊下でドアをノックする音がした。

ラートは自分の秘書を罵った。どこにいるんだ。なにもかも自分でやらなくてはならないとは！　デスクから立ち、自分の部屋のドアを開けて、秘書室越しに声をかけた。「入りたまえ！」

エーリカが入ってきた。申し訳なさそうにうつむいて軽く一礼すると、洋服掛けにコートをかけた。

「なんなんだ？　どうしてノックなんかした？　今さら」

「すみません、警部、でも、わたし……」

「出勤時間を守ってもらわないと困るな」ラートはいった。

エーリカがまたうつむいた。おずおずしている。はねっかえりのベルリン娘らしくない。エーリカはそのまま席についた。

「これから一時間くらい邪魔をしないでくれ」そういって、ラートはドアを閉めた。

彼女が小声で電話をしている。たぶんまた姉とお喋りしているのだろう。だがラートは注意する気にならなかった。

五分もしないうちにまたノックの音がした。

ラートはそっけなくたずねた。「なんだ？」

ドアは開かず、またノックの音がした。ラートはむっとして立ち上がると、急ぎ足でドアのところへ行き、力任せに開けた。

「邪魔するなといったはず……」

パーティ用クラッカーが破裂して、ラートは言葉を失った。スパークリングワインのコルクがはじけ飛び、ランプの金属の笠に命中して、ゴミ箱とデスクのあいだのどこかに姿を消した。

スパークリングワインが瓶からあふれだし、ラインホルト・グレーフが慌ててグラスに受けた。その隣でエーリカが顔を輝かせ、背後ではプリッシュとプルムが気恥ずかしそうにしていた。そして四人は歌いだした。バースデーソングは結果として四重唱になった。ハモってはいないが、心はこもっていた。

ラートはバースデーソングを嫌っていた。誕生日に歌われるのは尚更だった。しかし今回ばかりは胸が熱くなった。同僚が誕生日を知っていたなんて！　しかもベームによってチームがばらばらにされているこんなときに、祝うための時間を作ってくれるとは。

歌が終わると、グレーフが前に出た。手にスパークリングワインを注いだグラスを二客持っている。「誕生日おめでとうございます」グラスを一客差しだした。

ラートはそのグラスを受け取ると、すでにグラスを手にしていた四人と乾杯した。

エーリカは膝を折って一礼した。「おめでとうございます、警部」

「おめでとうございます」チェルヴィンスキーもヘニングといっしょにグラスを上げた。

五人は飲んだ。どろっとした甘い酒だったが、ラートはいやな顔をしなかった。こういうときくらいニコニコしなくては。

「まいったな。どうしてわかったんだ？」

「ちょっと捜査をしまして」グレーフはいった。

「姉が人事課で働いているんです」エーリカはいった。

「日付は合っている」ラートはいった。「きみの姉はじつに情報通だな」

「誕生日に客を招きたくなくて隠しているんですか？」グレーフはいった。「しかしそうは問屋が卸しません！」

「読みが甘かった」そういって、ラートは歯がみしてみせた。

「まずはわたしたちから。はい、警部！」エーリカはデスクの引き出しの奥から真っ赤な包みを取りだして、ラートに差しだした。「わたしたちみんなからです」

ラートは赤い包装紙を破いて、金属製のシンプルなライターを取りだした。それに合わせたシガーケースもいっしょだ。普段ラートは煙草の箱からそのまま吸っているが、すこし上品に吸うのも悪くないかもしれない。たとえば昨夜のような場合には。

「ありがとう。また煙草を吸いだしたことが、もうみんなに知られていたとはな」

「大いに結構なことです」グレーフはいった。「煙草を吸っているときのボスは、あまりいらいらしないですから」

「しかし今のところ、俺とは縁が切れているじゃないか。フォスを除けば。よくここへ来られたな。ベームにへいこらしなくていいのか？」

「ちょうどみんな、ここに顔をだそうと思っていたところだったんですよ」ヘニングがいった。

「捜査会議があったあとで、警部がベームにいらぬことをいったらまずいなと思いましてね」

「なんだ、また会議があったのか?」

グレーフは肩をすくめた。「ここのところ毎日会議をやってます。ヴィンター事件に早く決着をつけようと上級警部は躍起になっているんです」

「クレンピンに賞金までかけたそうじゃないか」

チェルヴィンスキーは頷いた。「あいつが捕まれば、一件落着。でも捕まらないうちは、お先真っ暗」

「つまりかわいそうなクレンピンの捜索に全員が駆りだされているのか?」

「かわいそう?」チェルヴィンスキーは肩をすくめた。「あいつが人を殺さなければ、だれも追いかけたりしないでしょう」

「では、成功を祈る」ラートはいった。「とにかくクレンピンが捕まるといいな。そうすれば、真犯人もわかるだろう」

「まだ自説にこだわっているんですか、警部?」グレーフはいった。「ほとんどの捜査官が、ホシはあいつだと思っていますよ」

「だから隠れているんじゃないか。おまえたちの偏見には対抗する術《すべ》がないってわかっているからだ」

「ふんづかまえてみせます」チェルヴィンスキーはいった。「そうすれば白黒つくでしょう」

ラートは、グレーフたち二人が機嫌を損ねたことに気づいた。「さ、頑張ってくれ。俺のせいで、おまえたちまでベームに大目玉を食らっちゃ大変だ」

しばらくしてまたデスクに向かうと、ラートは始末書の作成に取りかかった。しかしなかなかはかどらず、そのうちにいいことを思いついた。

「フォス、きみの姉さんだが、病欠申請書とか診断書とかを見ることもできるのかな?」

「できると思いますけど、訊いてみないとわかりません」

「訊いてみてくれ。だが内密に頼む。ブレナー警部の怪我について知りたいんだ」

「どうしてですか? そんなことをしていいかどうか」

「じつは……謝りたいと思ってね。悪いことをしてしまったと思っている。あんなことをするつもりはなかったんだ」

エーリカがうさんくさそうに見た。

「ちょっと見るだけでいいんだ。彼の容態を知りたいだけだ」

「姉に訊いてみます。もうすぐ職員食堂で会いますから。でも約束はできませんよ」

27

回転式ドアの奥の控え室にすわっていたドアマンはちらっと見て、知らない客だと判断した。「待ち合わせをしている」そういって、ラートは名前を挙げれば効き目があるかなと思った。

「えーと……ハイヤーさんだが……」ドアマンが眉間にしわを寄せたので、ラートはもうひとつの名を告げた。「……それからヴァイネルトさん」

ドアマンは肩をすくめた。「すみませんね、おふたりとも存じ上げません。泳げない人(〈ロマーニッシェス・カフェ〉では常連以外の客を通す大広間を「泳げない人のプール」と呼んでいた)のところでも捜してみちゃいかがですか?」ドアマンは人でごった返している右側の大広間を指した。ラートは帽子とコートを取ってから見回した。肝心の作家たちよりも、作家目当てでやってきた野次馬の方が多そうだ。ヴァイネルトはまだどこにも見当たらない。お喋りしたり、新聞を読んだり、ただあたりをぼんやり眺めたり、手帳やノートにメモや落書きをしたりしている人々はいるが、その中にヴィリ・ハイヤーがいるかどうか、ラートには判然としなかった。

そこで、だれか有名人の尊顔を拝めないかと鵜《う》の目《め》鷹の目の観光客が溜まっている、見渡しのきくガラス張りのテラスに陣取った。コーヒーを注文し、新聞係にベルリナー・ターゲブラット紙を持ってこさせた。このテラスにすわると、ヴィルヘルム皇帝記念教会堂の骸《むくろ》のごとき伽藍《がらん》の周囲で繰り広げられる大都会の生活が傍観できてなかなかいい。コーヒーも旨く、水を添えてくれる。ラートは煙草を吸いながら新聞をめくって待った。

午後一時をすこし過ぎた頃、ヴァイネルトがテラスにやってきた。ひょろひょろのかなりのっぽの男を連れていた。三十歳そこそこのようだが、すでに髪の毛が薄くなっている。瓶底眼鏡をかけ、すくなくとも二日は髭を剃っていないようだ。

ラートを見つけると、ヴァイネルトは連れにそこを指差した。そばにやってくると、ヴァイネルトがふたりを紹介した。ラートはハイヤーに手を差しだした。

「あなたは台本を書いているんだね」ラートは親しげに微笑んだ。

「あなたは人殺しを刑務所送りにしてるんだってね」ハイヤーはいった。「ベルトルトからあなたの仕事ぶりは聞いたよ。犯罪映画の台本を書くときにぜひアドバイスをお願いしたい」

「喜んで」ラートはいった。「そのときは声をかけてくれ。これまで観た犯罪映画は実際の捜査とはずいぶんかけ離れているのでね」

ヴァイネルトたちふたりはラートと同じ席につき、酒を頼んだ。ヴァイネルトはボルドー、ハイヤーはウォッカとマティーニのカクテル。ラートはすこしうらやましそうにしながら、コーヒーをちびちび飲んだ。ラートが煙草を差しだすと、ハイヤーは遠慮なく手を伸ばした。根っからの煙草嫌いであるヴァイネルトは、新しいシガーケースにまるで気づかなかった。

「さっそく本題に入る」ハイヤーが煙草に火をつけると、ラートはいった。「あなたは同じ台本をふたりのプロデューサーに売ったね。あなたの業界ではよくあることなのかい？」

突っ込み方がよくなかったことに、ラートは気づいた。痛いところを突いてしまったのだ。ハイヤーは微妙な反応をした。

「さあ、よくあることなのかどうかは知らないけど、ひとりの台本作家から物語の権利を買い取って、それを別のだれかに渡すことはあるようだね」

「もうすこし詳しく説明してくれるかな」

「いいとも」そういって、ハイヤーはオーバーシュトルツを吸った。「俺は長年、オッペンベルクのモンタナ映画と仕事をしていた。ずっとうまくいっていた。ゼウスの話を売るまではね」

「なにがあったんだ？　話してくれないか？」

「原稿料は払ってくれた。たんまりとね。いつものように約束の日に。ただそれは一年前のことで、本当は無声映画の予定だったんだ。ところが映画界ではよくある話なんだけど、急ぎのプロジェクトが入ったりして製作が止まってしまったのさ。そうこうするうちに、とんでもないことになった」

ハイヤーはそのとんでもないことというのが地震や竜巻ででもあるかのように大げさに間を置いた。そのとき給仕人が飲み物を運んできて、ハイヤーの演出に助太刀をした。

「トーキーだよ」給仕人が離れると、ハイヤーは話をつづけた。「オッペンベルクはゼウスの話をトーキーにする決断を下して、台本を書き換えるといってきたんだ。無声映画の台本には会話がないからね。まあ、ほとんどなきに等しいといった方がいいかな。無声映画でも、会話を字幕にして映すことがあるから」ハイヤーは煙草を吸った。「でもトーキーは違う。会話がはるかに重要なんだ」

台本作家がなにをいいたいか、ラートにもだんだんわかってきた。「当ててみようか。オッペンベルクは追加作業に金を払ってくれなかったんだな」

「もっとひどい話さ」ハイヤーはいった。「会話部分を他の作家に書かせたんだ。そのうえ題名まで変えた。《雷に打たれて》。どこが詩的なんだ！」

「あんたの台本の題名は？」

「《オリンポスの戯れ》。わかるかい、オリンポスの主神ゼウスが人間と戯《たわむ》れる話で……」ハイヤーは両手を振り回しながら話した。

「そんなことをしてもいいのかい」ラートはたずねた。「台本から別の映画を作るなんて」

「オッペンベルクは台本を買った。だから彼のものなのさ。好きなように料理していい。話の筋に変更はなかったし」ハイヤーは煙草を深く吸った。「だけどなんらかの理由で、オッペンベルクは俺には会話が書けないって判断したんだ。そして演劇業界の若造に任せた。最悪なのはそいつの名前がスタッフロールに出ること。それに引き替え、原作者である俺はというと、『ヴィリ・ハイヤーのアイデアによる』っていうお粗末な扱いになった」

「オッペンベルクと話し合ったのか？」

「話し合う？　屈服したよ！　なにをいってもだめだった。あの人はとにかく頑固だからね。俺の要求も頼みも全部はねつけられた。この業界では台本作家なんて無に等しいということを思い知らされたってわけさ」ハイヤーは気持ちをぶつけるように煙草をもみ消した。

「それでもうトサカにきてね、それなら俺にも会話が書けるところを見せてやるって気になった。そしてゼウスの話を北欧の神々に置き換えて、ベルマンのところに持ち込んだのさ」

「《愛の嵐》か。ゼウスの代わりに雷神トール……」ラートは頷いた。「ベルマンはすぐ飛びついたのか？」

ハイヤーはにやりとした。「もちろんさ。あいつはユダヤ人嫌いだから、オッペンベルクをぎゃふんといわせられるなら、すぐに乗ってくる。正直いうと、ベルマンはあまり好きじゃないんだ。プロデューサーとしても、人間としても、オッペンベルクの方が断然いい。だけど今回だけは我慢ならなくてね！　今でも《愛の嵐》が大入りになって、《雷に打たれて》に閑古鳥が鳴くことを願っている。そうすれば、どちらが会話がうまいか、オッペンベルクにもわかるだろうからね！　そして映画の成功に台本がどれだけ重要か、それもトーキーの場合、無声映画の何千倍も重要だということに気づくはずだ」

「残念ながらベルマンの主演女優は撮影中に命を落とした」ラートはいった。

「それでも、映画の成功を止められはしない」ずっとワインを飲むことに専念していたヴァイネルトがいった。「実際はその逆だ。ベルマンは、女優の死で注目を浴びたのを逆手に取っている。たいていの記事で映画の題名が言及されているし、何度か見出しにのせることにも成功した」

ラートは頷いた。「死亡事故が宣伝の道具か」

「そういってもいいな」ハイヤーはいった。「しかし事故の裏でベルマンが糸を引いているとは思えない。ヴィンターを殺すために、例の照明係に金を払ったなんて」

「ヴィンターの死を望んだら、人を金で雇うことなどせずに、自分で手を下すだろう」ラートはいった。「仕掛けを考えたのはたしかにクレンピンだが、それを使ったのは別のだれかだ。台本を知っているだれか」

ヴァイネルトが頷いた。

「しかしベルマンが犯人とは思えない。あいつはくそ野郎だが、人殺しまではしない。すくなくとも、ベティ・ヴィンターを殺しはしない。看板女優だったからな！　残る大物役者はマイスナーだけだ。だけど、あいつはもうピークを過ぎている」

「ベルマンにはもうヴィンターの後釜がいる」ラートはいった。「エーファ・クレーガー。聞いたことはないか？」

ハイヤーは考えるような表情をしてから首を横に振った。「新人だな」

「芸名を探しているぞ」ラートはいった。「いいのを思いつけば、ベルマンに売れるかもな」

「そういうのは金にならないんだ。名前なんてだれにでも考えられる。法的に権利が保護されないし」

「物語もそうなんじゃないか？」ラートはたずねた。「だから二度も売れた。法的に抜け道があるからだろう？」

「その件は係争中さ。だけどオッペンベルクに分が悪い、と数日前ベルマンがいっていた。俺がオッペンベルクに売ったのは無声映画用台本で、ベルマンに売ったのはトーキー用だからさ。これは別物なんだ。ページ数からしてぜんぜん違う。しかもオッペンベルクはうかつにも題名を変えてしまった。どうやらこの争いに白黒つけるのは観客の入りらしい。法廷じゃないのさ」

「ヴィヴィアン・フランクを知っているかい？」ラートはたずねた。話題を変える潮時だ。

ハイヤーは頷いた。「彼女のために数本映画台本を書いたことがある。残念ながらトーキーじゃなかった。《破廉恥《はれんち》》は俺の本を換骨奪胎した奴の作だし」

「ヴィヴィアン・フランクが行方不明になっていることは知っているね？」

「変だよな。いろいろ噂が流れている」

「どんな噂だね？　それからだれが流しているのかな？」

「業界の中でのことさ」ハイヤーは肩をすくめた。「フランクはオッペンベルクを見限って、プロデューサーを替えるつもりだという噂が流れていた。大西洋の向こうに行くらしいという奴もいる」

「どういう意味だ？」

「アメリカだよ。ハリウッドに行くってこと」

「そんなに英語がうまいのか？」

「さあ」ハイヤーは肩をすくめた。「あっちが彼女を欲しがるなら、充分英語ができるんだろう。ヤニングス（エミール・ヤニングスは二十世紀前半のドイツ映画を代表する男優。一九二七年にハリウッドに渡り、第一回アカデミー賞主演男優賞を受賞している）の場合は賞をひとつもらっただけでお払い箱で、古巣に戻ったけどね」

「偉大なヤニングスがトーキーの犠牲者なのか」

「そういっていいかもね。ハリウッドで一番になった俳優が古巣でどういう演技をするか、見物さ。新しいヤニングスの映画（マレーネ・ディートリヒと共演した一九三〇年公開のトーキー映画《嘆きの天使》のこと）がもうすぐ公開されるらしいから」

「知っている」ラートはいった。「ヴィヴィアンが本当にハリウッドへ移るなら、どうしてだれもそのことを知らないのかな？」

「ことさらに宣伝することでもないからね。成功すれば、自ずとみんなの耳に入るし、胴体着陸したときは……まあ、適当に作り話をするんだろうな……」

「なにか事件に巻き込まれた可能性はないかな？　彼女に敵はいなかったか？　彼女に遺恨のある者、命を狙いそうな者とか」

「それはちょっと大げさだろう。彼女はちやほやされて、まわりを振り回しはするけど、彼女が死んだ方がいいなんて思う奴はいないよ。ああいう娘は、この業界では珍しくないからね」

「ヴィヴィアン・フランクを見つけろといわれたら、あんたならどこを捜す？」

「俺？」ハイヤーはちらっと考えた。「ブレーメン号（一九二九年にブレーマーハーフェン－ニューヨーク間を結ぶ定期便として就航した客船。同年ブルーリボン賞を獲得）を予約するな」

28

秘書のエーリカ・フォスはいい知らせを持って待っていた。

「姉が手伝うそうです。でも、なにか警部に頼みたいことがあるそうですよ」

「厚意は忘れない。わかっていると思うが」

「ええ、それはもう」エーリカはにやりとした。「四階に上がって、姉に借りていたこの本を返してくれますか。彼女のデスクに開いたファイルがありますから、それを覗いてください」

エーリカはラートに古ぼけた本を渡した。推理小説だ。

「きみは諜報機関に転職した方がいいかもしれない。秘密の隠し方が並じゃない」

「その腕は警部に役立ててもらいますわ。役に立つのならね」

フランツィスカ・フォスの部屋は簡単に見つかった。妹と同じ金髪だが、すこし肉付きがいい。別のデスクで、不機嫌そうな年増の女性職員が眼鏡をかけてタイプライターに挿した用紙を穴の開くほど見つめていた。

「あら、警部」フランツィスカがいった。人事記録で彼の写真を確かめたか、妹がよほどうまく描写してくれたのだろう。「わざわざすみませんね。面白かったですか？」

「じつに面白かった」そういって、ラートは本を渡した。フランツィスカは立ち上がって戸棚を開けた。

「ちょっと待ってください。お渡ししたいものがあるんです」フランツィスカは戸棚から鞄をだし、中を探った。「たしかここに入れたはずですけど」そうつぶやきながら、すこしずつ鞄の中身をだし、全部だすと今度はしまいはじめた。ラートはその隙に彼女のデスクに開いて置いてあるファイルを覗いた。その上には、フランク・ブレナー警部の怪我を列記した医師の診断書もあった。尺骨の骨折と脳震盪《のうしんとう》、折れた歯が二本、鼻骨の骨折とある。

「ああ、見つかった！」フランツィスカは鞄を戸棚に戻すと、大きな音を立てて扉を閉めた。ラートは医師の名前と住所を急いで暗記した。郊外のライニケンドルフ地区だ。それからフランツィスカを微笑みながら見た。彼女がラートの手になにかを渡した。

「口紅？」ラートはいった。「これをどうしろと？」

そのとき年増の女性職員がちらっと目を上げ、恐い目でラートをにらんだ。

フランツィスカは笑った。「あなたにじゃありません！　エーリカに渡してほしいんです！」

ラートは部屋を辞した。自分の秘書に口紅を持っていくなんて。はじめての経験だ。

「何本か電話がありましたよ」エーリカは口紅をしまってからいった。「男の人と女の人」

「それで？　用件は？」

「いいませんでした。また後でかけるそうです。数分で戻るはずだといっておきました」

ラートは席について煙草に火をつけ、考えを巡らした。だれだろう。まさか誕生日のお祝いでもないだろうが。

人事課への遠出は実りがあった。思ったとおり、ブレナーは怪我を大げさに申告している。医師は若い頃の友だちか、なにかブレナーに借りでもあるのだろう。ラートはもう一度ヴァイス副警視総監に提出する始末書を読み直した。あとは清書するだけだ。もうあれこれ言葉をこねくりまわす必要はない。ブレナーはそのうち説明できなくなって自滅するだろう。ラートは始末書を自分でタイプ打ちすることにした。副警視総監に報告する内容を、エーリカは知らなくていい。キーが間違っていないか二度確かめながら、一文字一文字打った。三十分後、書類はできあがった。よく書けているし、一見したところ、打ち間違いはない。写しを脇にどかすと、書類をたたんで、封筒に入れ、慎重に封をした。ラートは満足して煙草に火をつけ、エーリカを呼んで、書類を幹部フロアへ持っていかせた。

エーリカが部屋を出ていくやいなや、電話のベルが鳴った。

「お誕生日おめでとう、警部」女性の声だ。ラートは煙草の煙でむせそうになった。

「歌ってあげられなくてごめんなさい。わたし、歌はうまくないから」

ラートは言葉が出なかった。幸い彼女が話をつづけた。

「もうデスクを覗いた？　ちょっとしたヒントをあげるわね。一番下の引き出しよ」

ラートは受話器を肩にはさんで、その引き出しを開けてみた。かわいらしい包みがある。四角くて、平らで、リボンが結んであった。

「言葉も出ないほど感動した？」

ラートは咳払いしてから口を開いた。

「思いがけなかったんでね。俺の部屋に来たのか？」

「今日の昼。でもあなたがいなかったから残念だったわ。包みを開けてみた？」

「ちょっと待ってくれ」リボンをほどくと、中からレコードが出てきた。アメリカからの舶来品。半年前に発売されたものだ。

「これはたまげた。どうやってこれを？」

「ベルリンではいろんなものが手に入るのよ」

「しかし俺の音楽の趣味を知っているとは思わなかった」

「あなたのことならいろいろ知ってるわ。何度もいっしょに音楽を聴いたじゃない。忘れた？」

もちろん忘れるわけがない。なにひとつ忘れてはいない。何度も忘れようとしたが。

「しばらく会っていないな」月並みなことをいってしまった、しかも嘘だ。

「土曜日に〈レジ〉で会い損ねたものね」

「えっ？」

「ブレナーをのしたの、あなたでしょう？」

「噂がきみのところまで届いたか？」

「ブレナーが倒れるのを見ていたのよ。そのあと、殴ったのがあなただって聞いたわ。大尉の軍服を着ていたでしょう？」

「まいったな。ほんとまずいところを見られてしまった。大尉の軍服も含めてね」

「謝肉祭《ファッシング》のパーティで喧嘩をするような人だとは思っていなかったわ」

「俺だってさ。だけどブレナーには、クリスマスパーティと葬儀のときにも煮え湯を飲まされたからな」

彼女の声が急にまじめになった。「なんであんなことをしたの？　あいつ、あなたのことを侮辱したの？　あなたの名誉を傷つけたとか、馬鹿にしたとか？」

本当のことをいうくらいなら、舌を嚙むさ、チャーリー。

「わけはいえない」ラートはいった。「あのくそ野郎が殴ってくれっていったんだ」

「フランク・ブレナーみたいに、一発お見舞いしたい奴ってなかなかいないわ。でも同僚を殴るのはいかにもまずいわね」

「ゲナートとヴァイスにもそういわれた」

「話は副警視総監のところまで行っちゃったの？」

「ツェルギーベルならもうちょっと俺に理解を示してくれただろうな。だがあいにく休暇中でね」

「感情を抑えるようにしないとだめよ、ゲレオン」

「だがすぐかっとしてしまうんだ」

冗談に聞こえるようにいったが、思った以上に今の心境を明かしてしまった。

「元気なのか？」ラートは話題を変えようと慌ててたずねた。さりげない言葉のはずが、口にしてみると、どんなに彼女のことが気になっているかあらためて自覚する羽目になった。本当に気になって仕方がない。

だが陽動作戦はうまくいった。チャーリーは自分のことを話した。試験、図書館で過ごす長い時間、男の学友たちの嫉妬と無理解。話題は尽きそうになかった。「法学部では困ったことに反動分子が優勢なのよ」チャーリーはいった。「そしてあのお猿たちが将来わたしたちの法治国家を代表するのかと思うと！　さらば、ドイツよって感じ！　学友にどのくらいナチ党員がいるか知りたくもないわ！」

「ナチ党員になるのが流行《はや》っているからな。だがそれがどうした。流行はすぐ廃《すた》れる」

「でも政治は新しい服のデザインよりも重要よ」

チャーリーは黙った。

「また会いたいわ、ゲレオン」チャーリーがいった。やさしい声だった。すくなくとも彼の耳にはそう聞こえた。おそらくそう思いたかったからだろう。彼の中の子犬が尻尾を振りふり駆けより、ご主人様どんなお望みも叶えて差し上げます、といわんばかりに身を低くする。そんな感じだ。ラートは子犬になるのがいやだった。チャーリーと最後に喧嘩をしたときのことを思いだして、子犬を追い払った。喧嘩は激しかった。拳銃があったら、彼女は引き金を引いていただろう。ラートは彼女の目を見てそう思った。だが結局、拳骨でテーブルを叩いただけできびすを返し、立ち去った。あれからずいぶん経った。それ以来、彼女とはぷっつり顔を合わせていない。〈レジ〉の謝肉祭舞踏会《ファッシング》で見かけるまで。

ラートはさりげなく笑おうとして、中途半端になった。「あんな常軌を逸した喧嘩はしないと約束してくれるならいつでも会うよ」

「あのね、ゲレオン、あなたと喧嘩をしているときが一番楽しいんだけど」

受話器を置いたラートは天にも昇る心地だった。エーリカが戻ってきたのもろくに気づかなかった。彼女がなんといったかも朧気《おぼろげ》にしか覚えていない。それでもエーリカがドアを閉めて、放っておいてくれたのだから、なにか納得のいく返事をしたのだろう。ラートはもうなにもまともに考えられなかった。思いはすっかりチャーリーのところへ行っていた。

まさか彼女が電話をしてくるなんて。さすがに予想もしていなかった。しかもデートの約束までしてしまった。

また電話が鳴って、ラートは我に返った。

「ラート、刑事警察」

「それはこっちも同じだ」

こういうことを電話でいうのはひとりしかいない。

「おめでとう、息子よ」エンゲルベルト・ラートはいった。「取り込み中ではないだろうな」

「すこしも」

「祝いの言葉を伝えたかった。母さんからもよろしくとのことだ。母さんが電話嫌いなのは知っているな」

「ありがとうございます」

「それで、あれからどうだ？　共産党がまたちょっかいをだした、とカールがいっているが」

カール。そうか。エンゲルベルト・ラート警視長は息子とよりも、ケルン時代から仲良くしているベルリン警視総監カール・ツェルギーベルと頻繁に電話で話をしているのだ。

「ひからびたタマネギ《デルッヴィーベル》はマインツから戻ったんですか？」ゲレオンはいった。「〈お城〉ではまだだれも気づいていませんけど」

「そのけしからんあだ名は使うな！」

「わたしの知るかぎり、共産党は失業者のデモを呼びかけているだけです。ツェルギーベルがまた禁止しましたが。性懲《しょうこ》りもないですよね。去年あんなにたくさんの死者をだしたのに」

当時、警察はツェルギーベルの命令で武力をもって五月デモを禁止した。その結果、三十人を超える死者をだしていた。

「カールに任せておけばいいんだ！　共産党が相手のときは手をこまねいていてはいかん！」

「そしてすべての責任を警察に背負わせるんですか。あれはわたしたちの仕事じゃないですよ」

「政治に口をだすな」エンゲルベルト・ラートはいった。「しかしおまえとは喧嘩をしたくない。あれからどうだ？　なにかわかったか？」

「なんのことでしょう？」

「手掛かりは見つかったのか？　工場を覗いたんだろうな？」

「まだ時間がなくて」ラートはいった。「いろいろばたばたしているんです。それに名簿がなくては」

「もう届いているはずだぞ。われわれのカードも同封した」

「すぐに郵便受けを見てみます」

エンゲルベルト・ラートは空咳をした。「ゲレオン、本当にやる気があるんだろうな。上級警部になりたいのなら、それなりの仕事をしないと。黙っていても降ってくるものじゃない」

「さすがによくわかっていらっしゃる」

「おまえもそのくらいわかれ！　それに問題は、おまえの出世だけじゃない。市長はわれわれの力を頼りにしているんだ。おまえが期待を裏切れば、ラート家の評判に泥を塗る」

「父さんの評判でしょう」

「まじめにやれ。さっさと解決するんだ！」

「かしこまりました、警視長！」

ラートは受話器を置いた。癪《しゃく》に障るが、父親のいうとおりだ。帽子とコートを取ると、エーリカに出かけてくるといった。部屋にいても、もうたいしてすることがなかった。

29

西港はライニケンドルフ地区へ行く途中にある。一石二鳥だ。フォード・モータースは埠頭のすぐそばの工場で車を組み立てていた。レンガ造りの正面壁にブリキの看板がかかっている。ラートは管理棟の前にビュイックを止めた。ライバルメーカーの車の中に紛れ込むのは気が引けたのだ。クレーンが大きな木箱を吊り上げ、工場の横に積み上げていた。工場の反対側には、赤と黒のツートンカラーのピカピカに磨き上げられたA型フォードが十数台、整然と並んでいる。ベルリンで最初の上司になったブルーノがこの車種に乗っていた。工場の前では男たちがたむろして、鋼鉄扉が開いて灰色の作業着姿の男が荷役ホームにあらわれると、一斉にそっちへ顔を向けた。

「次のシフトに自動車組立工がふたり必要だ」作業着姿の男がホームの上から怒鳴った。

男が四人、群衆から離れ、ホームへ上がる階段に立っていたラートと並んだ。

作業着姿の男が四人の人相を見比べ、品定めをはじめた。エンジニアの資格証明書を手にした背広の男を無視して、ブルーカラーの体ががっしりした男と、薄手の上着を着たすばしっこそうな小男を指差した。

「おまえとおまえ」男はいった。

声をかけられたふたりは階段を上り、他のふたりはとぼとぼと失業者の群れに戻った。ラートも階段を上った。作業服姿の男は新入りふたりを工場に招き入れるために鋼鉄扉を開けたとき、ラートに気づいた。

「悪いが雇えるのはふたりだけなんだ」男はいった。

ふたりの労働者はライバルが登場したと思ったのか、険しい顔をした。ラートは警察章を呈示した。

「刑事警察の者だ。工場をちょっと見せてもらいたい」

作業着姿の男が眉を吊り上げてラートを見た。「なんのためだい?」ラートが答えようとすると、男は警察章を覗き込んでいるふたりの労働者をにらんで、「なにをしてる?」と怒鳴りつけた。「仕事をしたくないのか? さっさと中に入って、D区画に行け。D区画だ。そこで指示を受けろ」

小男が口を開けたが、なにかいう前に、体格のいい男の方が建物の中に引っ張り込んだ。せっかくありつけた仕事を失いたくないんだろう、とラートは思った。

「さて」作業着姿の男がラートにいった。「説明してもらおうか」

「悪いが捜査中なのでわけは話せない。だが企業秘密を持ちださないことは保証する。ジャーナリストと同じように信用していい」

「ジャーナリストが来たときは上の人間が対応するけどな」

「いや、あんたでいい。ええと、名前は……」

「バールケ。シフトリーダーだ」

「バールケさん、すこし工場見学をしたい。作業工程をざっと説明してくれればいい。五分。それで帰るよ」

バールケは渋い顔をした。だが、さっさということを聞いて、追いだした方が得策と考え直したようだ。

「じゃあ、いっしょに来てくれ。だけど、見るものなんてたいしてないがな」

工場内は地獄さながらに騒々しかった。「上に行こう」バールケが怒鳴って鋼鉄の階段を指した。「あそこからなら全体が見渡せるし、そんなにうるさくない」

階段を上ると、大きな窓から工場内を見渡せる部屋に入った。バールケがドアを閉めると、すこし静かになった。「シフトリーダー室だ。ここからは一望できる。その必要があるんでね」

ラートは下を眺めた。作りかけの車列がゆっくりとしたテンポで工場内を移動している。いたるところに労働者がいて、なにかを組み立て、要所要所で部品を取りつけている。ハンドル、シート、タイヤ、エンジン。そして天井に吊るされたボディが降りて、できあがったシャーシと合体し、A型フォードの一丁上がりとなる。

「一日当たり六十台生産している」バールケは自慢げにいった。「部品はすべて船来品だ。ここでは組み立てだけやっている。アメリカ方式。ベルトコンベア」そしてベルトコンベアのある箇所を指差した。赤毛の男がふたりの新入りにエンジンの取りつけ方を説明している。その向こうでまたボディがひとつ吊り降ろされた。「ほら、D区画の結婚式が見えるかい？　エンジンを取りつけると、すぐシャーシとボディが合体する」

　バールケが指差したとき、赤毛が顔を上げた。赤毛が目を大きく見開いて、熱心に仕事をしだすのが、遠目にもよく見えた。まるでクアフュルステンダム通りのショーケースの中の回転テーブルにでものっているような感覚に襲われた。大きなガラス窓を通して労働者たちから丸見えだ。そして連中もシフトリーダー室から見られていることを意識している。おそらくわざとそういう仕組みにしてあるのだろう。そうすれば、黙っていても働く。そして絶えず動きつづけるベルトコンベアのテンポも維持できる。

「なかなかだな」ラートはいった。「トイレに行きたくなったらどうするんだね？」

「作業のテンポを上げれば、そのくらいの時間は作れる。長めの休憩には交代要員を頼めばいい。ただし給料からその時間分をさっぴかれる。うちでは仕事をした分だけ賃金が支払われるんだ」

「工員はいつもさっきのように雇っているのか？」ラートはたずねた。

　バールケはかぶりを振った。「たいていはちゃんと求人するさ。だけど、ああやって急な欠員に期待をかける奴が日増しに増えている。うちは支払いがいいからね。より多く仕事をすれば、より多く稼げる。外でたむろしているのは失業者だけじゃない。フォードのように金払いのいい会社は他にない。うちは経済危機なんて屁でもないんだ。いいかい、この調子ならフォードのベルリン工場は五年でジーメンスと肩を並べる！」

この工場の運命を知らないな、とラートは思った。恐喝者はアデナウアーの懐《ふところ》事情に詳しいだけでなく、フォード工場の移転についても情報をつかんでいる。知は力。父の好きな格言がラートの脳裏に浮かんだ。なんだか恐喝者になるための手ほどきのように聞こえる。

「部下を自分で選べるのはいいな」ラートはいった。「しかしああやって路上で拾ってくるのでは、いつ犯罪者が紛れ込むかわからない。身元確認もしないとは」

「仕事で使えるかどうか先に見てるのさ。使えるとわかったら、人事課に履歴書を持っていかせる。確かめもせず雇ったりしないさ。どうしてそんなことを訊くんだね？　うちに犯罪者がいるっていうのかい？　刑務所がすぐそばにあるからって、それはないだろう。腹に一物《いちもつ》ある奴は見ればわかる。俺の目は節穴じゃない！」

「心配するな。プレッツェンゼー刑務所の脱獄囚を捜索しているわけじゃない。ドイツ銀行とつながりのある工員を捜している。だれかそんな奴がいないかな？」

「おいおい、ここでは三百人が働いているんだ。そんなこと知るか。だが銀行と仲のいい奴なんてまずいないね。給与課で捜しな」

ラートは頷いた。

「給与課へはどう行ったらいいかな？」

「あそこの扉が見えるかい？」バールケは工場の斜め向こうを指差した。エンジン取りつけ区画の向こうに鋼鉄扉が見えた。「あそこを出ると、管理棟がある。人事課で訊くといい。いや、待ってくれ。俺もいっしょに行くよ！」

赤毛の組立工は、シフトリーダーにまた指差されたと思ったようだ。見るからに焦っている。解雇されるとでも思っているのだろうか。

ラートたちが階段を下りると突然、工場内の騒音よりはるかに大きな警報が鳴り響いた。

「どうした？」ラートはバールケの耳元で声を張り上げた。「火災警報か？」

「違う。だれかが作業を疎《おろそ》かにして、流れが滞ったんだ」

「交代要員を頼まずに持ち場を離れたということか？」

バールケは肩をすくめた。「それか、へまをしたかだな」

ふたたび警報が鳴り響いて、ベルトコンベアが停止した。

「くそっ！」バールケが走りだした。ラートもあとを追った。すぐそばの区画に立ち止まると、
工員は肩をすくめた。「さあ。結婚式場でなにかあったんじゃないですかね」

D区画で騒動が持ち上がった。シャーシにボディを降ろす係の四人の工員が、エンジンの取りつけにかかっていた新入りのふたりに罵声を浴びせていた。ふたりの教育係であるはずの赤毛の工員の姿が見えない。

バールケはシートのネジ止めをしていた工員のひとりを怒鳴りつけた。「なにがあった？　ベルトコンベアを止めたのはどいつだ？」

「なにがあった？」バールケが怒鳴った。「なにをしてる？　ベルトコンベアを止めたのはだれだ？」

「俺です」そういって、大男がシフトリーダーの前に仁王立ちした。「エンジンの取りつけ方

がいいかげんで、何ヶ所もネジ止めしてないんですよ。これじゃボディをのせられやしません。そこのふたりのあほんだらに訊いてくださいよ」

薄い上着の小男がすぐに口を開いた。「雇われてまだ十分も経ってないんですよ、ボス。トニーは、こんちはといって、二、三やり方を教えてくれただけで、どこかに行っちまったんです。ちゃんとやれっていう方がひどいですよ。そのうえ、そこのゴリラがみがみいうし！」

「じゃあ、ゴリラらしく一発かましてやろうか、このとんま」大男はいった。

「やめろ、クルト」バールケはいった。「新入りのことは放っておけ！　それよりトニーはどこへ行った？　勝手に持ち場を離れるとはいい根性をしている」

「わかりません、ボス。なにもいいませんでしたから。急に走ってどこかへ行っちまったんです」小男がいった。

「具合でも悪くなったか？　あいつらしくないな。小便に行きたくなっても我慢して、作業の流れを崩さない奴なのに」

新入りのふたりが肩をすくめた。

ラートは別れる潮時だと思った。組み立て工場を出て、人事課を訪ね、全従業員の名簿をだしてもらおうと考えていた。ケルンから届く名簿と見比べたら、共通の名前が浮かぶかもしれない。あるいは、フォード社と銀行をつなぐなにかが見つかるかもしれない。そうすれば恐喝者を割りだせそうな気がする。

簡単な名簿くらいすぐにだせるはずだ。ラートはそう思っていたが、デスクにいた顎鬚の男の考えは違っていた。

「大変な作業になるんですがね。なにせここでは三百人近い人間が働いているので」

「名簿の提出を命令することもできるんだぞ。だがそのときはオリジナルのファイルを回収するから、オフィスの動きが取れなくなるぞ」

顎鬚の男はぎくっとした。「わかりました。名簿を作成します。来週にはできると思います」

「明日の朝もらいにくる」男は文句をいおうとしたが、ラートはいわせなかった。「準備しておかなければ、その日のうちに捜索令状を取ってくる。その日一日オフィスは使えなくなる。そのあと二日は片付けに追われるだろう。どちらがいいか選ぶのはあんただ」

男は頷いた。ラートは別れを告げ、出口でもう一度振り返った。「ちょっと助言をしよう。作業はすぐにはじめた方がいい。それだけ早く片付くからな」

ラートが組み立て工場に戻ると、ベルトコンベアはまだ動きだしていなかった。外ではいまだに労働者がたむろしている。失業保険をもらうよりもましか。だがいくら払いがよくても未来がなくてはな、とラートは思った。この工場は借り手のない倉庫を間借りしただけだ。本格的な自動車組み立て工場ではない。フォードがちゃんとした工場を望むのは当然だ。ベルリンで三百人が失業する。その代わりケルンでは数百人が仕事にありつくことになる。レンガ倉庫の中にいるだれかが、それを阻止したがっているのだ。

西港からライニケンドルフ地区まではそれほど遠くなかった。診療助手はクリニックを閉めるところだった。ラートは緊急の用事だといって、警察章を呈示した。

「フランク・ブレナーの友人だ」

「そうでしたか。少々お待ちください」

診療助手は奥に入っていき、しばらくして戻ってきた。

「先生はもうすぐ家にお客が来るそうです。すこしならいいといっています」

「ありがとう」

「待合室で待っていてください。わたしは先に失礼します。超過勤務は認められないので」

「それは申し訳ない」そういって、ラートは診療助手に微笑みかけた。診療助手もにこっと笑みを浮かべ、ドアを閉める前に指を二本立てて別れの挨拶をした。

ラートは人気のない待合室の椅子に腰を下ろして見回した。手入れの行きとどいたこぢんまりとしたクリニックだ。壁には戦艦の写真が数枚かけてある。ふさふさの顎鬚を生やしたティルピッツ提督（アルフレート・フォン・ティルピッツは第一次世界大戦中ドイツ海軍大臣を務めたドイツ海軍提督）の肖像写真もある。ドクトル・ボルクハウゼンは海の藻《も》屑《くず》となったドイツ帝国海軍の礼賛者に違いない。ブレナーは戦時中、どこで従軍していたのだろうとラートが思っていると、曇りガラスのドアが開いて、診察鞄を持ち、半白の顎鬚を生やした男が待合室に入ってきた。男は勢い余ってラートの足に躓《つまず》きそうになった。その瞬間、足を止め、ラートをじろじろ見た。ブレナーの友人というこの男に会ったことがあるだろうか、いったいなんの用だろうと考えを巡らしているようだ。

「こんにちは。助手のロスヴィータから名前を聞いていないのだが。会ったことはあるかな？」

「ないようです」ラートはいった。

「戦友ブレナーの友人ということだが?」

「友人というよりは戦友ですね」そういって、ラートは警察章を呈示した。「同じ捜査課で働いています」

ドクトルは頷いてラートの警察章を見た。相手がだれかようやく気づいたようだ。医者は露骨にいやな顔をした。

「なるほど」ドクトルはいった。声を低くし、冷ややかにいった。「なんのご用かな? 診療時間はとっくに過ぎているのだがね」

「お手間は取らせませんよ。二、三うかがいたいことがありまして」

「あんた、フランクを殴った警官だね。なにを訊きたいんだ?」

「勘がいいですね。刑事になったらよろしいのに。ブレナーが休職するほどの負傷をしたとき、わたしはその場にいましてね。ですから、われわれの経験の齟齬《そご》を正したいのですよ。あなたは彼のことをフランクと呼びましたね……」

「フランク・ブレナーは旧友でね。同じ部隊にいたんだ!」

「なるほど、それでは戦時中の古傷がまたぱっくり開いたということですか」

「なにをいっとるんだ」

「いえね、フランク・ブレナーの診断書は公の検査を受けたら疑義が出るのではないかと思いましてね」

ドクトルは顔を紅潮させた。血圧を測った方がいいな、とラートは思った。

「プロイセンの医者を侮辱するのか？」押し殺した声だった。

「そのプロイセンの先生に、将来をどうしたいのか選択させてあげようと思いましてね。刑務所か、医師免許を剝奪されて、屍体洗浄者としてやり直すか、あるいは昔の戦友との腐れ縁でつい魔が差したものの、今後も幸せなライニケンドルフ地区市民として、そしてみんなから一《いち》目置《もく》かれる医者としてやっていくか」

医者は頭の中で損得勘定をした。目がきょろきょろして、視線が定まらない。

「診断書のことをどうして知っているんだ？」医者はすこし落ち着きを取り戻してたずねた。

「わたしは刑事だ。しかもブレナーよりも少々熱心でね」

「きみにそういうものを見る権限はないはずだ」

「わたしがなにか見たなんて、だれかいいました？」

医者は深呼吸し、静かにいった。「聞いたところだと、きみには幸運なことに、フランクは懲戒手続きの訴えを取り下げたそうだな。その意味では公的調査はされないはずだ」

「まあ、ブレナーもあとあと自分に火の粉がかかるのを避けたかったんでしょうな」ラートは笑みを浮かべながらいった。「しかしわたしが懲戒手続きを受けて立ったらどうなるでしょうね。その可能性は考えましたか？」

「どうしてきみがそんなことを？」

「真実を明るみにだすためですよ。ブレナー警部は偽の診断書を提出しましたからね」

「なんの話だ？　わたしが偽の診断書を書いたというのか？」

白い襟の上の首が紫色に変わっている。本当に血圧を心配した方がいい。

「わたしはなにもいっていませんよ」ラートは相変わらず静かに、親しげにいった。「手口はいろいろ考えられます。もしかしたらブレナーは偽の診断書を提出して、お友だちのドクトル・ボルクハウゼンを罠にかけたのかもしれませんし」ラートはこれで医者の首根っこをつかんだと思った。「あるいはこうでしょうかね。先生は日頃、署名だけした診断書を医療助手のロスヴィータに渡して、代わりに記入させているんじゃありませんか。そして今日、その数を確認して、数枚、いや一枚でもいいかな、そこは先生の想像力に任せますが、それが盗まれていることに気づくわけです。先生はすぐさま所轄分署に盗難届をだす。所轄分署が警官を差し向けるでしょう。先生は盗難にあったかもしれない日時を訊かれるでしょう。先生はフランク・ブレナーがここに来ていた時間をいう。あとはひとりでに動きます。あなたにはなんの実害もない」

医者は絶句して話を聞いていた。ラートは、医者がこの助け船にすがりつくと感じた。

「これから家に客が来るのでこれで失礼する」医者はいった。「そのあと警察へ行って、盗難届をだす」

帰宅したラートを驚くべきことが待っていた。まったく予想もつかないことだった。花柄のテーブルクロスに、ろうそくが二本、そしてバースデーケーキ。

カティが席についていた。階段を上ってくるラートの足音に気づいたのだろう。ろうそくに火がともっていた。

「誕生日おめでとう、ゲレオン」そういって、彼女は微笑んだ。

彼女が立っているのを見たときは、かわいいと思い、抱きしめたくなったが、すぐ別の感情に軍配が上がった。わけのわからない怒りがふつふつと沸き上がり、ケーキと揺れるろうそくを見つめるうちに、その感情がラートの全身に広がった。

今さら顔をだすとはどういう神経だ？　人を置いてきぼりにしておいて！　もう終わったものと思っていた！　忘れかけていたのに！　どうしてこんなに振り回すんだ？

「まだ生きていたのか」ラートはぼそっといった。

カティの笑みがみるみる萎《しぼ》んだ。くしゃくしゃに丸めた紙袋のようだ。

「この数日どこにいたのか聞かせてもらおうか？」ラートはカティに食ってかかった。「おまえは断りなく、なんの連絡もなしに消えた。それなのに、なにもなかったみたいにあらわれる」

「ゲレオン！　怒っちゃいやよ！　なんでもなかったんだから。あたし……」

「怒っちゃいないさ！　このふざけた真似はなんだ。何日も音信不通にしていて、いきなり顔をだすとはな！」

「ふざけた真似？　あたしたちはお互い自由人よ、自分の人生を生きているの。そういったのはあなたよ」

ああ、たしかにいった。あまり多くを期待されたくなかったからだ。それでも彼女は背を向けなかった。その逆だった。

「ふざけた真似をしているじゃないか」ラートはいった。「仮装舞踏会に誘っておいて、待たずに姿を消すなんて」

「ゲレオン！　いくら待っても来なかったじゃない！　あたしこそ、待ちぼうけを食わされたと思ったのよ！」

「それで男を引っかけたのか？」

「それは違うわ！　ヘルベルトは……」

「男の名前なんか知りたくもない！」

「ゲレオン、興奮しないで！　嫉妬なんてしなくても、あたしは……」

「嫉妬なんてしていない。きみのいうとおり、われわれは自由人だ。もう終わりだ。この数日ではっきりした」

カティは啞然としてラートを見た。「なにが終わりなの？　あたしたちの愛のこと？　あなたにとってはその程度のことだったの？」カティの目に涙が浮かんだ。「灰皿に捨てるようなものだったの？」

ラートはもうこの話から、この状況から解放されたかった。こういうシーンに追い込んだカティが憎かった。だれかがくそ野郎になるしかない。それなら俺がなろうじゃないか、とラートは思った。

「あんな目に遭わされておとなしくしていると思ったのか？」ラートは怒鳴りつけた。「ケーキを持って失せろ！　ヘルベルトのところだろうと、姉のところだろうと、好きなところへ行っちまえ！」

ラートはできの悪い映画にでも出ているかのようだ。失望した恋人役。大根役者だ。救いようのない大根役者だ。

「あなたのバースデーケーキなんだけど。あたし……」

「こんなくそケーキ、まっぴらごめんだ！」

涙で濡れた彼女の目がきらっと光った。

「あんたのくそケーキよ！　もうあんたにあげたものだから、勝手にして！」

カティは廊下に通じるドアを開けた。

黙って玄関へ行き、赤いコートを着た。突然、彼女の肩が震えた。泣いている。見ていられなくなり、慰めたくなったが、ラートは心を鬼にし、窓辺に立って外を見た。

彼女が浴室で自分のものを片付ける音が聞こえた。ラートは心臓がしめつけられた。住まいのドアが閉まるまで永遠の時間が流れた。階段を下りる彼女の足音。聞き納めだ。中庭の淡いガス灯に照らされて、彼女の赤いコートが車両用の出入口の闇に消えた。これが見納めだ。

ラートは喉が詰まった。どうして戻ってきたりしたんだ。こんな修羅場を演じずに済ましたかったのに。自分がくそ野郎を演じれば、彼女はあまり辛い思いをしないだろうと思ったが、どうやらそれは考え違いだった。

バースデーケーキが目に留まった。ろうそくに火がともったままで、ロマンチックな雰囲気を醸《かも》しだしている。余計なことだ。ラートはろうそくを吹き消し、ケーキを持ち上げた。壁に投げつけたい衝動に駆られた。ケーキを棚にしまうと、椅子をひっくり返し、配膳台を蹴飛ばした。だが役に立たない。最低の気分だ。ラートはいたたまれず、居間からコニャックの瓶を持ちだし、帽子とコートを身につけて階段室に出た。階段を上るあいだ、だれにも会わなかった。上の階には早寝のリービヒ一家しか住んでいない。ソロキナ伯爵令嬢が住んでいた住まいはまだ空いていた。

屋根裏は冷え冷えしていた。コニャックの瓶に直接口をつけてから、天窓を開けて外に出た。鳩小屋の横の細い梁に腰を下ろすと、リービヒが飼っている鳩がクウクウ鳴いた。最後にここにすわったのは十月だ。不思議なことに、高所恐怖症の彼が、ここではめまいを覚えない。おそらく奈落が口を開けているのが数メートル先で、地面が見えないからだろう。道路に面した棟の屋根越しに、港を埋め立てた跡地に市が作った大きな児童公園の端が見える。左のすこし離れたところには聖ミヒャエル教会の丸屋根が夕空に黒々とそびえている。ラートは見渡すかぎり広がる屋根の海を見つめた。今頃、カティはどこかを歩いているだろう。姉のところへ行くところだろうか。みんな、離れていく。昔からそうだった。だれも引き止めることができないし、引き止めようと思ったこともない。

ただひとりを除いて。

乾杯、チャーリー。瓶を上げた。ひとりぼっちに乾杯！　とどのつまりはそうなってしまうのだ。きみのために、俺のために、俺たちのために。

ラートはコニャックをあおり、闇を見つめた。ゲレオン・ラート、おセンチなくそ野郎。自分を哀れむのはやめろ！

訳者紹介　ドイツ文学翻訳家。クッチャー「濡れた魚」，イーザウ「緋色の楽譜」，ブレヒト「三文オペラ」，フォン・シーラッハ「犯罪」「罪悪」「コリーニ事件」，ノイハウス「深い疵《きず》」「白雪姫には死んでもらう」，グルーバー「夏を殺す少女」など訳書多数。

検印
廃止

死者の声なき声 上

2013年8月23日　初版

著者　フォルカー・クッチャー

訳者　酒《さか》寄《より》進《しん》一《いち》

発行所　（株）東京創元社
代表者　長谷川晋一

162-0814／東京都新宿区新小川町1-5
電話　03・3268・8231-営業部
03・3268・8204-編集部
URL　http://www.tsogen.co.jp
振替　00160―9―1565
フォレスト・本間製本

乱丁・落丁本は，ご面倒ですが小社までご送付ください。送料小社負担にてお取替えいたします。

ISBN978-4-488-25805-4　C0197

ベルリン警視庁ラート警部シリーズ第一作

DER NASSE FISCH◆Volker Kutscher

濡れた魚

上 下

フォルカー・クッチャー
酒寄進一 訳　創元推理文庫

◆

1929年、春のベルリン。
ゲレオン・ラート警部が、わけあって
故郷ケルンと殺人捜査官の職を離れ、
ベルリン警視庁風紀課に身を置くようになってから、
一ヶ月が経とうとしていた。
殺人課への異動を目指すラートは、
深夜に自分の部屋の元住人を訪ねてきた
ロシア人の怪死事件の捜査をひそかに開始するが……。
消えたロシア人歌姫の消息、都市に暗躍する地下組織、
ひそかにベルリンに持ち込まれたと
ささやかれる莫大な量の金塊の行方……。
今最も注目されるドイツ・ミステリが生んだ、
壮大なる大河警察小説開幕！

刑事オリヴァー＆ピア・シリーズ

SCHNEEWITTCHEN MUSS STERBEN◆Nele Neuhaus

白雪姫には死んでもらう

ネレ・ノイハウス

酒寄進一 訳 創元推理文庫

◆

ドイツ、2008年11月。空軍基地跡地にあった空の燃料貯蔵槽から人骨が発見された。

検死の結果、10年前の連続少女殺害事件の被害者だと判明する。折しも、犯人として逮捕された男が生まれ育った土地へ戻ってきていた。

彼はふたりの少女を殺した罪で服役したが、一貫して冤罪だと主張しつづけていた。

だが村人たちに受け入れてもらえず、まるで魔女狩りのように正義という名の暴力をふるわれ、母親までも何者かに歩道橋から突き落とされてしまう。

捜査にあたる刑事オリヴァーとピアが辿り着いた真相とは。

本国で100万部突破、閉塞的な村社会を舞台に人間のおぞましさと魅力を描き切った衝撃の警察小説！

オーストリア・ミステリの名手登場

RACHESOMMER◆Andreas Gruber

夏を殺す少女

アンドレアス・グルーバー
酒寄進一 訳　創元推理文庫

◆

酔った元小児科医が立入禁止のテープを乗り越え、工事中のマンホールにはまって死亡。市議会議員が山道を運転中になぜかエアバッグが作動し、運転をあやまり死亡……。どちらもつまらない案件のはずだった。事件の現場に、ひとりの娘の姿がなければ。片方の案件を担当していた先輩弁護士が、謎の死をとげていなければ。一見無関係な事件の奥に潜むただならぬ気配に、弁護士エヴェリーンは次第に深入りしていく。

一方、ライプツィヒ警察の刑事ヴァルターは、病院に入院中の少女の不審死を調べていた。

オーストリアの弁護士とドイツの刑事、ふたりの軌跡が出会うとき、事件がその恐るべき真の姿をあらわし始める。

ドイツでセンセーションを巻き起こした、衝撃のミステリ。